季良纲 ◎ 著

大地之梁
——梁希传

浙江科学技术出版社

图书在版编目（CIP）数据

大地之梁：梁希传 / 季良纲著. — 杭州：浙江科学技术出版社，2021.11
ISBN 978-7-5341-9917-2

Ⅰ．①大… Ⅱ．①季… Ⅲ．①传记文学－中国－当代 Ⅳ．① I25

中国版本图书馆CIP数据核字（2021）第232848号

书　　名	大地之梁——梁希传			
著　　者	季良纲			
出版发行	浙江科学技术出版社			
	杭州市体育场路347号　　邮政编码：310006			
	编辑部电话：0571-85152719			
	销售部电话：0571-85062597			
	网址：www.zkpress.com			
	E-mail：zkpress@zkpress.com			
排　　版	杭州万方图书有限公司			
印　　刷	杭州杭新印务有限公司			
经　　销	全国各地新华书店			
开　　本	710×1000　1/16	印　张	18.5	
字　　数	210 000			
版　　次	2021年11月第1版	印　次	2021年11月第1次印刷	
书　　号	ISBN 978-7-5341-9917-2	定　价	58.00元	

版权所有　翻印必究

（图书出现倒装、缺页等印装质量问题，本社销售部负责调换）

责任编辑　潘黎明　　　责任校对　赵　艳
责任美编　金　晖　　　责任印务　叶文炀

前　言

"浙江科学家传记丛书"是由浙江省科协于2005年开始策划并组织实施的一项丛书工程。此项工程计划为近代浙江知名科学家立传，每位传主撰写一册，争取通过若干年的努力形成一定规模。选入丛书的浙江知名科学家主要是中国近代在自然科技领域有重大突破，或取得过重大科技成果，在全国乃至世界有影响且已谢世的科学家；他们是浙江籍科学家，或在浙江工作十年以上主要成果出在浙江的非浙籍科学家。

自然科学是人类文化领域中的重要组成部分，科技工作者是建设文化大省不可或缺的重要方面军。本丛书从弘扬科学精神、科学思想和科学方法的目的出发，对选入的科学家的生平、思想、学术、科研成果（特别是创新思想和创新成果）作出生动、翔实、客观的综合评述，力求思想性、科学性和资料性的完整统一。通过对传主生平、思想演变、科技成就、学术交往，尤其是创新成果，进行真实、生动的叙述，以及传主的社会环境、生活背景、文化信仰、学术观点、师习传承和历史影响等方面的描述，见微知著，以反映浙江近代科学技术事业发展的历史和现状，揭示浙江科技发展的客观规律及其与经济、社会发展的相互关系。

"浙江科学家传记丛书"是一项大型的浙江省文化建设工程项目。传记丛书将努力体现浙江的地域特色，展示浙江的人文背景和本土风情，通过全方位地揭示传主对浙江、中国及至世界的科技贡献，用以振奋国人的爱国主义精神，体现浙江科学家的高贵品质，提升读者的科学文化素质，反映与提炼浙江人民的创新精神，为弘扬创新文化、加强文化大省建设服务。

《浙江科学家传记丛书》编委会

写在前面的话

北大教授陈平原在《晚清的魅力》一书的序中写道："我经常将晚清与五四两代人放在一起。借用福泽谕吉的话，这两代人的共同特点是'一身而历两世'。"

这些徘徊于古今、中西间的身影，显得格外敏感、幽深、复杂多变。晚清及五四那两代人，都拥有"路漫漫其修远兮，吾将上下而求索"的信念。这种求索的姿态，着实让人感动。他们在怀疑中自我抉择，承担绝望中抗争的痛苦。从这些人的命运、境遇、精神和趣味之中，你或许会看到诸多熟悉的蛛丝马迹，你所忧虑的事或许也曾被他们所忧虑。特殊时代总会造就一批早熟者，相比于同龄人，他们更早进入不惑。在大时代下的个人选择，有人隐遁，有人悔恨，有人陷入一场控诉不得的解脱，也有人九分兼济天下，却又给自己留下一方净土。

晚清民初这一时期的知识分子，思想上一直处于探索与成熟的过程。毫无疑问，梁希是这个群体中的一员。他从浙江大地走出，一生所历，完成了从传统书香子弟到现代知识分子的重大转变。无论科学教育、科学研究，还是林业行政管理，他始终遵循着"科学"与"民主"这条主线，认认真真地做科研，不懈地艰难探索。综观那个时代的群像，他不是最激进、最前沿的那些，却无疑是走得最平实、最稳健的那种，其心路历程经过了幽暗、失意、苦闷，最终顺着历史的洪流，勤恳向前奔跑，走得更远也更有影响，赢得了更多人的尊敬和怀念。

清末到民国的这批名人，从晚清革命到读书留学，从学术研究到民主抗争，分分合合，怨恨情仇，都在1949年这场大变革前夕作出了抉择，或北上，或南渡，或出洋，或淡出。梁希作为林学研究者，原本一介书生，自名"凡僧"，看似不如一些人活跃，但他以林学专家、民主教授身份，毅然一路北上，被委以重任，成为新中国一部之长，成为同辈中的佼佼者，在"北上"人群中具有标志性的意义。

梁希的一生，历经清末革命、民国创立、北洋政府、国民政府、中华人民共和国等历史阶段，从一介书生到政府高官，历经乡绅子弟、晚清秀才、武备军人、大学教授、林学专家、学会理事、民主人士、党派领袖、政府部长等多种身份，多种社会角色的转换，不平凡的生活学习、教育科研经历，心怀美好理想的长期探索，映照着"跨越两个世代"知识分子的独特人生。

"从民主救国、科学救国到赞同只有社会主义才能救中国，这是近代中国进步知识分子共同的经历。梁希的一生，非常典型地体现了这个过程。梁希是我国久负盛名的林业科学家、林业教育家，同时，也是一位著名的社会活动家，更是一位优秀的民主革命战士、中国共产党的真诚朋友。"

1983年12月,中央政治局委员方毅在梁希百年诞辰纪念会上的这段话,是一段评价极高的公允之论!

梁希走过这段历史,遭遇了各式人等,经历了许多大事,也有着各种复杂的感受,有梦想冲天的"武备"岁月,有理想破灭的痛苦与绝望,有看破世事、甘做"凡僧"的寂寞,有埋头科研、不事权贵的专注,也有前途迷茫、渴望光明的苦闷,但是,时代变革的洪流推动着他向前,逐渐复苏了青年时代的激情,引导他奋不顾身地融入其中,迸出"起看星河含曙意,愿将鲜血荐黎明"的强烈心声,最终毅然"北上",勇敢"出山",达到了人生的新高度新境界。他与同时代的所有敲击"林钟"的人一起,奋力推进科学梦想的实现,在林学思想、林业教育、林业化工、学会管理、公众科普等诸多领域,推动了中国林业的巨大发展,收获了诸多喜悦与成功,实现了理想与现实的完美结合。

从这个角度看,梁希无疑是那个时代执着的追梦人,是科学精神的实践者,也是最值得尊敬的科学家!

目 录
CONTENTS

- **第一章　书香少年** /1
  - 梁家的新希望　/3
  - 江南的人文望郡　/5
  - 双林的诗书之家　/9
  - 一棵高大的银杏　/11

- **第二章　热血青春** /15
  - 冲天飞翔的少年心　/17
  - 武备学堂一年间　/21
  - 东渡日本留学　/23
  - 加入中国同盟会　/28
  - 人生轨迹的大转变　/30

- **第三章　追梦林人** /33
  - 林学家的最初梦想　/35
  - 步入林学教育之路　/39
  - 风云变幻的大时代　/42
  - 风暴眼中的北农专　/44
  - 培养第一代"林人"　/47

- 第四章　林化先驱　　　　　　　　　　/ 53
  - 现代科学教育的探索　　　　　　　　/ 55
  - 留学德国学习新知　　　　　　　　　/ 57
  - 南下浙江大学农学院　　　　　　　　/ 61
  - 首创林产制造化学　　　　　　　　　/ 65
  - 开创林化科学实验　　　　　　　　　/ 67
  - 轰炸声中的科研　　　　　　　　　　/ 72
  - 坚信林产化工前景　　　　　　　　　/ 75

- 第五章　林学名家　　　　　　　　　　/ 79
  - 林学开始有了分量　　　　　　　　　/ 81
  - 林业是农业的基础　　　　　　　　　/ 85
  - 从教育入手抓林业　　　　　　　　　/ 88
  - 一定要全面发展林业　　　　　　　　/ 91
  - 永远敲"林钟"的人　　　　　　　　/ 93

- 第六章　学会掌门　　　　　　　　　　/ 97
  - 兴学会，强国力　　　　　　　　　　/ 99
  - 农学会的骨干分子　　　　　　　　　/ 102
  - 艰难时期的理事长　　　　　　　　　/ 103
  - 编辑出版学报会刊　　　　　　　　　/ 105
  - "真正的学会领导"　　　　　　　　　/ 108

- 第七章　雾都劲松　　　　　　　　　　/ 111
  - 松林坡上的迷茫　　　　　　　　　　/ 113
  - 结缘《新华日报》　　　　　　　　　/ 115
  - 举办自然科学座谈会　　　　　　　　/ 118
  - "希望徒步去延安"　　　　　　　　　/ 121

六十岁的生日寿宴　　　　　　　　　　　/ 123
　　"名已签了,怎能反悔?"　　　　　　　　　/ 124

● 第八章　九三领袖　　　　　　　　　　　　/ 127
　　进一步看清了时局　　　　　　　　　　　/ 129
　　中国科学工作者协会　　　　　　　　　　/ 130
　　活跃的国际科技活动　　　　　　　　　　/ 135
　　毛泽东主席桂园接见　　　　　　　　　　/ 138
　　"你们是有影响的代表人物"　　　　　　　/ 139
　　参加开国大典　　　　　　　　　　　　　/ 143
　　连任学社中央副主席　　　　　　　　　　/ 145

● 第九章　民主教授　　　　　　　　　　　　/ 149
　　特殊群体的形成　　　　　　　　　　　　/ 151
　　战斗在"第二条战线"　　　　　　　　　　/ 153
　　"愿将鲜血荐黎明"　　　　　　　　　　　/ 156
　　"大家要坚决地留下来"　　　　　　　　　/ 158
　　转道香港,一路向北　　　　　　　　　　/ 161

● 第十章　政府部长　　　　　　　　　　　　/ 165
　　周总理提名当部长　　　　　　　　　　　/ 167
　　新中国林业三大任务　　　　　　　　　　/ 170
　　小陇山森林考察　　　　　　　　　　　　/ 174
　　新时代科学家的标准　　　　　　　　　　/ 178
　　"新中国要有新林业"　　　　　　　　　　/ 181
　　植树造林,绿化祖国　　　　　　　　　　/ 185
　　美好的梦想照进现实　　　　　　　　　　/ 189

第十一章　科普名家　/ 193

　　林学传播的先行者　/ 195
　　担任全国科普主席　/ 197
　　身体力行的科普人　/ 201
　　"应该把科学交给大众"　/ 204
　　当选为中国科协副主席　/ 206

第十二章　师友人生　/ 209

　　虽磊砢有节，俨若千丈松　/ 211
　　自律严谨的长者　/ 214
　　"冷"表面与"热"心肠　/ 217
　　正直不阿谀，箴言如甘泉　/ 219
　　蕴藏在内心的深情　/ 222

第十三章　森林诗人　/ 225

　　林学家中的诗人　/ 227
　　特殊的森林情怀　/ 229
　　一路行来一路诗　/ 234
　　绿荫护夏，红叶迎秋　/ 237

第十四章　一代师表　/ 239

　　林间的一座丰碑　/ 241
　　繁忙的社会活动家　/ 244
　　为科学的重生而欢呼　/ 246
　　生命的最后时刻　/ 249
　　人民给予的崇高礼遇　/ 252

- 结束语 /256
- 附　件 /259
  - 梁希先生年谱 /259
  - 梁希先生主要论著 /266
  - 梁希科学技术奖 /269
  - 梁希森林公园和梁希纪念馆 /271
  - 梁希纪念邮票和纪念像 /272
  - 一棵银杏的联想 /273
- 参考文献 /277
- 后　记 /280

第一章 书香少年

嘉木名诗

晨兴书所见

宋朝　葛绍体

等闲日月任西东，
不管霜风著鬓蓬。
满地翻黄银杏叶，
忽惊天地告成功。

林人树语

  银杏是树中珍品，是第四纪冰川运动后遗留下来的裸子植物中最古老的孑遗植物，历经波劫而延续生命至今，有着异常顽强的生命力。它树干苍劲挺拔，扇形叶奇特有趣，果实美味而兼有药用，它常见而不凡，历来被奉为"神树"。秋日时分，天气渐变，雌株银杏硕果累累，挂满枝头，而叶子由绿变为淡黄，又从焦黄变为金黄，最后飘然落下，完美地演绎了生命盛衰的全过程，多了几分灵动，多了几分希望，给人以华丽人生的启迪。

梁家的新希望

1883年12月28日，清代光绪九年，农历癸未年十一月二十九日，凌晨时分，吴兴城外不远的双林镇上，钟秀桥东塘支湾畔（即板桥东路，今称爱国路）的梁家庭院里，依然亮着灯光。正屋横梁上高悬的"太史第"匾额，在昏暗的内屋里，闪亮着幽幽的光芒，显示着屋主人的身份和曾经的荣耀。隐隐间，是一阵急促的走动，伴随着杂乱的脚步声。西厢房猛然传来了一阵婴儿的啼哭声，仿佛夏日里的闪电，迅速划破了黑色的夜幕。顿时，整个庭院热闹起来了，忙乱成一团，叫喊声夹杂着新生命的啼哭声，响成了一片。有人慌忙地穿行在大小房间内，脚步飞快，紧张中透着一丝丝的喜悦。书房里，梁枚老爷正襟危坐，在静静地看书，似乎外面的嘈杂之声，一点儿都没有打扰他。"恭喜老爷！生了，生了，是个男孩！"报告好消息的人，声音有些喘，语调也高了。梁老爷慢慢放下书，微微一笑，轻叹了一口气。窗外的晨光显示，天快要亮了，隐隐听到了从远处传来的鸡鸣声。他拿起笔，信手写了一个"曦"字。思忖了一下，喃喃自语："是梁家第三个男孩了，排在第五，就叫叔五吧。"院子里，很快弥漫着喜庆的气氛。

江南的烟雨、江南的风。平常的宅院，寻常的日子，就这样一天天过去了，平淡而宁静。小梁曦渐渐长大，快要启蒙上学了。在大人的指导下，他正努力地尝试用毛笔写下自己的名字。"梁"字写得还算规范，可是"曦"字结构显然难以把握，足足20个笔画，对于一个六岁孩子来说，实在有点为难了，写在纸上的"曦"字，大大超出了九宫格，一边高一边低，显得格外别扭。父亲本是严肃方正的人，但看到小孩的为难，也有了怜惜之心，就依循着同一个读音，信笔改成了"希"字，笔画略为简单，同样有着"梁家的希望"的寓意。也有一个说法，是他赴日留学时，自己改名为"希"。

从此以后，"梁曦"成了"梁希"，以名行世。后来他的一些好友、学生，

双林镇风貌

多以他的字"叔五、叔伍、索五"来称呼,以示敬意;他自己作诗、写文章,则常用"阿五""一丁""凡僧"等笔名。当然,这些都是后话了。

  此时的大清王朝,已经步入了它的最后时光,如同一座破旧的老宅,到处显露出颓废之势,门窗倾斜,漏雨侵蚀,杂草横出,蚊蝇滋生。各地频繁传来的不祥预兆,水灾、旱灾、虫灾、兵乱、盗贼,还有各国洋人横行霸道的坏消息,或真或假,一波接着一波。各式人等,不论富贵还是贫困,都如同笼中的鱼儿虾儿,在绝望的闭塞空间里,千方百计地寻找出路。一向宁静安详的江南水乡双林,隐隐中也有几分不安的气息,四处传来的消息,真真假假,让人无法安心地去做事,也无法做一个长远的打算。清朝的最后时光,如同水中摇晃的月,牵动着人心。

  横跨双林塘的三座古桥,由东向西,整齐地排列着,连接着两岸人家,给来来往往的客船增添了深刻的记忆。夕阳下,余晖映照在桥上,散发着闪闪的金光,倒映在水中,被船桨扰乱着,在水面上拉出长长的光波,一道一道不断地向远处漾去。偶尔会有沙哑的船歌从船上传来,唱腔并不优美,但在夕阳下的河面上,也是十分应景;有时还夹杂着几下狗吠声,或者一些些奇怪的杂叫声,一直传过了河埠头。

这些年,梁枚老爷正在江苏宝应县的任上,虽然离家不算太远,也是极难得回家的。因为政声颇佳,朝廷正准备提拔他为直隶知州,这给梁家带来一点好消息。靠着祖上传下的田产,梁家勉强维持着还算体面的生活。眼下,梁枚老爷最期待的,就是三个儿子能平安成长,早日获得功名,重振门庭,以慰告先祖。

长年在外、政务繁忙的梁枚老爷,积劳成疾,觉得身体大不如以前,念及一家老小的生活又平添了几份忧虑与不安。小梁希的平安出生,给这个百年宅院带来难得的喜庆,也给他带来一丝丝的宽慰。

江南的人文望郡

湖州,是一座有着悠久历史的江南名城。"山从天目成群出,水傍太湖分港流。行遍江南清丽地,人生只合住湖州。"这是元代有着"东南诗文大

双林镇旧景

家"之称的戴表元写的诗，与白居易"江南忆，最忆是杭州"一样，写尽了诗人对这方天地的喜爱，早已成了这座城市最好的广告。

湖州地处浙江北部，与苏南一带毗邻，旧称吴兴，是著名的"三吴都会"之一。"由汉代至清代，正史立传者有二百八十五人"，堪称人文望郡。北濒太湖，西依天目山，东面是广阔的平原水乡，直通大海。四五千年前，已有人在此繁衍生息，良渚文化、钱山漾文化等留下了丰富多彩的古人类生活遗迹，这里出土了3500多年前的丝织品和4000年前的九室套间豪宅，震惊了中外考古界。春秋战国时代，越灭吴，楚灭越，秦灭楚，上演了一幕幕金戈铁马、叱咤风云的群雄争霸大戏。楚怀王二十三年（公元前306年），在大湖（今太湖）南岸置县，以"泽多菰草"而取名为菰城，开始设立行政机构。春申君黄歇由淮北徙封于吴，这里成为他的封地，管辖着直达大海的大片土地。上海简称"申"，据说即源自此。秦末汉初，西楚霸王项羽避乱于此，在此筑城，称"项王城"，至今遗迹尚存。汉末三国，孙权统领江南，开启江南开发序幕。西晋时外族入侵，永嘉之乱士族南迁，带来了先进的生产技术，定都南京，江南为其腹地，进入大规模开发时期。出生在太湖之滨的梁朝大将陈霸先，建立陈朝，成就了一番帝王基业。这一时期，发明"溇港圩田"技术，筑圩围垦，化淤为田，水乡泽国开始蝶变成桑田美池。隋仁寿二年（602年），因"滨太湖而名湖州"，开启了湖州置府时代。隋唐以后，京杭大运河南段开通，贯穿杭嘉湖平原及周边水网，北通中原，南接闽越，形成了四通八达的商贸物流网络，奠定了江南财富中心的基础。北宋时期，经济重心南移，引进推广的"占城稻"技术获得成功；南宋偏安江南，城市集镇形成，丝绸、大米、茶叶、竹木以及文化产品湖笔等，源源不断地通过大运河输送到全国各地；元时因黄道婆从海南带来棉纺织造技术，进一步带动纺织业发展。明初定都南京，这里一度属南直隶州，一时风光无限。在清朝近三百年间，江南美景与富庶闻名天下，引得康熙、乾隆皇帝频频南巡，在此间流连忘返，赏景品茶，赋诗吟唱。鸦片战争后，国门洞开，西学东渐，以上海为中心的现代化进程，辐射着周边城镇农村。距离上海一天路程的湖州城乡，得风气之先，商贾云集，信息流通，思想交汇，诞生了一大批影响了整个近现代史的商界奇才、革命闯将和科教精英，各显其才，各领风骚。

与双林镇一水相连的南浔，更是独具风韵的典型。这个拥有七百多年历史的江南名镇，连接浙江通向上海的东大门，素有"丝绸之府，鱼米之乡"的美誉。明代以来，种桑、养蚕、缫丝成为当地主业，商贸往来，集市繁盛。史书记载"蚕桑之利，其盛于湖""蚕事吾湖独盛，一郡之中，尤以南浔为甲"。诗文里有描绘"浔溪溪畔尽桑麻""无尺地之不桑，无匹妇之不蚕"的场景。明朝朱国桢在《涌幢小品》中写道："湖丝唯七里尤佳，较常价每两必多一份。"清王朝内府规定，凡皇帝后妃所穿的龙袍凤衣，须用"七里丝"精织而成。1851年，英国伦敦首届世界博览会上，湖州白丝夺得金奖，轰动一时。作为蚕丝贸易中心的集镇，有"湖州一个城，不及南浔半个镇"之说，富商大户有"四象八牛七十二金毛狗"之戏称。《湖州风俗志》记载，一般以家财达千万两以上者称"象"，五百万两以上不足千万两者称"牛"，一百万两以上不足五百万两者称"狗"。

明代著名旅行家王士性说："浙十一郡惟湖最富……而湖多一蚕，是每年有两秋也。"来华人士眼中的湖州更是富庶之地。1675年罗马尼亚人斯·米列斯库（1676—1708）游历了半个中国，他写道："湖州府位于大（太）湖之滨，是中国富裕的大城市之一……处于水乡，丝绸产品丰富多彩……这里丝绸的产量如此之多，以至一个小城镇每年缴纳的丝绸什一税就达50万两黄金。"

这里不仅商贸兴盛，文化也是独树一帜。这一带教育历来受到重视，有安定书院、蓉湖书院等大量传统学校，也有新式学校。南浔有我国三大私家藏书楼之一的嘉业堂，收藏了大量珍贵的明清刻本。往南不远的嘉兴城内，有1903年建成的文生修道院，是我国成立最早、规模最大的天主教修道院，据说只有这里培训的修女，才能赴各地任职。湖州城乡一带，中国的、西方的，传统的、现代的，互为交织融合，形成了独特的"民国风气"，从西方传入的医学、教育、科学知识，对当地的社会、经济、文化及民众精神生活，都产生了深远影响。

湖州地处沪杭之间，交通便利，信息通畅，社会思想、习俗风尚等深受上海影响。上海滩这片现代化开放之地，成了人生新舞台，造就了一大批富有冒险精神的群体，涌现了一批富商大贾，如"丝业大王"莫觞清、企业家蔡声白等，也有叱咤风云的民国革命人物，如陈其美、张静江等，在动荡岁月里，书写着他们的传奇人生。

> 陈其美（1878—1916），字英士，浙江湖州人。出身于商人家庭，读过七年私塾，15岁时在石门镇商铺当学徒，干喂猫食、跑腿等粗活，一干就是12年。他心怀大志，关心时政，经常阅读上海报章杂志，接受了新潮思想，对现实强烈不满。1906年，赴上海参加帮会活动，后东渡日本留学，结识孙中山等人，成为中国同盟会骨干之一。辛亥革命之际，他率众在上海起义，担任沪军总督。后追随孙中山，参加"二次革命"，参与组建中华革命党。1916年，被人暗杀，葬于湖州城内。
>
> 张静江（1877—1950），字人杰，浙江湖州人，出身于南浔的丝商巨贾之家。曾花费大量资财，鼎力支持孙中山革命。曾主持建设委员会工作，担任国民党中央执行委员会主席、浙江省政府主席等要职，主办"西湖博览会"，轰动一时。晚年淡出政坛，转而信佛。其侄陈立夫、陈果夫等，系国民党政要。

这一时期的湖州，可谓名人辈出，涌现很多近现代史上的风云人物。国民党军政界有张静江、戴季陶、黄郛、陈立夫、陈果夫、朱家骅、胡宗南、雷震等，中共隐蔽战线里有著名人物钱壮飞，工商界有蔡声白、汤祖兴、高敬基等，科技界、教育界有钱玄同（语言学家）、钱三强（院士、物理学家）、赵九章（院士、物理学家）、屠守锷（院士、物理学家）、叶橘泉（院士、医学家）、陈嵘（林学家）、陆志韦（教育家）、吴昌硕（书画家）以及沈尹默（书法家）等社会名流，构成了近现代以来湖州独特的人文景观。

在这些人物中，陈英士、朱家骅、陈果夫、陈立夫、陈嵘等人，与梁希的留学、革命、科研、教育等经历，有着千丝万缕的联系。几十年里，共同演绎了同志、同乡、友人、故人的恩怨故事。

双林的诗书之家

梁希的老家双林，是吴兴三大古镇之一，处于杭嘉湖平原的核心区块，水陆交通便捷，自古商贸发达、人文兴旺。北宋末年，金兵南侵，世族商户随宋室南迁，聚集于此，故称"商林"。或因养蚕植桑，又名"桑林"。明永乐三年（1405年）开始建镇，渐成江南大镇。因与当地"商林"口音相近，又称"双林"。由"商林"而成"双林"，少了一些商业气息，多了一些文化品味。旧镇志记载，明清时期，这里"亭台相望，殿宇嵯峨，津梁几百十带，居人三四千户，高门鳞次，甲第云连""自嘉庆至咸丰，尤称富庶"，所产绫绢"轻如朝雾、薄如蝉翼"，是丝绸名品。这一带倡导儒学，读书之风炽盛，"士族子弟五六岁上学，或延师，或附读，各视力之所及，商贾农工有志读书者，亦如此，诹日请介，执贽拜师，先设茶果糕粽，馈师及同学。十数岁能文，应童试。"镇上青砖黛瓦，屋舍俨然，小桥流水，溪水环绕，舟楫出行，枕水而居，"开窗见河，出门过桥"，有着典型的江南水乡风光。镇中心有万元桥、化成桥、万魁桥三座桥，一字并排在一段不长的河塘上，有着少见的风光。地方志记载："桥畔向缆客船，多乘夜行，谓之夜航埠。桥上设立灯杆，灿烂如昼。四方商贾望杆云集。"可以想见，当年这里商贸兴旺、物流繁荣的热闹场景。

梁希的先祖梁友隆，经商起家，"勤敏笃实，有长厚之风"，颇有声望。祖父梁湘、伯祖父梁沅，是当地名儒蔡蓉升的授业弟子，深受传统教育熏陶。梁湘在咸丰九年（1859年）考中"副榜贡生"，"以办团练出力，议叙直隶州州判"，后来"就职教谕"。祖父梁湘、伯祖父梁沅及镇上名儒蔡蓉升、李宗莲等11人在同治八年（1869年）创建蓉湖书院。书院课程与地方官学、国子监的课程相近，多以"四书""五经"为主。两人在蓉湖书院以授徒教

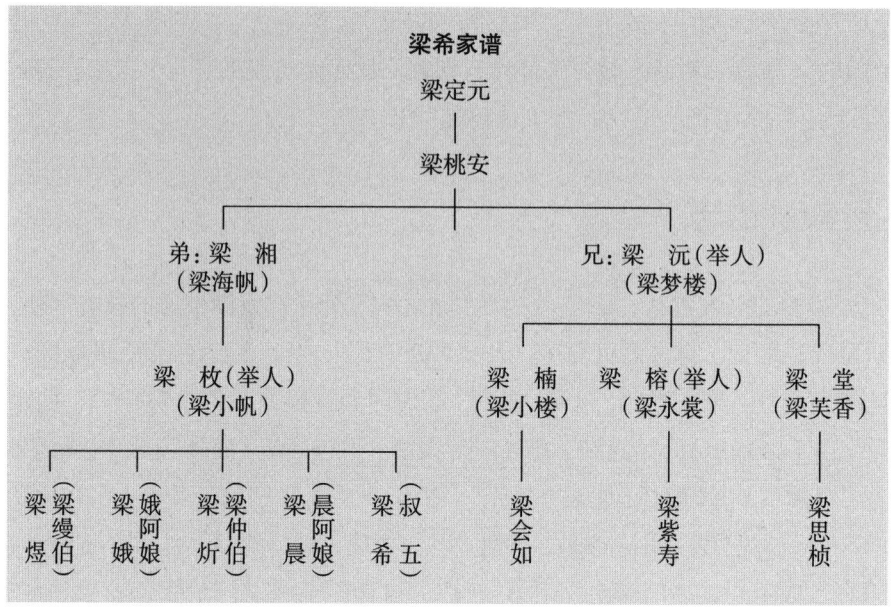

梁希家谱

书为业，受教生员达几百人，被称为"双林名儒"，晚年受朝廷表彰，赐"重游泮水"匾，为当地人所羡赞。

梁希的父亲梁枚，九岁时参加童子试，被誉为"神童"。光绪三年（1877年），"参加丁丑科殿试，登进士二甲第66名。同年五月，任翰林院庶吉士。光绪六年四月，散馆后，以知县即用"，任江苏宝应县知县，后晋升直隶州（南京）州判，可惜英年早逝，有《颐轩诗文草集》等传世。梁枚育有三子两女，长子梁煜，光绪十一年考中秀才，宣统元年授恩贡，如其祖父，一直在蓉湖书院教书；二子梁炘，考中廪生，后任吴兴县教育科科长。梁希在家中排行第五，上面还有两个姐姐。

1888年，梁枚因母病故，丁忧在家守孝，不料突发疾病，溘然去世。梁家顿失主心骨，陷入困顿之中。这时梁希才五岁。

梁希启蒙之年，在长兄梁煜所办的私塾学习，开始识文断句。后跟随长兄梁煜去蓉湖书院读书。这里有严谨的校规、博学的教师和兄长严格的督导,梁希资质聪颖,又勤奋好学,常通宵诵读诗文,每每能过目不忘。"很小的时候,梁希就能把《四书》《五经》倒背如流"。①

功夫不负有心人。1898年,年仅15岁的梁希第一次参加乡试,便考中秀才,一举成名,被人誉为"两浙才子"。

一棵高大的银杏

湖州的自然风光、山水之美、物产所出,很久以前便已经记录在文人笔下。

寓居湖州的宋室后人、元代著名书法家赵孟頫写过《吴兴赋》一文,详细地描写了湖州的自然风光与风物特产。"其高陵,则有杨梅枣栗,楂梨木瓜,橘柚夏孕,枇杷冬华,槐檀松柏,椅桐梓漆之属。文竿绿竹,篆蕩杂绀遝,味登俎豆,才中宫室,下逮薪樵,无求不得。其平陆则有桑麻如云,郁郁纷纷,嘉蔬含液,不蓄长新。陆伐雉兔,水弋鳬雁,舟楫之利,率十过半。"从天目山麓到平原高地,随处可见茂林修竹,郁郁葱葱,绿意飞扬,生态环境相当宜居。

当地具有独特的人文气息:"于是有搢绅先生,明先圣之道以道之,建学校,立庠序,服逢掖,戴章甫,济济多士,日跻于古","当是之时,家有诗书之声,户习廉耻之道,辟雍取法,列郡观效,诚不朽之盛事已"。崇文重教,诗书传家,英才辈出,清廉长传。

一则《吴兴赋》,写尽了湖州一带优美、舒适的居住环境与富庶繁盛的人文历史。

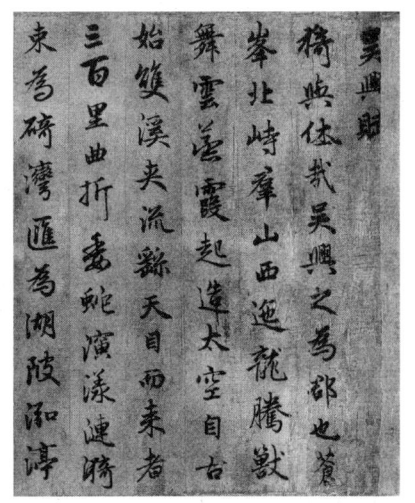

赵孟頫书法《吴兴赋》

---

① 王贺春等.中国林业的杰出开拓者——梁希[M].北京:中国林业出版社,1997:10.

若不在清末,像梁希这样官宦家庭出身的少年子弟,所期待的美好人生,应该是通过一次次科场拼搏,如其父辈们一样,成为一名博学的官僚或乡绅。但19世纪末的中国,内忧外患,风雨飘摇。"远东第一大都市"上海,正上演着一幕幕惊心动魄的时代大剧。江南水乡平静的生活,即将被打破,变革力量如汹涌澎湃的钱江潮扑面而来,撞击着青年的心,召唤着年轻一代,改变并塑造着他们的别样人生。

梁家宅院外的板桥江,曲曲折折,一直通往远处的大运河。少年梁希喜欢静静地坐在门前的长石板上,看着幽幽的河水,看着河上帆影远去,生出许多念头,想象着远方的精彩世界。

梁家院落旁,有一株银杏树,笔直的躯干、繁盛的枝丫,显得苍劲而有力,站在老远的地方,可以看到伟岸身姿。树枝繁茂、果实累累,一到秋天,许多邻家小孩喜欢爬到房上去捡拾果实,既吵闹又危险。梁家担心影响孩子读书,就花钱将它买下。梁家人坚信,这棵银杏有一种神秘的力量,可以使人智慧聪颖。多年以后,梁希给家人写信时,常会提起这棵银杏,问叶子是否黄了,果子多不多之类。

梁家老宅的银杏

斗转星移,春华秋实,银杏叶子绿了又黄,黄了又绿,果子结了又落,落了又结,吸引着飞倦了的小鸟,在枝头上停脚歇息。夏日里长鸣不已的蝉儿,也吸引着小梁希好奇的目光。秋天,树梢上挂满了白果子,将它打落下来,晒干炒熟后,就成了香喷喷的美食。春夏时节,他喜欢跑出院子,和小伙伴去田间桑林玩耍,浓绿的桑叶下,满是黑紫的桑葚,送进嘴里,是绝妙的人间美味。晴天里,他常常静静地坐在树下,诵读着古诗文;或者蹲在墙根下，用小虫儿逗蚂蚁。夜幕降临，繁星点点，鸣虫啾啾，他最喜欢坐银杏树底下，听大人们讲"八仙过海""孙悟空打妖怪"之类的故事。

一棵大树，就是一段故事，一个世界。在童年梁希的眼中，有着无穷的乐趣，编织着快乐的梦。

有人说，梁希对森林的感悟，对绿色生命的认知，或许就是从这棵银杏开始萌生的。江南烟雨的诗意里，春夏桑叶的碧绿间，孕育出那一份情怀、那一份信念，启迪着少年梁希，无怨无悔地探索大自然的奥秘。

第二章 热血青春

嘉木名诗

咏柳

唐朝　贺知章

碧玉妆成一树高,
万条垂下绿丝绦。
不知细叶谁裁出,
二月春风似剪刀。

林人树语

　　柳树,别名杨柳,杨柳科柳属落叶乔木或灌木,在中国已有2000多年的栽培历史。柳与"留"谐音,古人有折柳相赠的习俗,以表达留恋之情。江南多柳树,广泛分布在河流、池塘、湖沼边上。春夏之际,枝条柔蔓,随风起落,姿态优美,妖娆万分。在它柔弱纤细、低垂谦虚的外表下,有着一份顽强的定力,能抵狂风与烈日,又与春风共舞,随烟雨同行,成为诗意江南美好记忆的独特镜头。

冲天飞翔的少年心

中国科学院编写的《科学的道路》收录了梁希一篇题目为《黄河流碧水　赤地变青山》的自述文。文中有这样一段话:"清廷戊戌变法失败以后,1900年八国联军攻占北平,清朝割地赔款,丧权辱国,使我产生了武备救国思想,于1905年投笔从戎,参军入伍,被选入浙杭武备学堂学习军事。"真实记录了他思想变化的过程和人生选择经历。

进入19世纪后半期,清王朝闭关锁国,腐败无能已经暴露无遗,西方列强如同噬血的野兽一样,早已闻到了血腥的气味,纷纷扑向这个无力自救的庞大猎物,掀起了瓜分中国的狂潮。中华大地,内忧外患,一片惨象,形势危急。1874年的一个阴冷的冬天,大臣李鸿章在给同治皇帝的奏折上惊呼,这是"数千年未有之大变局"。

1895年中日甲午海战爆发,中国大败,消息传来,举国震惊。正在北京参加科举考试的学子,在康有为、梁启超等人联络下,大约有一千多人,联名向朝廷上书,要求推行新法,实行社会改良。因为古代参加考试的举子,是由国家公车接送的,故称"公车上书"。三年后,光绪皇帝开启"新政",依靠康有为、梁启超等维新人物,实施变法:改革机构,裁撤冗官,任用维新人士;鼓励私人兴办工矿企业;翻译西方书籍,传播新思想;创办报刊,开放言论;训练新式陆军海军,开办新式学堂,废除科举考试。不料这场不动政体的改良运动,却受到以慈禧太后为首的保守派的强烈反对,继而发动了政变,光绪皇帝被囚禁,康有为、梁启超等人仓皇出逃国外,谭嗣同等"戊戌六君子",在北京城南的菜市口被当众砍头。历时103天的"戊戌变法"宣告彻底失败。

保守势力重新获得实权,清王朝又重回老路,民众陷入空前绝望,整个社会都处于迷茫中。

1900年，农历庚子年，正值世纪之交，是一个多事之秋。

新旧世纪交汇之际，中外各国呈现着完全不同的命运。西欧各国经过两次工业革命，借助科学技术力量，生产力获得极大发展，国家实力大增，开启了新一轮的海外殖民地扩张，继续开拓海外商品市场。而清王朝如同苍老垂危的病人，正在被滚滚向前的时代洪流所裹挟，步履维艰，苦苦挣扎。社会底层的百姓生活在水深火热之中，遭遇水灾、旱灾、沙灾、蝗灾、兵荒马乱，天灾人祸，民不聊生，怨声载道。摇摇欲坠的清王朝，如同一驾破旧的马车，朝着灭亡的绝境一路狂奔。

此时山东、直隶一带的教会与民众矛盾激化，教会依仗列强势力的保护，为虎作伥，欺压百姓，各式各样的"教案"频频发生，而各地官府"惧于教会的治外法权，不欲与洋人作对而未能持公处理"，民众强烈不满，仿佛一个沸腾的锅，"突突"地往外冒气，随时会冲出来。

1900年春天，义和团运动终于爆发，迅速席卷北方各地。当时西方列强对于慈禧等顽固派反对改革、囚禁光绪皇帝且大权独揽的行为已有不满。慈禧太后等人出于自身利益考虑，以为"拳民忠贞，神术可用"，想借助民间力量，打击日益猖獗的列强势力，便允许义和团进驻北京，并组织军民攻打北京西什库等地，一时间热闹非凡。

但好景不长，各国列强以拯救侨民为名，组成八国联军，依仗着坚船利炮，浩浩荡荡从天津一路打到了北京，占领了紫禁城，洗劫了圆明园。之前嘴硬无比的慈禧等人，仓皇地向山西等地逃跑。最后，慈禧等人风头一转，与列强勾结，将动乱罪名安在义和团头上，中外势力联合在一起，血腥镇压了义和团运动。

历史总是有惊人的相似之处，中华民族的悲剧再一次上演。

1901年，农历辛丑年，清王朝同十一个国家签订了《辛丑条约》，要拆毁天津大沽口到北京沿线设防的炮台，允许列强各国派驻兵驻扎北京到山海关铁路沿线要地，还需向各国赔款。

此时的西部边陲，也发生了一件大事，让中国文化界感到耻辱。1900年，在茫茫沙海中的敦煌，长年居守在破旧石窟里的一位道士王圆箓，在清理第17窟的积砂时，无意间发现了"藏经洞"，六万多件从4世纪至14世纪的佛教经典、丝绸、法器、文书等相继出土，一时轰动世界。短短几年间，英国人斯坦因、法国人伯希和、日本人橘瑞超和吉川小一郎、俄国人奥尔登堡、美国人华尔纳等，打着文化研究、科学探险的幌子，从四面八方赶到边陲小镇敦煌，或骗或购，或抢或夺，将这一批中华文化的无价之宝，劫掠一空。残留的一小部分文献，在辗转运回北京过程中，一路上又被各级官绅当作礼品、藏品私自截留，破损不计其数。一场野蛮的劫掠，一群无知的看客，造成了中华文化遗产不可挽回的重大损失！

八国联军活生生地在中国人的心上插上了刀子！让整个近代史，始终弥漫着鲜血的气息，回荡着屈辱的声响！

在北京，外国人建立独立的使馆区，禁止中国人居住，由各国自主"常留兵队，分保使馆"，成为在中国首都监视清政府的一支超级政治力量。在上海、天津、武汉等大中城市，出现大量"租界"，自1845—1905年的60年间，西方列强在我国强行设置了27处租界，成了不受中国法律规定管辖的"国中之国"。

从1900年之后，俄、日、英、法、美等列强，掀起了瓜分中国的狂潮，在东北、华北、西北、东南各地，划分势力范围，侵占中国领土，一时边患不断。

内忧外患，丧权辱国，清政府的腐败无能暴露无遗。亡国灭种的空前危机，让中华大地陷入了绝境，一批有思想的知识分子极度苦恼，像"处在一间黑屋子里"，弥漫着无望、窒息、绝望的气息！

这一年，梁希18岁，个头不算高大，文文静静、清清瘦瘦的面庞，一颗年轻而火热的心，被动荡的世界所震撼！

出身官宦之家，父亲是清朝官员，自己是秀才出身，本希望能够如祖辈或父兄一样，通过科举获得功名，光宗耀祖。时代巨变，国运板荡，美好愿望一点一点被残酷现实所抛弃。历经岁月风雨的蓉湖书院，早已不是一池死水，"一心只读圣贤书"不再是人们的追求。从上海带回的各种报纸杂志，在同学间传阅，大伙有着说不完的新鲜事，一会儿是中日海战后的赔款，一会儿是义和团运动,一会儿又是革命党人被抓,当然,还有数不清的洋货、美女广告宣传。

梁希完全没了考中秀才时的兴奋,觉得自己像被抛弃在河滩的鱼虾,一文不值了。书院以外的广阔天地,每天都会传来一件又一件大事,在书院的高墙之内,总会激起青年人热烈的争议。每听到一件有趣的事,同学们会围在一起,争论一番,可谁也讲不清楚,谁也说服不了谁。更为可悲的是,谁也不晓得,明天又会发生什么?

梁希终于坐不住了,常常彻夜不眠,眼前全是白天同学们争吵的事和听到的奇闻。《南浔志·卷十三·风俗》记载:"乾嘉以还,皓首穷经者前后相望,庚子后,其圣经贤传,唐诗晋字,皆束之阁,学风为之一变。"湖州城乡各地,莫不如此。

梁希开始结交吴兴城里、双林、南浔等地的年轻朋友,他和双林的吴兴权、从德清来南浔读书的俞寰澄、南浔的张静江兄弟,彼此间意趣相投,经常一起聚会,兴奋地谈论着未来,总有说不完的话,成为了亲密的好友。

> 俞寰澄(1881—1967),名凤韶,浙江省德清人。16岁中秀才,20岁中举人,1905年结识孙中山,入了同盟会,立志反清革命。后弃政从商,从事证券股票业。参与筹建中国民主建国会,任中央常务委员兼副秘书长。中华人民共和国成立后历任全国政协委员、全国人大一至三届代表、政务院财政经济委员会委员等职。

梁希时常静静地坐在自家窗前,望着远处的成片桑园、鱼塘,望着渐渐远去的道道白帆,看着镇上来往奔波的人流,不时会进出一个个大胆而奇妙的念头。

他想大声叫喊,他想猛地往前冲,他要走出双林,到更广阔的世界去闯荡一番。

武备学堂一年间

初夏的一天,坊间传来一个消息,浙江武备学堂改变了原来的招录方式,要在全省招录学业优秀的青年。

浙江武备学堂的事,梁希和同学们是听说过的。几年前,朝廷大臣李鸿章、张之洞等人主张"自强求富",举办洋务,兴办工厂,建立新式军队,提倡以"武备救国"。最先在天津办了武备学堂,杭州也建了浙江武备学堂,招收军营里的武弁,读书训练毕业后,直接进入军队任职,这也算是当时青年人的一种出路。现在学堂改了规矩,扩大招收身体健壮、文理通顺的官员或士绅子弟,学习满一年毕业后,经过考核,体质合格,可以去军队任职;优秀的可以出国留学深造,回来会更有前途。

梁希与儿子们的合影

严谨的军队生活、规整的军人装束,对于穿惯了长衫马褂的青年梁希,仿佛在心里点亮了一盏灯,有着一种莫名的兴奋与激动。

1902年,刚刚19岁的梁希,与同乡姚利贞结为秦晋之好。三年后,长子梁震(又名梁圭)出生。初为人父的梁希明白"好男儿不当兵",梁家这样的诗书人家,家人肯定不会支持他从军的,现在有了家室子女,更不可能了。

但他的心依然没有着落,屋里屋外,总是不能安心下来。科举没了,秀才也不管用了,"闭门只读圣贤书"肯定不行。梁希觉得自己已长大成人,该作一回主了,去外面世界闯荡一回。

春末的一天,梁希走进大堂,向大哥梁煜行礼问好后,平静地说了想去武备学堂的打算。他的声音很轻,但是很坚定。长兄如父,大哥对于他的学业成长,花了不少心思,他也很敬重大哥,总是依着大哥的意思去办。此刻表情依然严肃的大哥,并没有抬头,似乎早已明白他的心事,大约说了"你已成家了,也有了孩子,自己事自己定"的意思。梁希觉得,大哥对自己还是信任的,没有多余的话,更没有责备的意思。走出家门时,他仿佛放下了一副重担!

1905年,22岁的梁希,被浙江武备学堂录取,成为一名真正习武的学生。

他从吴兴坐上船,沿着大运河,直达杭州武林门外。一路上,运河两岸风光正好,他如同放飞的鸟儿,有一种自由奔放的感觉。

浙江武备学堂坐落在杭州城东的蒲场巷(今大学路),一排低低的楼房,围住了一片空地,是练兵的操场。"学习西洋军事,各种枪炮、营垒及行军、布阵、攻守各法。"①

梁希走进学堂的第一天,觉得一切都是新的,到处是精力充沛的青年人,到处是喧闹的声音,操练队形,学习军事,摆弄枪支,完全不同于蓉湖书院的宁静安逸,充满了紧张和兴奋。

过了不久,他就发现了一个问题:自己文文弱弱的,个子也不够高大威猛,与班上大个子相比明显不一样,而操场上那些震天响的操练声、刺杀声、口令声,与自己的性格也有些异样。可他有好强的性子,不甘于落后,一板一眼地照着操典去做,愿意比别人付出更多,流更多的汗水,只希望自己顺利完成学业,成为一名合格的军人,有一个好出路。

一年的时间很快过去了,梁希充满着对未来的期待。

军队招录选人的那一天终于来了。骄阳之下,盛夏里的操场,像火炉一样,连尘土都是灼人的。远远可以看到那个体形健壮、高大威猛的军官,正端着花名册,站在一排武备生面前,高声地叫着号子,声音大得吓人。被他相中的,直接走向对面,意味着可以成为一名军人。

"梁希,出列!"响雷般的声音从前面传来。"到!"他用足了气力,从胸腔里吼了出来,并快速地小跑过来,笔直地站在军官的面前。一高一低,

---

① 张楚宝.梁希先生年谱[C]//《梁希纪念集》编辑组.梁希纪念集.北京:中国林业出版社,1983:154.

块头比那人小了一圈,反差极为明显。那人几乎没有正眼看他,表情很是不屑,满脸横肉在阳光下更加可怖。"下一个",吼出来的声音,格外刺耳。

"身体不合格!"表格上的印章格外刺目。梁希像被霜打过的茄子一样,一下子蔫了,泄了精气神,孤零零地站在队列的最后。无神的眼睛,看着熟悉的同学,不由得重重地叹了一声长气。

刚刚升腾起来的"武备救国"从军梦,就这样匆匆地飘走了!

东渡日本留学

上帝关上了一道门,却为你打开了另一扇窗。

1906年初,当不了军人的梁希,凭着优异的学业成绩,考取了官费留学日本的资格。这虽不是他期望的"武备救国",可是,能够赴国外留学深造,学习新知识,也是许多青年的不错选择。

中日甲午海战失败,终于惊醒了梦中人,"百日维新"失败,又经过义和团运动、八国联军入侵等重大事变,清王朝近乎倾覆,无奈之中实行以"练新军、改官制、兴学堂"等为主要内容的"新政"。1905年9月,清政府发布"上谕",宣布"自丙午(1906年)科为始,所有乡会试一律停止,各省岁科考试亦即停止"。传承1300多年的科举制度,终于退出历史舞台。从此之后,由政府选拔优秀青年学生出国留学,许诺留学归来赏予功名、授以官职等。

向日本派留学生,被朝廷视为培养"新政"人才的快捷方式。因为同样被西方列强打开国门的东邻日本,通过推行明治维新,"脱亚入欧",面貌为之一新,而甲午海战,竟然打败了北洋水师,让中国赔了大笔白银,还割让了台湾、澎湖等地,一时朝野震惊。全国上下认为,日本由弱变强的方法,是最值得学习的。此时的日本朝野,也期望"借以纾缓因战争而紧张不已"的外交关系。一衣带水的近邻,习俗相近,远比去西洋学习方便,又节省费用,一下子成了清代青年人留学的首选。

资料记载,1901年留日学生人数为274人,1902年夏为614人,1904

年为1454人，1905年冬为2560人，1906年夏为12909人，年底达17860余人。①在全国留学的风潮中，浙江尤为突出。著名的刊物《浙江潮》刊登《请令子弟出洋游学并筹集公款》，认为"浙江犹能于留学界占二三等位"。当时的《东方杂志》报道："1906年3月的一次前往日本留学的浙江籍举贡监生，就有100多人。"

或许，梁希就是1906年这一百多人中的一员。从传统学校转向外面世界，大大拓宽了青年人的想象空间，也改变着梁希的理想追求。

"大江歌罢掉头东，邃密群科济世穷。"一群青年人怀着不同的目的，相继来到日本，学习工、农、医、矿山等专业，涉及自然科学技术各个方面，也有军事、警务、政法等领域。这些人中，既有王公贵族子弟，也有心怀大志的青年才俊。讽刺的是，这些留学生，本是大清王朝振兴国运的希望所在，谁也没料到，最后他们中的不少人竟成了推翻清王朝的主力军。

历史不能假设，文明大浪滚滚向前，一切个人的私心杂念，都会被时代巨浪所吞噬。

初春时节，惠风和畅。站在驶向东洋的轮船上，望着茫茫大海，梁希心潮澎湃。他想起了盛唐时代，日本大批遣唐使踏浪冒死而来，学习中华知识，甚至临朝为官，传为千古佳话；千年之后，无数中国青年却"掉头向东"，留学于东洋，向当年的徒弟学习。

历史何其相似，而国运兴衰，时势变迁，已经迥然不同！

到达日本后，梁希进入预科学习日文，提高语言熟练程度后，再转入正式学校学习。在东京东弘文学院预科，梁希开始了一年期的预备生生活。

东京弘文学院，在中国近现代留学史上，是很有名气的。它成立于1902年1月，是日本教育家嘉纳治五郎创办的一所语言培训学校，后为避乾隆皇帝弘历的御讳，改名为"宏文学院"。许多留学日本的中国名人，如革命家陈天华、黄兴，文学家鲁迅、郁达夫、许寿裳，科学家李四光，都曾在

---

① 李华兴.留学教育与近代中国[J].史林，1996（3）.

这所专门用来接收中国留学生的学校学习。

一年后，1907年，梁希完成了预科学习，按规定进入正规高校学习。

据现有资料看，梁希进入高校有两种不同的说法。

一种说法，梁希进入了名古屋大学，读农科（2021年10月11日，九三学社中央委员会官网上登载了一篇文章——《九三先贤与辛亥革命》，文中有梁希"1909年入名古屋大学农科学习"的说法）。另一种说法，梁希结束一年预科学习后，进入了日本陆军士官学校学习海军知识。他的学生张宝楚写的《梁希先生年谱》中记载："1906年（光绪三十二年），二十三岁。因学业成绩优异，被选派前往日本留学。先入日本预备学校学习日语。梁老在东京弘文书院预科学习一年。1907年（光绪三十三年），二十四岁。目击清廷昏庸腐败，抱负武备救国的理想，进入日本士官学校学习海军。以品学兼优，被选拔为班长。同年加入孙中山先生在东京建立的中国同盟会，与先一年加入同盟会的吴兴籍人士陈英士（其美）结为盟友，并常在东京出版的《民报》上撰写诗文，挞伐腐败辱国的清王朝。"[1]

梁希说他于1905年投笔从戎，参军入伍，被选入浙杭武备学堂学习军事。后因体格不合，未能选为军官，被派往日本留学。在日本接触了孙中山先生的革命思想，立志推翻清王朝。为此，1907年加入日本士官学校学习海军，并加入中国同盟会。1912年辛亥革命成功后，他立即回国投入革命，参加浙江湖署军政分府的新军训练工作。推翻清廷建立民国后，不久便南北议和，军政分府撤销，只好又回日本士官学校就学。

《梁希纪念册》前言："少年忧心国事，抱定武备救国之宗旨，投笔从戎，并东渡日本，学习军事。"好友蔡邦华说他，"官费留学日本，初入士官学校学海军，并加入孙中山先生领导的同盟会"。胡文亮的《梁希与中国近现代林业发展》所附《梁希年表》载有"1906年因成绩优秀选派日本留学，在东京弘文学院学习一年；1907年，24岁，进入日本士官学校，因品学兼优，被选为班长，同年加入反清组织同盟会"。

---

[1] 张楚宝.梁希先生年谱//[C]梁希纪念集.1983：154.

浙江留日学生同乡录封面

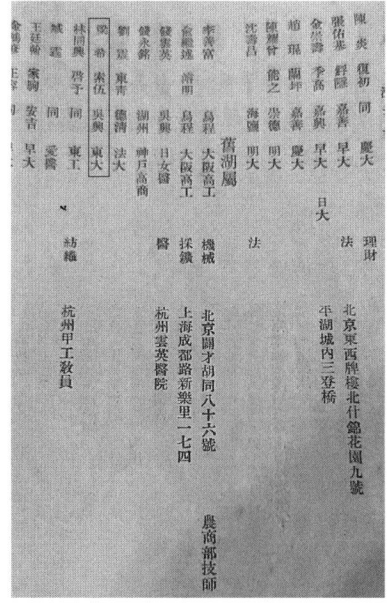

浙江留日学生同乡录

梁希进入日本陆军士官学校学习的经历，他自己及许多人著文中均有提及，应该不会有误。但查询留学预科学习制度及士官学校学制，依然存在一些疑惑。

日本陆军士官学校，从1900年（日本明治三十三年）开始招收中国官派留学生，一直延续到1931年前后，共招录了22期学生，学制时间为一年。不少有从军梦想的中国学生投奔这里，学习日本军事知识与技术。从这里毕业的留学生，不少人在中国现代军事活动中，扮演了重要角色，有同学校友在军阀混战中兵戈相见，也有在抗日战争中与日本同学相互拼杀的。

疑问之处在于：一是在台湾大学沈云龙主编的《清末民初留日陆军士官学校人名簿》中并没有梁希的名字。这可能与他入校读书，并没有完成学业有关。二是日本陆军士官学校，只设步科、炮科、骑科、工兵科，后增设辎重科等，并没有"海军科"。三是士官学校一、二、三期留日士官生，直接进入日本士官学校第十三、十四、十五期就读。因第三期（1903年12月—1904年11月）浙江海宁人蒋百里成绩优异，名列第一，获日本天皇亲自授指挥刀，日本军人由此感到羞耻，遂将中国留学生单独编班成队，不再与日本人混编。

按梁希1907年进入士官学校，应在第三期之后，已经无日本同班同学，担任班长完全有可能；1913年他再回日本时，还是进入了该学校学习。

浙江图书馆中有一份中华民国十二年（1923年）印的《浙江留日学生同乡录》，文后收集了一份之前的同乡会会员名单，有"梁希　索伍　吴兴　东大"一条，记载的是他进入东京帝国大学的信息。而之前所谓的名古屋大学或日本陆军士官学校的学业，则没有记录在册。

梁希与同期留学日本的浙江绍兴人陈仪，一直关系密切，陈仪是1907年日本士官学校第五期炮兵科毕业生，若梁希此时在同一学校，应该是相识的。

梁希1906年赴日本留学，完成一年预科后，可能又进日本陆军士官学校，再加上在东京帝国大学的4年（1913—1916），留学日本前后达10年时间。其间，他在1909年假期回国、1912年回国参加了新军训练，1913年返回日本后，不久即考入东京帝国大学，并有明确学习期限、专业的记录。

近代史上，许多留学日本的风云人物，直接将赴日留学与救国思想联系在一起，特殊时代、特殊国情造就了特殊人生。

当时，大清国形象在日本人眼中已经完全不同以往，这些留日学生，或多或少遭受了蔑视和不公平待遇，屈辱、刺激、愤怒的情绪下，自然而然地增强了他们的国家意识和发奋自强的信念，塑造了独特的爱国情怀。在人生的搏击场上，经过残酷的洗礼，理性、自尊、坚韧、睿智、宽容等品格，都有了新含义。有人奋起，有人反抗，有人挣扎，也有人沉沦，形成了现代史上丰富多彩的不同人生。在以后对日关系上，特别是在抗日战争这种刀剑相向的时刻，家仇国恨、大是大非，有着完全不同的表现：视之如仇敌者，有之；视之如友邦者，有之；首鼠两端者，有之。

1906年的日本东京，已经跃升为远东的大都市，人口众多，经济活跃，成了各种思潮、各种力量的汇聚之所。在这里章太炎为首的革命派，梁启超领头的保皇派，唇枪舌剑，论战不休；在国内多次发动革命却屡屡失败的孙中山、黄兴等人也来了，寻找同党，积蓄力量。各种角色的人物，保皇者、革命者、商人、学生等，激烈地辩论着、争吵着、谩骂着，甚至打架流血也是常有的事。

不管是官费还是私费的留学青年，每每被这些场景所感动，并平添了一份"以天下为己任"的豪情壮志。在这里，看到的听到的，远比校园里捧着书本来得刺激。几乎所有留学日本的青年人，都无一例外地卷入了这场革命洪流之中。

加入中国同盟会

一天下午，梁希又来到一个热闹的会场，想听一场期待已久的演讲。

台下乱哄哄的，到处是操着各种腔调的中国人的面孔。突然，一个正在大声演讲的人，吸引了他，熟悉的湖州乡音，让他倍感亲切。他忙向旁人打听，原来此人就是大名鼎鼎的湖州人陈其美。

梁希早已知道，有一位吴兴人叫陈其采，早年官费留学日本，归国后被清廷录用，出任驻沪新军统带，是吴兴一带的名人。台上这位，正是陈其采的胞兄。陈氏兄弟感情很深，在弟弟的资助下，陈其美赴日留学，积极追随孙中山，成为孙中山的得力助手、肱股之将，名气早在其弟之上了。

陈其美的演讲还没有结束，梁希就早早地站在通道边，等候这位名人老乡。两人见面一聊，一番吴侬软语，一见如故。陈其美丰富的社会阅历和充沛的革命激情，让梁希佩服不已。一席话下来，梁希也没说上几句话，就已经认定，要跟着这位同乡干革命，推翻清王朝，实现国家强盛。

之后的日子里，梁希时常会去找陈其美，跟随他参加各种集会，一起讨论时务，阅读《民报》充满革命激情的文章，自然也结识不少活跃人物。

1907年，在陈其美介绍下，梁希加入了中国同盟会，成为追随孙中山的革命青年。

这时的他，将所感所想，常投稿到《民报》等报章，宣传民主革命思想，抨击清政府的腐败昏聩。

1909年假期，梁希回国探亲期间碰上一件让他难过的事，好友吴兴权不幸病逝。这位学业超群的好友,是当时浙江省考入北洋大学仅有的二名学生之一,真是天妒英才。梁希十分悲痛,应镇上乡绅要求,撰写了洋洋千言的长文以纪念好友。《双林镇志》记载道:"视彼西邻,辈起伟人,每资学理,引任革新,奋始瘁终,移俗化民,不借权势,功成志伸。故夫一人任一国之责,而一夫运万钧,岂吾国之独无?"他借此发表议论,向往西方社会革新、科学救国的重大作用,感叹中国旧俗禁锢思想,立志要向西方学习科学,表达对国家前途的忧虑。

孙中山与中国同盟会成员

《双林镇志》专门记载这件事:"梁索五撰祭文,诵于肖像前,声泪俱下,听者感容。"

1911年10月10日,农历辛亥年,一场革命在武昌爆发,迅速席卷全国,掀起了推翻清王朝的革命大潮。

陈其美看到时机成熟,赶回国内,依靠上海等地民众基础,以同盟会、光复会两大组织为主,发动武装起义,攻打江南制造局,最终占领上海,宣布独立,支持武昌革命。11月7日,成立上海军都督政府,"公举陈其美(英士)为沪军都督"。

随后,湖州也宣布光复,并成立了临时军政分府。一位当地的校长担任督军,却因管理无方,导致当地秩序混乱。沪军都督对此很不满意,委派了亲信俞寰澄接管湖州,整顿治安。俞寰澄上任后,大刀阔斧,雷厉风行,当地面貌焕然一新,不久,就被任命为湖州临时军政分府主任。

1912年1月,梁希获悉辛亥革命成功,家乡湖州也已经光复,兴奋不已,马上乘船回国。想到主政湖州的是俞寰澄,还是当年好友,顿时信心倍增。回国后,家里也没住上几天,也没有顾得上抱几回年幼的儿子,就兴冲冲地去了湖州临时军政分府，找到俞寰澄。老友久别重逢，又在革命成功之时，自然是一番畅谈，热闹非凡。

因为梁希有浙江武备学堂从军的经历，他很快被任命负责新军训练事宜。梁希怀抱多年的"武备救国"梦想，第一次有了付诸实践的机会。

世事难料，风云突变。南京临时政府成立不久，迫于国内外形势和北方军阀的强大压力，任职不过三个月的临时大总统孙中山宣布辞职，让位给了拥有实权的北洋军阀袁世凯。几个月后，各地军政府、军政分府也纷纷宣布裁撤。浙江临时湖州军政分府也没了，俞寰澄心灰意懒，独自跑回上海做生意去了。新军训练营里，新兵枪械、服装等一并被收缴了，新军训练成了昙花一现。

梁希刚刚燃起的"武备救国"的梦想火苗，又一次残忍地被熄灭了。

随后的局势发展，更加令人不可思议。掌握了实权的袁世凯不愿受《临时约法》制约，处心积虑打压革命势力，并恢复帝制当起了"洪宪皇帝"。孙中山等人发起了"护法运动"，后又掀起"二次革命"，反对袁世凯称帝，都以失败而告终。孙中山、陈其美等人出逃日本，建立中华革命党，以图东山再起。几年后，一心积极拥护革命的陈英士竟在上海被人暗杀，结局相当惨烈。

一场轰轰烈烈的推翻封建帝制的民主革命，建立了中华民国新式政权，却演变成了另一伙人粉墨登场、重启皇帝美梦的闹剧。从群情激愤、全身心投入，到完败归零，梁希与许多热血青年一样，一下子陷入迷茫之中，他不止一次地追问自己：出路到底在哪里？今后的人生路又该如何走？

人生轨迹的大转变

新军散伙后，梁希在家待了一个月有余。他关上书房的门，长时间静坐沉思，有时连饭也不想吃。

窗外，高高的银杏树，开始长出新叶了，再过三个月，又将是绿叶重重，浓荫一片。他在脑海里一遍遍地回放几年来的经历，与好友同道一起，听演讲，搞集会，宣传革命，著文论战，理想风帆高涨，人生目标清晰，觉得有许多大事可以做并能够做成。现如今，一切都变了，孙中山临时大总统不当了，临时军政府撤了，朋友们散伙了，自己也不知道下一步究竟能做什么了。

漆黑的夜里，窗外依然雾气沉沉，街道早已没有行人。孩子的啼哭声，偶然会从房间那头传来，也伴随着大人的嘟囔声。远处传来的河埠头的声响，多是船家整理货物发出的，他们在准备明天的远行了。

1912年4月，苦于在家无所作为，梁希选择了重回日本，继续完成未竟的学业。

随后，接下来发生了一件事，彻底改变了他的人生轨迹。

一天早晨，班上两个日本学生姗姗来迟，按当时学校规定，这是破坏班级纪律的行为。身为班长的梁希，出于维护班级荣誉的目的，对他们进行了严肃的批评。不料，两个日本学生不干了，蓄意挑起事端，纠集了一批学生，拦住梁希不让他走，一边推搡着，一边辱骂："你们支那人，凭什么本事当这个班长，还不是向着教师讨来的吗？有本事的话，你们不要来日本求学，滚回去啊！"聒噪的声音，如同夏日的雨点，不断地落在单薄的梁希身上。更恨的，旁边还有几个不明事理的中国人，也跟着起哄、寻开心。梁希愤怒地看着他们，气得浑身发抖，竟连一句话也说不出来。

他曾自述道："1913年不能忍受日本学生歧视欺侮中国学生的行为。"这一件事，给他极大的打击，在多年后的回忆里，依然有这样的记忆。

这一天夜里，梁希彻底失眠了！他一遍遍想着白日里发生的一幕，内心极其难受，有一口恶气堵在胸口！

他知道，虽说这只是学生间的一次冲突，却让人清楚地感受到，在这些高高在上的日本青年心目中，即使是最优秀的中国学生，学业最优，得到老师好评，也是没有什么用处的！腐朽的清王朝不行，新建立的民国也不行，弱国子民始终摆脱不了遭受侮辱的境地。更痛苦的是，作为一个留学日本的中国人，连抗争的理由和勇气也没有。埋头苦干学到的知识，又有什么用处呢？

窗外皎洁的圆月，清冷而孤寂，高悬在漆黑的半空，仿佛一只无底的大眼，能够洞察一切。

梁希想起了家人，想到了古旧而熟悉的老宅，想到了庭院里那高高的银杏树，也想到了英勇赴死的志士同仁，眼角有了湿湿的感觉！

他的脑子里像放电影似的，一遍遍地回放这些年自己走过的路、做过的事，心里越发空虚了。

在异国他乡几年，从校园到社会，他学了许多，看了许多，也听了许多，对这个海岛邻国，逐渐有些清晰的印象。与国内各地所见的破旧村落、光秃群山完全不同，维新改革后的日本，工农业发展迅速，农村面貌也焕然一新，特别是随处可见的山清水秀、绿树葱茏的山村景象，给他留下了极深的印象。虽然自己来自富庶的江南，气候湿润宜人，也有满眼的绿色，但是相比之下，总觉得还是缺了点什么。

那些博学的日本老师，讲到了科技发达带来的诸多好处，比如男男女女穿着的人造丝织品，是从植物纤维中提取，经过化学加工制成，令人眼前一亮。这与家乡民众通过辛苦种桑、养蚕、缫丝、纺纱、织布所得，完全不同，收益也相差甚远。毫无疑问，科学知识与技术，才是真正的"富国利民"的新学问。

他渐渐地明白，与其做着苍白无力、遥远无边的梦，不如学习一门实际的知识，小者可以帮助乡邻民众，利于生计改善；大者可以服务社会，促进国家富强。

第三章 追梦林人

嘉木名诗

东京杂事诗

现代 郁华

树底迷楼画里人，
金钗沽酒醉余春。
鞭丝车影匆匆去，
十里樱花十里尘。

林人树语

　　樱花是早春观花树种，广泛种植于园林，用于观赏，可以群植成林，分布于山坡、庭院、路边、建筑物前。日本人尤其喜欢，将其喻为国树、国花。樱花盛开，花繁艳丽，满树烂漫，如云似霞，极为壮观，寓意着浪漫、纯洁、高尚，有着生命的绚丽多姿。

林学家的最初梦想

民国之初，军阀混战，国是日非。梁希的情绪是极其失落的：革命者流血牺牲，依然换不来国富民强，换不来国泰民安；心目中的新民国，已经沦为各方势力争权夺利的战场。"武备救国"成了不着边际的空想，彻底失败了。

已近而立之年的梁希，开始认真思考人生，想自己的未来。从1906年来日本留学，算起来前后已经六、七年，闯荡、奔波、革命、求知，似乎都想要，似乎都没有得到。静下心来，做自己喜欢的事，才是正道。于是他默默地给自己定下了目标：读最好的大学，学最先进的知识，做一个对社会有用的人。

当时，日本最好的大学，要数东京帝国大学，想成为这所大学的学生，必须有过硬的功底。梁希凭着优异的学业成绩，顺利地通过了考试，进入了东京帝国大学农学部，专业是林科，此时的他坚信："此系富国利民之重要手段。"

选择林业而不是其他专业，与他的最初想法有关。他曾有一句名言，"衣食住行都是靠着森林。国无森林，民不聊生"，还说我对森林有特殊的偏好。这大约是他选择森林的理由。

他的同学侯过（字子约），在谈起自己选择专业时，也有这样的表述："看到日本处处山清水秀，对比家乡濯濯童山，乃毅然重渡日本，决心学林，以绿化中华为己任，力图改变祖国的山河面貌。"[1] 同是林学家的陈嵘初次看到日本森林景观时的感受也是这样的"今外人一履其土，辄见林深木茂，令人神往，日本在国际上膺有'东方瑞士'之美誉，不得不归功于国人之能重视森林"，"至其每年报所出之林产，在民国二十一年，其数额已达

---

[1] 胡希明等.我国林业界老前辈侯过[C]//中国人民政治协商会广东省委员会.广东文史资料：第三十五辑.广州：广东人民出版社，1982：112.

东京帝国大学农学部校园

四万万四千三百十二万四千元之巨。"陈嵘还特地指出:"日本现有皇室森林、国有林、社寺林、私有林,共计四千五百七十一万二千二百三十九公顷,占其国土面积百分之六十二,几为世界首屈一指之森林国矣。"[①]他对于日本的森林面貌,感受极为深刻。

巧的是,梁希、侯过、陈嵘当时都是热血青年,留学时参加了同盟会,立志推翻清王朝,后来都转攻林业,成为林学大家。

可见,当时留学生有这种心态极为普遍,面对落后的国家、破败的家园、凄惨的面貌和严酷的现实对比,留学生往往会被深深触动,重新选择人生目标。

梁希曾说,1913年,他因不能忍受日本学生歧视欺侮中国学生的行为,而愤然改入东京帝国大学农学森林科,学习林业利用和林产制造。从此踏入林业大门,从"武备救国"走上"科学救国"的道路,想用林业改变贫穷落后的面貌,这是他一生的重大转折。

从此之后,梁希与林业结下了终生之缘,林学家的梦想在他心中牢牢地扎下了根。

日本帝国大学,创办于日本明治维新时期,当时在各中心城市一共建了九所国立综合性大学,统称"帝国大学",而东京帝国大学,则居于"帝

---

① 陈嵘.造林学概要[M].南京:金陵印刷公司,1951:379.

国大学之首"。"帝大生"在日本有着很高的社会地位，日常服饰、仪表仪态等都有特殊规定。每年毕业典礼，天皇都会应邀出席，给优秀毕业生颁发银质手表。直到第二次世界大战结束，为了根除日本军国主义思想，所有大学都废除"帝国"二字，才改名为日本东京大学。

在东京帝国大学的这几年，是梁希最快乐的时光。他对林产制造学、森林利用学等特别感兴趣，潜心钻研，学业优异，受到河合金市太郎、本多静六、川濑喜太郎、右田半次郎、三浦伊八郎等诸多老师的赞许，尤其是河合市太郎老师，对他称赞有加。

对这一段学习经历，梁希也很有感情，记忆特别深刻。1948年，他应邀考察台湾的林业状况，在玉山山脉八仙山林场，看到了河合、本多、川濑、右田等老师亲手种下的一片杉木，郁郁葱葱，枝繁叶茂，在阳光中自由舒展着枝叶，仿佛是老师向他招手示意。梁希激动万分，如见到久别的亲人，触景生情，一连写下了三首七律诗，用以表达自己的心情。其中一首写道："一别师门三十春，前情如梦复如尘。侯生头白梁生老，何况当年传道人。"[①]睹物思人，岁月如梭，他用直白的语言，真挚地表达了对老师敬仰之情，对那段学习时光保留着美好的回忆！

大学期间，他结交了许璇、侯过等一批志同道合的学友，彼此结下了深厚友情。他又与许璇交往最多，情谊最深，"彼此间有着亲人般的感情"。

> 许璇（1876—1934），字叔玑，浙江省瑞安人，农学家、农业教育家，我国农业经济学创始人。清末留学日本，回国后执教于国立北京农业专门学校、浙江大学农学院等，曾任中华农学会会长，著有《中国农业经济》等。他最早开设了农业经济、农村合作和粮食问题等课程，提出"融学术教育与农村事业于一炉"思想，创建"农村建设实验区"，为我国农业教育事业做出卓越贡献。

---

① 张楚宝.梁希先生年谱[C]//梁希纪念集.1983：154-155.

侯过（1880—1974），字子约，广东省梅县人，林学家、教育家、书法家、诗人，中国近现代林业和林学教育事业的杰出开拓者之一。1921年秋受聘于国立北京农业专门学校，任林科教授，曾兼任农场主任。1925年，他编著的《测树学》，成为中国第一部正式出版的林业教育的大学教材。

许璇

梁希与许璇关系密切，既是浙江同乡，又是东京帝国大学校友，回国后一起在国立北京农业专门学校、浙江大学农学院、中华农学会等共事二十多年，有时还是邻居，诗歌唱和，聚谈特多。

当时，浙江大学校长郭任远听从陈果夫的建议，要在农学院设立"火腿系"。时任农学院院长的许璇，性格耿直，认为此举是干涉办学，坚决不肯执行。郭任远就斥责他抗命不遵，要辞退他，准备让梁希接任。不料，梁希与许璇是深交好友，完全赞同许的观点，并明确表明，自己不会接受任命，宁愿辞职不干，也要支持许璇的行动。一时间，浙大农学院的金善宝、蔡邦华等60余位教职人员也纷纷响应，愿意与梁希一起辞职，反对校长的决定。由于大批优秀老师辞职，学生无学可上，引起了学生集会示威，发起了"驱郭运动"，一时引起社会轰动。这年8月，梁希正式离开浙大农学院，去了南京中央大学任教。临行前夕，他邀请同事在西湖边聚餐，议论此次行动，梁希即席赋诗感慨："湖上起风波，湖边饮太和。南宋山河小，东林意气多。……"[①]痛斥了当局对高等教育的无知和派系争权夺利的丑恶勾当，获得友人的热烈掌声。

这件事，自然成为梁许之间交谊深厚的最好见证。

---

① 金善宝.我和梁希教授同住一室的日子[C]//梁希纪念集.1983：17.

梁希对许璇的性格、人品也十分了解，曾回忆道："许璇生平的长处，不在有为，在有不为……非必不得已不干，干要干个彻底，不能彻底就走，一丝一毫也不肯迁就的。"[①] 1934年，许璇病逝于动荡的北平，梁希极为悲痛，特地从杭州赴京吊唁，写了一副著名的挽联："满肚皮不合时宜，看天下经济文章值得些子；一口气便升仙境，从此后炎凉世界勿浼乃公。"高度概括了许璇的独特个性，真诚表达了痛失挚友的悲恸之情和对其为人的高度评价，从中也可窥见梁希为人处世和识人交友的基本原则。

人生得一知己足矣，梁希在东京帝国大学留学这一时期，结交的这一批林学界的同行好友，一直伴随着他的林业人生。

步入林学教育之路

1916年7月，梁希完成学业，以优异的成绩从东京帝国大学毕业。他心向故土，匆匆地乘坐轮船，踏上了回国的旅程。

归国这一天，晴天丽日，驶向中国的轮船平稳前行，西装革履的梁希，站在甲板上，遥望着日思夜想的故土家园，感慨万分。迎面吹来的海风，温润而舒适，在浪花间自由翻飞的海鸥，伴随着一阵阵叫声，自在地宣泄着搏击海浪的欢愉之情。他的心情格外舒朗，任由海风吹拂着双颊，享受着埋头苦学时从未有过的轻松与惬意。远处隐约出现的是离去多年的故国，地平线那边，仿佛有了一股强劲的力量，吸引着他，催促着他。正如当年听到了辛亥革命成功的消息，赶回老家的感觉一样，他踌躇满志，意气风发，期待着铸就伟大的事业。

凭着含金量极高的文凭，他很快找到第一份工作，在奉天安东（今辽宁丹东）的鸭绿江采木公司担任技正一职。

技正相当于总工程师，是单位里的技术专家。地处东北的鸭绿江一带，森林茂密，红松等优质木材资源丰富，这里原属清王朝龙兴之地，禁止采

---

① 黄庐旧话[C]//《梁希文集》编辑组.梁希文集.北京：中国林业出版社，1983：52.

伐，直到光绪四年（1878年），"弛禁收捐，鸭绿江木业，方始兴起"。由于政府腐败无能，崇洋媚外，森林采伐利用的主导权，从开始就被日本人所控制，国人称之为"我国森林史上最可痛之一页"。①

刚入公司不久，梁希就发现一个问题，这家中日合办的采木企业，完全由日方大权独揽，中国人根本没有说话的余地，更不可能参与管理。作为技正，他对于公司滥伐红松、毁坏资源的做法，很不满意，多次提出合理建议，也无人理睬。更可恶的是，那个有着一双老鹰一样眼睛的日本经理，一不顺意就随意开口骂人，在很远的地方就能听到他骂人的声音，根本没有"尊重别人"这一基本道理。

梁希失望不已，觉得受到极大的侮辱。"帝大生"在日本国内有着崇高声誉，受人敬重，而在中国的土地上，在这个中日合作的公司里，却处于如此尴尬的境地，无事可做，无事可谋。"帝大生"在日本受人尊敬的情形，和今天自己所受的遭遇，有着天壤之别，难道这不正是弱国子民的悲哀所在吗？

梁希的心一下子凉了。此处不留人，自有留人处。血气方刚的梁希想，与其在这里待着，毫无作为，备受欺凌，不如一走了之。没过多久，他决意不干了。

这一次短期的任职又离职，对梁希影响很大。十多年后，他依然对此事痛恨不已，"利用安东采木公司，把长白山旦旦日伐，几乎剃成了光头外，什么都不管，旅顺、大连、营口……过去是童山，现在还是童山"。②字里行间，充满了愤怒与痛心！

接下来又能做什么呢？梁希一度陷入了困境。

清末民初，经历了百年来的落后挨打的历史，引起了不少有志之士的深思，要改变中国落后面貌，必须大兴教育，学习科学，提高民众知识水平。"科学救国""教育救国"，一时成为社会关注的热点，人们希望通过发展教育，改造社会，实现强国富民的理想。

梁希清楚地知道，日本及欧美各国对林业教育普遍重视，国民对于林

---

① 陈嵘.中国森林史料[M].北京：中国林业出版社，1983：56.
② 梁希.造林在我们自己的国土上[J].广播周报，1939：163.

业重要性的认识已是社会常识。留学期间，日本林业及相关工业的发展，以及对于民生的重要作用，是日本高校师生们津津乐道的话题。此时的中国林业，完全从属于农业，从政府官员到

国立北京农业专门学校校门

普通民众，没有多少人关心那片山、那些树。全国没有专门的林业高校、专门的研究机构，懂得林业科学的专门人才少之又少。要改变这些现状，仅靠个别人去做技正，或建一两个林场，完全是杯水车薪。应该像德国、美国、日本等国那样，建立起完整的现代林业教育、科研体系，广泛地传授林业知识，培养林业人才，林业发展才有希望，才有美好的未来！

梁希暗暗下定了决心，自己的林业梦，应该从教育开始！

1916年，梁希来到北京，正式应聘国立北京农业专门学校，成为一名林学教员，不久还兼任了林科主任。①

国立北京农业专门学校（以下简称北农专）的前身，是京师大学堂农林科。1914年2月，北洋政府以"教授高等农业学术，养成专门人才"为宗旨，改组为"国立北京农业专门学校"，成为直属教育部的"国立八校"之一，这是我国最早设有林科的专门学校。北农专后来几经改名，在1955年改为中国农业大学，是我国著名的农业高校。

这一重要的人生决定，开启了梁希长达三十年的林业教育家的生涯。从此时起，一直到1923年去德国留学，整整七年间，梁希在此专心执教，辛勤耕耘，播撒着理想的种子。

---

① 张楚宝.梁希先生年谱[C]//梁希纪念集.1983：155.

风云变幻的大时代

梁希在北农专任教的这几年，正是一个风云变幻的大时代。中国大事不断，北京大事不断，北农专也是大事不断！

辛亥革命后，中华民国建立，古老的中国的确出现了一些新气象。在文化教育领域，一大批从日本、欧美留学回来的青年才俊，正在掀起一场文化革新风潮。一时间，风起云涌，思想碰撞，以北京大学为代表的一批高校，成为这场思想文化启蒙运动的发源地。

这一时期，最活跃的要数陈独秀、蔡元培等人。早在1915年9月，五次东渡日

《新青年》杂志

本求学或避难、接受了资产阶级民主主义思想影响的陈独秀，在上海创办了一本杂志《青年杂志》（后改名《新青年》），致力宣传新文化新思想，介绍西方科学新知，成为这一场文化运动兴起的重要标志。

1916年底，革命家出身又在法国留学多年的蔡元培回到国内，受邀担任北京大学校长。推翻帝制的革命经历和西方科学文化的熏陶，使他对这场文化运动有着更加开放包容的态度，不久即提出"思想自由，兼容并包"，包容不同思想交锋，提倡"学术自由"。这一理念，成为支持新文化运动的强大助力剂。

1917年1月，蔡元培聘请陈独秀担任北京大学文科学长。《新青年》编辑部随之移师北京，汇聚了胡适、钱玄同、鲁迅、周作人等一批得力干将，北京大学由此成为中国思想界最活跃的一方新天地。

陈独秀著文提出："西洋人因为拥护德、赛两先生，闹了多少事，流了多少血，德、赛两先生才渐渐从黑暗中把他们救出，引到光明世界。我们现在认定，只有这两位先生可以救治中国政治上、道德上、学术上、思想上一

切的黑暗。若因为拥护这两位先生,一切政府的迫压,社会的攻击笑骂,就是断头流血,都不推辞。"①

"德先生"(民主)和"赛先生"(科学),成为新文化运动最响亮的两个名字,是新文化运动中高举的两面大旗。

公开的激烈论战,击中了社会痛点,打击了根深蒂固的礼教传统,极大地推动了民众特别是青年人的思想觉悟。这场运动通过打破封建藩篱束缚、倡导新文化,启迪了民智,加深了对近现代西方文化的理解,对于科学传播产生了重大影响。科学作为一种新文化的显著标志,开始进入中国人的平常生活。更重要的是,它所传播的民主自由的精神,开始塑造中国现代知识分子的性格:追求自由平等、反对封建专制。这些关心国事、发愤图强的知识分子群体,逐渐走向20世纪上半叶中国的政治舞台。

这场思想启蒙运动,如同光芒四射的太阳,映照在中国近现代史的天空。随后几十年里,这片大地上所发生的一系列重大事件,涌现出来的一大批重要人物,其发展脉络、人生经历、思想观念,始终遵循着"民主""科学"大旗所指引的方向,其精神内核深深地嵌进了时代精英们的心灵深处。一大批怀抱理想、忧国忧民、有着强烈社会责任感的现代知识分子,开始觉醒,走出校园,走向社会,掀起了波澜壮阔的社会革命浪潮。

正在此时,一个影响整个现代史的重大事件发生了,导火线正在迅速地被点燃。

1919年,第一次世界大战结束,北洋政府以战胜国身份参加了巴黎和会。社会各界渴望通过这次国际和平会议,获得公平对待,获得应有的国家主权与尊严。然而,"弱国无外交",在法、英、美、日等国的蓄意操纵下,巴黎和会不仅无理地拒绝中国的正当要求,反而要求中国政府承认日本在华获得的山东的特权,而软弱无能的北洋政府,出于各种政治算计和国际形势压力,准备在和约上签字。

消息一经媒体披露,激起了社会各界的强烈反响,古老的北京城再次

---

① 陈独秀.本志罪案之答辩书[J].新青年,1919(1).

成为焦点。

5月3日晚,北京大学的学生召集北京高师、北农专等十三所大专院校的代表开会,决定第二天在天安门前举行大游行,抗议北洋政府的卖国行径。4日下午,约3000多名学生冲破军警阻挠,聚集天安门,发起示威游行,要求拒绝在《凡尔赛合约》上签字,坚决惩治卖国贼。

五四运动雕像

参与示威游行的学校,迅速延及北京城各大中学校。《申报》的《京学界重行罢课》报道:"北京中等以上之学生酝酿罢课已久,昨日起专门以上各学校已一律实行罢课,在西郊之清华学校及外人所办之汇文大学亦一致行动。据调查所得,罢课者共有十八校,学生共三万六千人,此次举动极为迅速,故不免出人意外……"

这场从北京掀起的旋风,迅速席卷全国各大城市,各地高校纷纷集会,声援北京学生运动。

风暴眼中的北农专

梁希所在的国立北京农业专门学校,是这场学生爱国运动的主要参与者,不少师生直接站在运动的最前列。

1919年5月3日晚上,北农专派出代表参加了游行示威前的准备会议,成为参加天安门集会的北京十三所高校之一。当时,有许多高校学生被捕,北农专的学生罗家楷等人,也在被捕之列。北农专为此发动了全校师生声援营救,发动捐款捐物。"仅6月初,全市共捐现洋2426元,票洋819元,其中,教职员捐款达100多元",梁希等不少教职员也参与了募捐活动。

点燃的战火，一直蔓延不断，北农专也处于学生爱国运动的中心。在进步学生邓中夏、杨开智（杨开慧之兄）等人的领导和推动下，学校成立了"平民教育演讲团"，组织北农专学生到郊区工厂、农村进行民众宣传活动；创办《醒农》半月刊，旨在"促人民之觉悟""谋农业之改进"，向学校学生分发，成为五四运动时期最有影响的学生刊物之一。

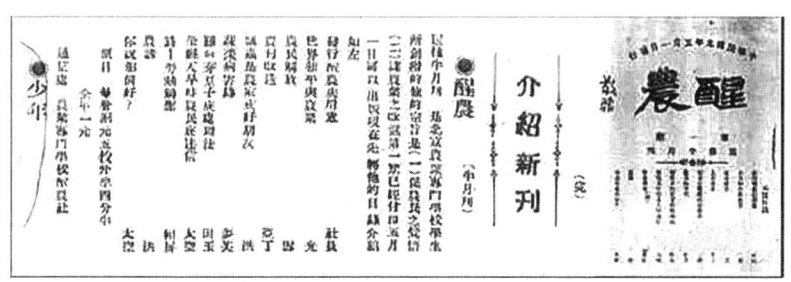

《醒农》半月刊

6月下旬，北农专与北大、清华、北京高师等四所高校师生一起，在北京"第一舞台"举行了大规模募捐义演，轰动一时。北农专学生领袖胡子昂等人，自编自演话剧《鹊巢鸠居》，发出"我们决不能做亡国奴，大家要齐心起来救国"的呼声，引起了社会的强烈反响。北农专由此名声大振，成为这场运动中的热点。

> 胡子昂（1897—1991），原名鹤如，四川巴县人，实业家、政治活动家。1919年入国立北京农业专门学校就读，积极投身五四运动。1933年，主张"实业救国"道路，在西南一带兴建电厂、银行、学校、铁路等，在工商界影响巨大。中华人民共和国成立后，历任第七届全国政协副主席、全国工商联名誉主席等职。

这场学生运动，大大提升了北农专这所普通高校的名气，使其知名度迅速上升，学生活动日益活跃。

北洋政府惧怕再次发生大规模的学生运动，采取不给学校拨款、不给教职工发放薪水等制约措施，八所国立专门学校陷入了困境。1921—1923年，北京高校又多次爆发教潮、学潮，"索薪斗争"成了当时一件大事。这些高校联合起来，成立"教联会"，马叙伦为主席，李大钊负责出版《半月刊》，领导"索薪"斗争，报道相关情况。

梁希作为北农专的教职工的代表，积极参与这一场"索薪"斗争。他多次出席相关会议，出谋划策，据理力争。1921年5月20日下午，在李大钊主持的"高联会"上，梁希发言说："本校教职员，对本次会议毫无异言，惟至政府解散学校时，希望全体新教员，不再入新校。"表明了对于"索薪"斗争的坚决支持。

与此同时，1922年，出于对学校改制、行政管理不善的不满，北农专的师生再次罢课、示威，引发了"驱除校长"的风潮，一时间成为北京的大新闻。

梁希以他一直关心国运的态度与热情，始终认真地观察着思考着，以实际行动支持着学生运动，或捐款，或声援。但是，他也是一个有理性的人，主张以理性态度，引导学生回归正常教学秩序。

他在1935年写的《黄垆旧话》里有一段这样的记述，描述了当时的情景："尤其是十几年前的北京教育界，真过的浑浑噩噩。百万人口的北京，归纳起来，仿佛只有两个世界，一个在校外，一个在校里，你若是把另一个世界关出在校门以外，那校里的世界，便越看越大。这是许訚发明的。不错，一个微而又微的毛孔中，的确能看出大千世界来，这个世界，天特别青，云特别白，花特别红，草特别绿，久而久之，校门外天翻地覆，也没有你的事了。"[①]

也许这是对他自己从留学到革命再到专注学习的曲折经历的反思。已年近四十的梁希，从日趋成熟的思索中，更能全面地理解学生求学与抗争的关系。认真而严谨的梁希，期待校园里的那份宁静，不希望因校门外的天翻地覆，影响了同学们宝贵的学习时光。

---

① 黄垆旧话[C]//梁希文集.1983：51.

北农专建有一个很大的校园农场,"两岸苹花一溪水,新田千顷尽嘉禾"。梁希经常带领学生在这里实习劳动、植树实验,培养学生的实践能力。从1916年起,每届毕业班(三年级)都利用假期到国内各地或赴日本、朝鲜考察实习。

1920年8月,梁希所教的第一届学生,马上面临着毕业的问题,他带领着北农专林科的第一届毕业生,专程赴日本实习,参观考察,与日本同行交流。

这是他执教林业后第一次返回日本,而且带着自己所教的学生重回母校,见到熟悉的校园、尊敬的教师,心情是愉快的,仿佛是长大后放飞的鸟儿,带着自己的后代重返故地,有一种满满的成就感与自豪感。

林学家陈植对此事印象深刻,专门有这样的回忆:"当时余方留学日本,正在该校林学科肄业,而梁老则执教于北京农业专门学校,率毕业班学生来日参观,因此得以聆教。"[1]

> 陈植(1899—1989),字养材,上海崇明人,著名林学家,也是我国杰出的造园学家和现代造园学的奠基人。长期从事造园科学及林业遗产的研究,有专著20多部,《造园学概论》为中国近代最早的一部造园学专著。

培养第一代"林人"

辛亥革命后,近现代中国科学发展出现了一个独特现象:大批留学生学成回来,热切地加入了中国科学发展的进程中。他们将在国外学习到的科技知识、亲身感受到的科学魅力,急迫地向国内进行传播。"科学救

---

[1] 陈植.怀念梁老叔伍先生[C]//梁希纪念集.1983:32.

国""实业救国"等主张，受到欢迎。许多青年科学工作者，身体力行，进入社会底层，推行乡村教育运动。他们还创办科学期刊，译介科学读物，普及科学知识，成为中国早期科学传播活动的显著力量。

中国近现代科学史上一些有重大意义的标志性事件不断涌现。如1912年，地质学家章鸿钊成立地质调查所，高鲁建成中央观象台，开启中国现代地质学、气象学研究的先河；1915年，留学美国的任鸿隽、赵元任、秉志、杨铨等人，以"联络同志、研究学术，以共图中国科学之发达"为宗旨，发起成立"中国科学社"，创办了《科学》杂志，申明"以传播世界最新科学知识为职志"，成为中国最早的现代科学学术团体；1928年，蔡元培等人牵头成立了中央研究院，建立多个专业研究所；随后中国营造社等民办研究机构也相继成立……

新文化运动所提倡的"赛先生"终于来了，"科学之花"已经在古老中华大地落地、生根、开花，中国开始形成了专业化、职业化的科学家群体，成为一股新的力量，走向社会舞台。

据统计，1912—1937年，各种科学组织达到110多个（不包括医学类的学会组织），涵盖了近代科学技术的大部分领域。一些高端学科和工程技术方面，取得了接近当时国际水平的科研成果。如茅以升自主设计修建了钱塘江大桥，董作宾、梁思永、李济等人对安阳殷墟的科学考古发掘，李四光等人对第四纪冰川遗迹的研究，竺可桢在气象学方面的研究成果，陈建功、苏步青等人在数学方面的研究成果，引起了国际科学界的关注和重视。在林学或植物学领域，开展了植物分类学、藻类学、真菌学、森林学、植物生理学、植物形态学、植物病理学及细胞遗传学的研究，同样取得显著的成果。

第一代科学人为了这朵"科学之花"的茁壮成长，做了大量的培土、除草、浇水的工作，他们在各自熟悉的专业领域里，开创着中国科学的未来。

1916—1923年，梁希在北农专任教长达七年，主要讲授森林利用、林产制造、木材性质等课程。这些课程具有开创性，"他所创立的林产化学应用这一学科，是林产化工、木材科学与工程两大专业的源头所在，为我国林业化工发展奠定了基础。"①

这时的梁希,干劲特别足,带领着学生和工友,植树造林,建立实验林场。"选本校自育洋槐苗8000株,造林于土山上。翌年又选自育榆、槐苗15000株,造林于钓鱼台、龙王庙两侧土山上"。这些山林集中在北农大旧址的罗道庄和玉渊潭,当年被北京市民亲切地誉为"东方小瑞士"。"在校园内,建立了树木园和林场,后又在南口购地1100亩建了学校第二林场,在宛平县老山借用山地340亩建了第三林场"。②

他甚至将课堂置于林场中,学生在这里实践体验,以促进对于知识的理解。他还筹建林产制造试验室,添置了各种仪器和标本。

从1916—1923年,梁希与同时代的林学教育工作者,在国立北京农业专门学校培养了我国林学第一批专业人才,不少人日后成为我国林学领域的知名专家,如殷良弼、程跻云、贾成章、叶道渊、林渭访、周桢、乐天宇、黄维炎等。这是近现代以来我国自己培养出的第一批林业人才队伍,在我

> 殷良弼(1894—1982),江苏省无锡人,林学家、林业教育家,中国近代林业开拓者之一。1914年考入国立北京农业专门学校林科,1917年作为我国高等林科第一期毕业生,选派赴日本东京帝国大学学习。他主攻林产化学和木材工艺,研习森林工程、森林治水、森林艺术及森林生产等学科。
>
> 程跻云(1896—1992),江西省婺源人,林业教育家、造林专家。1922年毕业于国立北京农业专门学校,后赴德国留学。曾在中山大学任教,主要教授造林学、森林苗圃学、森林防火等。中华人民共和国成立后在山东进行造林研究工作,对山东省的林业发展起了重要作用。

---

① 赵光华.梁希与玉渊潭[J].北京政协,1997(4).
② 王贺春等.中国林业的杰出开拓者——梁希[M].北京:中国林业出版社,1997:17.

贾成章（1894—1970），字佛生，安徽省合肥人，林学家，中国近代林业开拓者之一。1914—1918年在国立北京农业专门学校读书。长期从事光与林木生长关系的研究，是中国林木耐阴性研究的开拓者，对中国森林生态学的发展作出了贡献。

叶道渊（1891—1969），字贻哲，福建省安溪人。国立北京农业专门学校毕业。后留学德国，获林学博士学位。任集美高级农林学校校长，任国立中央大学、浙江大学、广西大学林学系教授兼系主任。1942年，任福建省政府顾问兼农林公司总经理、华侨航业公司董事长。

林渭访（1896—1974），原名能祥，浙江省台州人，林学家。1918年考入国立北京农业专门学校，攻读林业。1922年毕业后，先后在浙江甲种农业专科学校、浙江大学农学院任教。1930年，赴德国留学，在柏林植物博物馆及维也纳自然历史博物馆等进行研究，专攻树木学，在裸子植物学、树木学、木材解剖学方面有很深造诣。

周桢（1898—1982），浙江省青田人，林学家、教育家。1921年毕业于国立北京农业专门学校林科，1923年赴德留学，专攻森林经理学。曾任西湖林场场长，浙江大学、西北联合大学农学院教授。1948年赴台湾，任台湾大学农学院院长。致力于森林经理学科研究，有《森林经理学》《测树学》《林价计算和较利学》等专著。

乐天宇（1901—1984），湖南宁远人，农林生物学家、教育家，1920年考入国立北京农业专门学校林科，深得梁希器重。早年积极参加革命，参加了"驱张运动""农民运动"等，首倡开垦南泥湾。新中国成立后，任北京农业大学校务委员会主任，负责筹建中国科学院遗传研究所并任所长，著有《开发南泥湾调查报告》《物种遗传学》等，为第九届全国政协委员、中国林学会第三届副理事长。

> 黄维炎(1904—1988)广东梅县人,林学家、教育家,1922年考入国立北京农业专门学校林科,1926年毕业。1938年德国留学获林学博士学位,抗战胜利后,担任农林行政管理方面的工作,历任中山大学、华南农学院、广东林学院、中南林学院等高校教授、林学系主任,为九三学社中央科学文教委员。

国林业教育与事业发展的道路上有着开拓性的意义。①

这些曾受教于梁希和他同事的优秀学生,几十年后,有的再次聚集在梁希周围,成为新中国林业发展的中坚力量。"很多人成为林业界名扬四海的林学家,有的甚至像梁希一样成为德高望重的教育家。"

有的学生奔赴台湾,成为台湾林业界的开拓者。如林渭访,是梁希任教于北农专时的学生,后来在浙大农学院教森林学,彼此又成了同事,先后去德国同一个林学院进修,关系非同一般。梁希在抗战胜利后两度赴台湾考察林业时,林渭访参与接待,洽谈甚欢。梁希专门写了《留别林所长渭访同学》:"又教剪烛话西湖,和靖家风世无双,客路大都拥梅鹤,宦情那得抵莼鲈。山川佳句应题遍,身世浮名不爱沽,今日相逢复相别,鲲洋一片白云孤。"他回顾了大家在西湖边一起共事的美好岁月,"相逢复相别"令人伤感,表达了深厚的师生情谊。

梁希作为一个教育工作者,教书又育人。他对青年学子很热情,常以身边事例告诫学生,求学之道即为人之道,青年时期打好基础十分重要。他常说,人生学习求知,好比建高楼大厦,必须先坚地基,然后博览群书,集思广益。他还告诫学生,做人切忌利欲熏心,要老老实实做人,扎扎实实做事,决不要有任何骄傲和夸张。

"在这一段时期,梁希的工作很有成就,一是他培养的学生出国深造的人数多,后来成为中国近代林业史上可圈可点的人物多,二是他领导的林

---

① 张楚宝.梁希先生年谱[C]//梁希纪念集.1983:155.

科有良好的口碑,招生人数逐年稳定增长。"①

教书育人,梁希一直坚持不懈,几十年间,他"总是鼓励有条件的同学去发达的欧洲国家深造考察,学习外国先进经验,探索新知"②。他还积极协调各方,争取出国留学名额与经费,陶永明、周光荣、周慧明、罗中伦等学生都由此得以出国留学,日后成为我国林业战线的知名专家。

---

① 胡文亮.梁希与中国近现代林业发展研究[M].南京:江苏人民出版社,2016:9.
② 程跻云.缅怀吾师梁希先生[C]//梁希纪念集.1983:36.

第四章 林化先驱

嘉木名诗

梧桐

唐朝　戴叔伦

亭亭南轩外，贞干修且直。
广叶结青阴，繁花连素色。
天资韶雅性，不愧知音识。

林人树语

  梧桐又名青桐，是我国《诗经》中记载的名木之一。树干通直，树皮平滑翠绿，枝叶浓密，生长迅速，常植于庭院或做行道树。梧桐身姿优美，充满诗意，承载着"吉祥""君子""知秋""爱情"等丰富的意象，"梧桐引凤凰"的传说，充满着瑰丽的想象，情系千古传奇，是优雅的代表，爱情的使者。

现代科学教育的探索

进入20世纪初,中国教育发生了从传统私塾到现代学校的转型,在此过程中遇到了发展的瓶颈:一方面,人们对现代科学教育的理念、方法、技术等有了新认识,提出了新要求;另一方面,传统的学校教育理念、学校管理模式受到了社会变革的冲击,罢课等现象频繁出现,干扰了正常教学秩序,引起了教育界、科学界的反思。

1922年6月,美国俄亥俄州立大学的科学教育专家推士博士(G.R.Twiss)应中华教育改进社、中国科学社等邀请,来华考察、研究并讲授科学教育方法,旨在改善中国科学教育不足、科学课程匮乏的问题。他用了一年多时间,对中国10个省24个市的248所学校进行调查,做了276次演讲。第二年,他发表了《中国科学教育之概论》,分析了中国科学教育的状况,认为中国教育不缺乏书本上的科学知识,但缺乏应用科学、科学与人类生活、经济发展关系等方面的知识;中国教育界能理解科学基本原理、掌握实验技能、进行科学实验的优秀教师少而又少,直接影响科学教育的成果。

推士等教育专家的中国之行,对国内教育界产生了相当大的影响。他们传播了国外教育的新思潮和新理念,比较了中外科学教育的差距,对中国科学教育现实进行了剖析,指出了中国科学教育中存在的薄弱环节。这些演讲激起了国内科学界、教育界的思考,由此引发了一股教育革新的浪潮,引导国人对我国教育体制、科学教育、教师训练、人才培养等进行深入思考。

中国林业教育的最早雏形出现在近代,1896年江西蔡京台等于高安县创办蚕桑学堂,这是实业教育特色机构的起点。在这以后,山西、直隶(今河北)、湖北等省还成立了农林学堂。

从1911辛亥革命至1949年以前,中国近现代林业教育可分三个阶段,即"高等林业教育是在农学院中设置森林系或林科,有国立、省立和私立三种形式";"1922年高等教育改革后,中国高等林业教育进一步发展,设置林科的大学数量明显增加,学制有所变化";"1927年到1949年大学农学院增设林业系的高更多了"。[1]梁希的近三十年的林业教育历程,贯穿这三个阶段,先后在国立北京农业专门学校、浙江大学、中央大学执教,成为中国近现代林业教育的真正大家。

这一切,对于正在从事林业教育的梁希,同样产生了一定的影响。他对林业科学教育,有着深入的思考。他积极推动林场的兴建,将林场作为学生教学实践的课堂,并多次带领学生植树造林,增强学生对林业的喜爱之情。

教学方面,为了使课程适合我国的林业发展需要,梁希为国内学生量身定制了林科课程。

据记载:"由于梁希不仅是林科教师,而且也兼任着主任一职,所以在教学中有条件不拘一格地从事教学。"系主任的身份,让他能够更自由地完善高等林业教育,因为在当时,凡有关教师的选聘、经费合作、课程设置、课程表的编制、学生选修课程表的批准、毕业考核,以及实验、图书设备的扩充等事,均由系主任决定。

由于梁希独特的教书育人的风格,国立北京农业专门学校林科的口碑一向很好。1916—1923年梁希任职林科主任,每一届的招生人数始终维持在10人以上,还曾达到创纪录的24人。梁希离开该科赴德国留学之后,该科招生数出现滑坡,可见梁希对该科的影响力之大。[2]

但是随之发生的一件事,直接影响了他在北农专的教育工作。

1923年,他的好友许璇担任了北农专校长。梁希本以为是一个机遇,两人可以更好地合作,发展壮大林学。当时,学校风气不好,性子耿直的许璇,上任不到一个月,便开除了几个学生。当时经历过学生运动的高校学生,民主意识大为增强,对于开除学生之类的事情,颇为敏感并介意。教学管理的难度增大,学校内部也有很多利益纠葛,许璇的性格不适宜处理这

---

[1] 胡文亮.梁希与中国近现代林业发展研究[M].南京:江苏人民出版社,2016:34-35.
[2] 梁希与中国近现代林业发展研究[M].2016:46.

样复杂的人事矛盾。最后，校内掀起了学生罢课风潮，师生矛盾进一步激化。许璇直接撂挑子，辞职不干了。

"结果，教职员全体跟他一走了事。我也在那时离开了北京。"[①] 好友辞去校长一职，多少让梁希觉得有些失意。从梁希的记述中，好友辞职与自己离开北京，两件事是联系在一起的。

梁希在北农专从事七年林业教育，明确了自己的选择。他决定自费前往德国萨克逊林学院下属的塔郎脱研究所，重点研究林产化学，学习最新的林业化工技术。

留学德国学习新知

林产化工是指利用林业资源，运用化工或生化技术，进行采集、加工、生产的活动，如对树脂、生漆、木炭、油类等林产品进行采集加工。现代林产化工发展迅速，已经成为综合性很强的学科，包括生物质能源、生物质化学品、生物质新材料、林纸一体化、松脂化学利用和深加工、活性炭化学与工程等。同时树脂、生物质油品、单宁酸、活性炭、环氧树脂、固化剂等，木材加工工业如干馏、合成等技术，也属于林产化工研究范畴。

林产化工是衡量一个国家地区林业发展水平的重要标志，表明人类利用技术手段实现对自然资源的科学合理开发利用水平。

人类与森林关系十分密切，很早就学会了利用森林资源和从森林中获取生存必需品。随着社会不断进步，森林资源的开发利用进入了新阶段，向现代林产化工转型，此时的德国、美国、日本等已经成为林产化工的发达国家。

第二次世界大战之前的德国，林产化工居于世界前列，有高水平的林化科研机构和森林高等院校，萨克逊林学院所在的德累斯顿，在德语中的意思是"河边森林的人们"，可见该城与森业的密切关系。德累斯顿是萨克

---

① 黄垆旧话[C]//梁希文集.1983：53.

德国萨克逊林学院校园

森王国的首都,它拥有数百年的繁荣历史和灿烂的文化艺术,是欧洲绿化率最高的城市之一。即使在今天,该城仍是德国著名的科研城市,拥有大量高水平的科研人员,有"德国硅谷"之称。

梁希有着多年日本留学的经历,又从事了林业科学教育多年,对森林、环境与人类之间关系的理解深刻而独到。他深感国人欠缺森林知识,国内林业建设和林化工业还很落后。所以决定去林业科学与技术最先进的德国留学,来实现他"兴林强国"的理想。

这一想法,与当时许多林学专家的选择不谋而合,陈嵘、蔡邦华、林渭访等林业专家,都曾先后赴德国进修深造。不同的是,梁希这次是自费留学,在当时这笔留学费用是一笔不小的开支,可见他的决心。他虽年届四十,但对于学习科技新知,依然有着强烈的兴趣。

1923年8月,梁希来到了德国萨克逊林学院(今德累斯顿工业大学)。这是一所历史悠久的名校,其历史可以追溯到1816年建立的萨克森皇家林学院。

30岁奔东洋,40岁赴西洋,梁希自觉地将林业化工事业,作为自己毕生的追求。

关于这次赴德国留学的动机,《梁希纪念集》前言有这样的表述:"1916年学成回国后,任教于北京农业专门学校,先生学识日增,深感林产制造化学之重要性,认为此系富国利民之重要手段,故1923年赴德国专门研究林产制造化学。"

> **链接阅读**
>
> 德国萨克逊林学院的林学系是德国同类院系中最古老的。该校林业专业学科齐全,研究水平高,有森林植物学与森林动物学、土壤与植被分析、木材与植物化学、森林经济与森林清点、森林生产研究与森林信息学、森林利用学与森林机械、国际森林与木材经济、造林与护林、普通生态学与环境保护等许多专业。曾任新中国林业部部长的林学家梁希,是该校知名校友,在官网上可以找到其相关的信息。

他的学生周慧明说:"梁老深钻林产制造化学是基于强烈爱国主义感悟,他认为我国山区占国土之大部,而山区富裕之途径必须大力发展林产制造化学事业。……解决人民衣食住行问题,因之他几十年如一日地热衷于林产化学的研究。梁老逝世后,陈叔通先生为梁老写了一首悼诗,其中有'识定有如胶'之句,概括了梁老追求真理的执着精神,他坚定地认为发展林产制造化学专业是富国利民之路,他并为在中国创建此学科而耗费几十年的心血。"[1]

后期,同样赴德留学的林学家陈嵘,在他的专著《造林学概要》中写过一段话,有助于理解梁希选择德国继续深造的原因:

"欧美各国林业发轫最早者,厥为德国……德国壤地偏小,人口众多,然迄今竟能保存三千万英亩之森林,占全国总面积百分之二十七,其林相之优美,举世无与其匹。林木皆亭亭直立,枝干修整,阴翳匀密,入其中辄令人心旷神怡,有乐不思蜀之慨,于养成今日德国人热烈爱国心深有关系。至所产木材,不唯为土木建筑之需,且因制造工业发达,虽枝干小条,亦均利

---

① 周慧明.梁希先生对我国林业的巨大贡献[C]//梁希纪念集.1983:64.

用于造纸及人造丝之原料。林产利用之途既广，林业益加兴盛，因林业之兴盛，制造原料亦愈见丰富，两者互为因果，而德国遂以产业发达而鸣于世矣。今世各国所推行之林业、林政、林学，靡不为德国人所创造，其渊源可溯至十二三世纪，数百年来继续奋斗，其苦干硬干穷干之精神，至足可佩，毋怪各国均奉为先进，资为楷模，故美国十七八世纪整理国内森林，日本在明治维新建设科学化林业，与英人之经营印度森林，其所需人才，莫不受德国人之教育而有所就者也。"①

这样的学习环境与学术氛围，对于林业研究者而言，简直如天堂般美好。

梁希对此有这样的评价："他们（德国人）生来爱森林，爱打猎，看不惯荒山。"言外之意，德国人对于森林的重视，与生俱来。对欧洲其他国家，他也有这样的评价，"例如芬兰，它的国家收入全靠森林"。②文字不多，含义十分丰富而观点清晰。

在德国留学的四年里，梁希潜心学习，钻研林化技术，打下了坚实的学术基础，对林业化工新理论、新技术有了全新了解，扩展了他对于林业特别是林产化工的视野。之后的科研生涯中，他经常引用德国的科研成果，翻译德国的森林工业技术资料，并将改进木材干馏技术、提取桐油技术等带入国内。

他的学生张楚宝在《梁希先生年谱》里写道："他如饥似渴志钻研科学技术，从不追求学位之类虚名。"

几十年后，国家林业部代表团专程前往该大学访问时，一些年长的教授还能记得梁

1927年10月，梁希学成归国前的留影

---

① 造林学概要[M].1951：68.
② 梁希.造林在我们自己的国土上[J].广播周报，1939：163.

希刻苦学习、专心研究的事迹。当他们得知梁希已经成为林业部部长时，都流露出钦佩之意。

梁希的学生、国家林科院原院长黄枢，在1957年曾讲过一段趣事：梁希留学德国期间，勤奋好学又为人谦逊，房东对这位中国人印象很好。当了解到他的妻子已经去世多年，且一直孤身一人，便想把爱女介绍给他，梁希却婉拒了。这事的真实性有待查证，但梁希心无旁骛，一颗心早已献给了深爱的林业，自号"凡僧"，不再理会人间情愫已是尽人皆知。

梁希对于家庭、子女的态度，从他的经历大约可以看出端倪。他专注于林学，在教育与研究中得到了很大乐趣，不太在乎常人所追求的家庭及婚姻幸福。

1927年，梁希从德国学成回国，重新回到了北京。那时学校已经改名为国立北京农业大学。学院邀请他担任教授，兼任森林系主任。

南下浙江大学农学院

此时的北京，由一批北洋军人背景的人物主政，人称"北洋政府"，彼此间派系林立，充斥着腐败、混乱的气息。各大高校虽然经历了多次民主运动的冲击，管理模式更加进步了，但是，官僚专制习气依旧沉疴难去，这着实让有志之士感到遗憾与叹息。

梁希回到北京后，本想在这熟悉的环境里，专心做林学教育与研究。然而，学校的压抑局面，让一心从林的他，感到无比失望，"因目睹北洋军阀横行跋扈，在北农大又受人事箝制，环境

20世纪30年代浙大农学院校门

束缚，气氛窒人"。①完全没有那种在国外做科研的氛围。刚从美国回来的蔡邦华同样也感受到了这种压抑的气氛，于是产生了南下另谋出路的念头。"梁希1927年回国与我相识于北京农大，经校长许叔玑的介绍，一见如故，相识恨晚。当时，北京军阀混战，民不聊生，乃相约先后离京，一同任教于浙江第三中山大学（后改浙江大学）劳农学院（后改称农学院）。"②

梁希离开北京，期间与许璇等人一起，去了中华农学会与德商合办的上海农业研究所，担任研究员。不久，由于德商提出参与协会管理的无理要求，双方合作中断。

1929年8月，梁希正式就职于浙江大学农学院，担任森林系教授。

浙大农学院坐落在杭州城北近郊的笕桥一带，北边是皋亭山（即半山），南面是开阔的田野，周边村落环绕，屋舍俨然，环境优美，一派清新自然的风光。梁希觉得很是自在轻松，更可喜的是，这里有一群志同道合、意气相投的好友，如金善宝、蔡邦华等。在以后的几十年间，他们保持着长久的友谊。

> 金善宝（1895—1997），字笑衍，浙江省诸暨人，小麦育种家、农业教育家、中国现代小麦科学主要奠基人，中国科学院院士。致力于小麦科学研究，育成"南大2419""矮立多"等小麦优良品种，著有《中国小麦栽培学》《中国小麦品种志》等。他是九三学社创建者之一，第六、七届中央委员会副主席，第八、九届中央委员会名誉主席。
>
> 蔡邦华（1902—1983），江苏省溧阳人，昆虫学家、教育家、中国科学院院士，曾任中国科学院动物研究所研究员、浙江大学农学院院长，是我国最早从事昆虫分类学研究的学者之一，中国昆虫生态学的奠基人。

---

① 张楚宝.梁希先生年谱［C］//梁希纪念集.1983:153.
② 蔡邦华.缅怀故友著名林学家梁希教授［C］//梁希纪念集.1983:29.

1937年，梁希（中）在国立中央大学森林系任教时与学者们的合影

蔡邦华对这一时期的生活，有着美好的记忆："中间，除去由于我受学校选派赴德国进修三年外，我和梁老、汤惠荪三人均朝夕相处，生活于笕桥乡村间，一同寄食于一个农家饭店，被人喜称为'三家村'。1933年在南京期间，梁老与我和朱凤美三人同寄宿于中华农学会三楼，朝夕相处，又被人称为新的'三家村'。"[1]

在浙大农学院，梁希全身心地投入教学与研究工作。他创建了国内第一个高校内的林化实验室，引导学生将书本知识转化为实际操作能力。为了创建实验室，他投入了大量的精力，倾注了满腔热血，甚至还发生过"拒任中央大学农学院院长"的事，成为一时佳话。

1930年底，朱家骅被任命为国立中央大学校长，对学校行政组织等进行了改革，如取消总务长而改设教务长、聘任八位学术院长等。朱家骅是

---

[1] 蔡邦华.缅怀故友著名林学家梁希教授［C］//梁希纪念集.1983：29.

湖州吴兴人,也有留学德国的经历,很了解梁希在林学方面的深厚造诣,便有意请梁希出任农学院院长一职。1931年初,出于对梁希的尊重和诚意,国立中央大学专门派车派人,从南京赶到杭州,邀请梁希出任国立中央大学农学院院长一职。

面对这一职务,如果是一般人,都会欣然接受。但梁希不是如此,既不贪图院长之职,更不想靠与校长是同乡的关系得到什么好处,从而被人说闲话。他给正在德国进修的蔡邦华的信中,告知这件事的原委及自己的打算:"我想不去,经再三催促,被迫而去,但以一个月为期。"

梁希到中央大学后,工作一个月,便留下一封书信给朱家骅,婉言辞谢了他的好意,"愿意留在浙大,完成未做完的科研任务",自己则悄然离开南京。蔡邦华后来回忆说,他在德国收到了梁希的第二封信时,信上说"为期已到,现又逃回笕桥林化实验室了"。①

在梁希看来,自己的林业科研比当一个院长更重要,更值得!

梁希拒任国立中央大学农学院院长一事,在浙大师生中产生了不小影响。学生严赓雪说:"一月后,梁师回来了。这个消息在全院学生中传开了,梁师的威望也提高了。其时,暑假期近,恰值分系,那年填入森林系的竟达九人,在全院5个系中,人数仅次于农艺系,我也是其中之一。所以,我的学林,完全是受到梁师的影响。"②

桃李不言,下自成蹊。身教胜于言教,一个志趣高洁、品德端正的长者,足以影响他人的一生。

不过,在1933年,梁希因不满时任浙大农学院院长许璇被排挤,愤而辞职。后应国立中央大学农学院邹树文之邀,到该校森林系任教,直到1949年。

---

① 蔡邦华.缅怀故友著名林学家梁希教授[C]//梁希纪念集.1983:29.
② 严赓雪.白发门生话老师[C]//梁希纪念集.1983:74.

首创林产制造化学

梁希是中国林产制造化学的奠基人。

林产制造化学是以林产品为原料的制造化学,以前统称"林产制造学"。因为林产物的机械工艺利用部分已经在森林利用学中讲述,所以梁希改用了"林产制造化学"这个名称,专述利用木材或树皮、树叶、树实等副产物为原料制成他种物质的制造化学。

以一人之力,创建一门学科,是相当不易的。创建一个独立的学科,需要做大量的基础性、开拓性工作,包括发掘本国林业历史遗产,总结本国林业生产经验,以及进行大量的基础性研究来积累基本数据,难度可想而知。当时,全国只有几所农业高校设有林业专业,只设森林系(1952年后统一改为林学系),林学的理论框架、专业教材和研究人才都十分匮乏。熊大同《中国近代林业史》记载:"初期,林业方面教材缺乏,各省农业高等学堂的林科,不得不聘请外籍教师担任,讲课时教师与译员同时进行,边讲边译,学生记笔记,整理之后即为教材,当时以日籍教师为主。"到了民国以后,留学日本、美国、德国的林学毕业生回国任教,教师组成开始多元化,但教材内容严重依赖国外的理论知识体系。

梁希回国后的十多年间,一直从事着这方面的基础工作,主持相关学科研究项目,积累科学数据,为林化科研的理论体系的形成奠定基础。

在北农专、浙大及国立中央大学,他讲授的林产制造化学课程,主要分为五大部分,构成了一个相对完整的理论体系。一是总论。主要对植物及木材的化学成分、木材的特殊成分、木材的物理化学性质作理论阐述。二是木材热分解等研究。主要介绍木材炭化的基本生产方法,对活性炭、

《林产制造化学》

松烟等产品的生产与利用情况进行介绍，其中特别关注了植物资源能源的问题。三是关于木材用化学药品分解理论及技术的研究。主要对木材造纸、纤维素衍生物利用进行论述，对40年代才起步的工业木材糖化、酒精、饲料制造等，则在理论与生产工艺方面做了系统介绍，同时对林产化工在生活领域的作用做了前瞻性的预测。四是对树木成分的研究及开发利用。如对淀粉、糖、油脂、蜡、树脂、精油、单宁等植物的资源、产地、化学成分、加工制造及用途等进行了介绍，同时阐述了当时国内外科研生产情况，为发展林副特产品生产，提供了第一手资料。五是关于林产化学实验。

为了提高学生对于林产化学理论的认识，提升实践能力，梁希非常重视教学过程中知识与实验能力的结合，每篇每章每节均与实验相联系，专门安排了60多个有关"能力"方面的实验，促进学生对林化理论的理解。

梁希在三十多年的教学实践中，编写了许多讲义。最有代表性的，是他花费一生心血编写的、62万字的《林产制造化学》讲课稿，代表了当时我国林产制造化学的最高水平。

梁希亲自书写了讲义，屡次修改，视若珍宝。重庆中大时，学生们"每见梁师总是提着一个藏有这些手稿的黄布包，去躲防空洞，却不带其他一物"[①]。出于严谨治学，不到尽善尽美，他绝对不肯轻易付梓刊印。

出于对学术研究的严谨态度和秉持的谦逊美德，几十年间，他一直不断地补充、整理和完善，不愿草率付印，多次进行了增补。他出任林业部长时，仍在继续收集资料，充实内容。直到他去世后的1983年，由他的学生们将原稿加以整理，正式出版。该书内容充实，体例严密，立论精辟，是林业科学的一部巨著，堪称我国林产化学的奠基之作。

后人评价此书，既包括我国林产之特产品，也包括世界各国之林副产品，实为林产化工业之全貌，是林产化学这一学科有价值而珍贵之科学巨著，对当前我国林产化学生产与发展仍有指导意义。

梁希在该领域进行科学研究，完成了许多科研项目，发表了一批学术

---

① 魏迈.严谨的治学[C]//梁希纪念集.1983：116-117.

论文，主要集中在木材构造、木材材性、木材防腐、林产化学四个方面。

在木材构造方面，他与蒋福庆等人合作发表了《木材组织特点在显微镜下之观察》；在木材材性方面，他与周光荣、区炽南等人合作，发表了《川西木材之物理性》《水杉性质之研究》《楠竹及慈竹的力学性质的研究》等论文；在木材防腐方面，他开启了气压法木材防腐、木材天然耐腐性等试验研究；在林产化学方面，他组织开展大量科学实验，如木素定量、松脂采集、木材干馏试验等，发表了《松脂试验》（与王相骥合作）、《几种桐油种子之油量分析》（与张楚宝合作）、《中国十四省油桐种子之分析》（与周慧明合作）、《重庆木材干馏试验》（与陶永明、郑北松合作）、《木粕之研究》（与程剑光合作）等实验报告或论文。

研究者认为，梁希的历史性贡献对于后人大多具有开创性质、启发作用和里程碑的意义。梁希创立了自己的理论大厦，一部巨著《林产制造化学》，集中反映了梁希的理论体系和理论思想。梁希也因此成为中国林化领域第一人，而且成为中国林产制造化学学科的创建者。[①]

开创林化科学实验

千百年来，为了生存与发展人们从森林中获得木材资源和大量林副产品。国内对于森林资源的采集、加工、利用，已经有上百年甚至上千年的历史，如桐油、松脂、生漆、樟脑、单宁等，许多产品数量与质量也明显高于国外。这些林产品从采集到加工，一直处于传统手工阶段，分布在千家万户，生产效率低，技术进步缓慢，其中一些作为外贸产品，价格也受制于人。

梁希在日本、德国等国学习后，清楚地认识到，如果中国发展林化工业，原料完全可以自足自用；通过技术改进，提高产量与质量，也完全可以实现"富国利民"的目标。

---

① 胡文亮.梁希与中国近现代林业发展研究［M］.2016：278.

采松脂

松香晶体

梁希重视林产化工理论研究的同时，也十分重视相关技术的改进。他从与百姓生活密切相关的林产品研究入手，致力于解决长期以来技术落后、效益不佳的问题。

第一项有影响的工作是松脂试验。"松，尤其马尾松，为中国松香和松节油的主要来源。松树的木材中，本来有许多纵行的脂沟，贮藏着松脂。若树皮被刀割破，深达木材，伤口附近更会发生多量的脂沟，分泌多量的松脂，以封锁伤口，所以松脂是松树的愈伤工具。松脂含两种主要物质，一种是松节油，一种是松香。松香原来溶解在松节油中，因为松节油容易挥发，所以松脂在树上经过一个时期，油分统统挥发掉，只留下了固体的松香。"梁希在文章中这样详细地介绍松脂、松节油的知识。

由于缺乏科学研究与深度开发利用，传统上松香需求量很少，主要当作药材，以及用于乐器、焊接等方面。山区缺乏燃油，有的地方甚至将富含松脂的松木作为引火燃料或用于照料，浪费严重。近现代林化工业发展以后，松香价值得到极大提升，油漆工业、橡胶工业、机械工业、国防工业，以及家具、纸张装订、高级水泥等行业都离不开它，松香已经成为一种重要的林产物资。

梁希以林产化工专家特有的目光，敏锐地看到了松香的潜在价值，积极开展专题研究。在浙大农学院任教期间，他就与助手王相骥、周光荣等人一起，开展松香研究。1932年5—9月，他与学生们一起，用了整整5个月的时间，在杭州笕桥一带的松林间，早出晚归，风餐露宿，详细记录油脂形成及采脂试验的全过程。1934年10月，该实验报告发表于《中华农学会报·森林专号》，长达一万多字，详细地报告数百条每日采脂数据，文末还附有实验结论。

他在《林产制造化学》一书中，还完整地收录了美国、法国、德国、葡萄牙等国家的先进采脂方法和技术，并与我国传统方法进行对比，亲自制图，亲自试验，亲自记录数据，获得了大量第一手资料。

他对于松香采集与应用的研究和关注重视，一直持续到中华人民共和国成立之后。他认为，发动群众采集松香，既可以解决国家林产化工原材料短缺的问题，又可以为山区农民增加收入，是真正利国利民之举。在他的主持下，刚刚建立不久的林垦部，专门举办多期采脂培训会，培训了约300多名的采脂高手，派往全国各地，指导科学采脂。①

这一举措，很快产生了明显的成效，实现了全国松香产量持续跃升。1951年底，年产量达2万多吨，超过了历史上最高水平的40%，一举扭转了我国高级松香依靠进口的局面。到了1957年全国年产量达到11.7万吨，平均每年增长22%，出口达到6万吨，其中高级松香在总产量中占70%，中国松香工业从此走向辉煌。②

樟脑提炼技术的研究与改进，是梁希主持的另一项重要实验项目。

樟脑是从樟科植物中提炼结晶物质，用于防潮、驱虫、醒脑等的药物。樟脑是从樟树树干中提炼出的，树龄越老的樟树，所含樟脑比例越高。按当时的提炼方法，将树干切成小块，用水蒸馏，樟脑油受热后，随着水蒸气上升，在接触到上方的陶缸冷却后，形成樟脑。台湾早期北部山林，多为原始樟树林，树龄达千年以上者甚多，台湾樟脑输出量一度居世界首位。日本占领台湾时期，大量砍伐原始樟树，掠夺中国资源，曾引起林业界人士的极度愤怒。

梁希对樟脑设备改进有着浓厚的兴趣。1935年，他成功研制了一种提

---

① 熊大桐.中国林业科技史[M].北京：中国林业出版社，1995：341.
② 李霆.当代中国的林业[M].北京：中国林业出版社，1985：318.

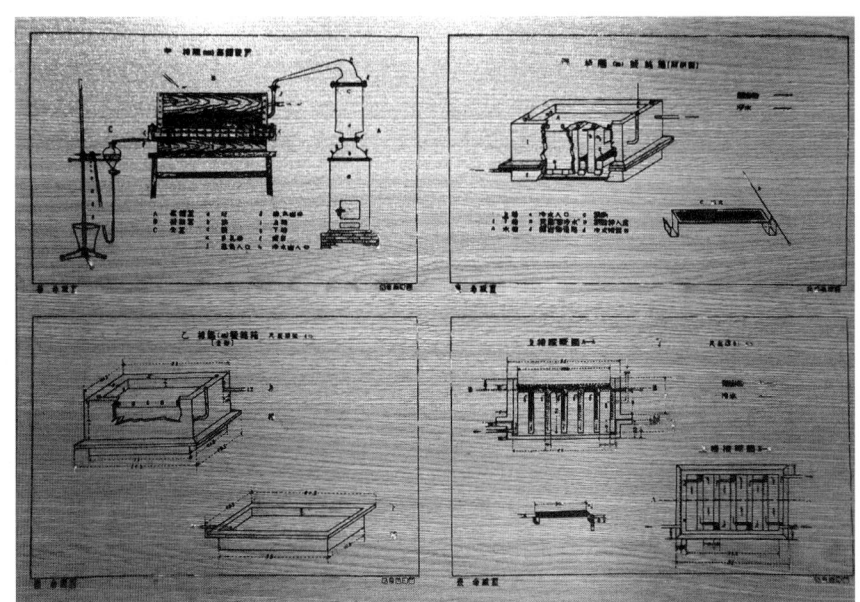

梁希设计的樟脑设备示意图

炼樟脑的装置，与日本三浦伊八郎研制的凝结器相比，樟脑获得率大幅提高，达到110%～169%，效果十分明显。为此，他专门撰写了《樟脑（樟油）制造器具之商榷》一文，发表在《中华农学会报》上。他全面比较了诸暨方式与土佐方式的不同，详细记录了自己制造器具、成功提炼樟油的实验过程。"日本土佐式冷却器，经东京帝大教授三浦伊八郎氏一再改良，颇见精工。余初欲购置一具，作试验室提脑之用，而形格势禁，不得不行设置，乃指导夏顺兴铜匠另行制造（南京国府路四十号），荏苒年余，得一粗重之凝结箱。余不敢谓此箱可以普遍应用，而行之小试验室，则胜于诸暨与土佐方法矣。"历时一年多，他制造的新式凝结箱，实验室结果优于传统方法及日本技术。

梁希还对桐油榨取技术进行了深入研究，对相关技术及设备进行了改进。

桐油广泛用于生产和生活中，如油漆、防腐、制作油布、油纸、照明等。梁希在《森林在国家经济建设中的作用》中介绍:"桐油为举世无匹的干性植物油,耐水、耐热、耐碱、不传电,色泽光亮。由于这些特性,在外国有八百五十余种近代工业需用桐油,在中国亦有百余种工业需用桐油。主要用途是:(1)油漆……(2)防水剂……(3)漆布……(4)油墨……(5)塞漏……(6)防腐……(7)医药用……(8)制造人造汽油……(9)制造橡皮代用品……"书中一一罗列其用途,介绍得详细、全面、准确。

桐油籽

桐油花

当时,我国各地普遍采用传统榨取方法,由于榨取装置设计不够科学合理,有高达25%～50%的桐油残留在桐粕中,造成了资源的极大浪费。

梁希引进日本、德国的经验,采取了化学浸提桐油的方法,获得率大幅提升,达到99%以上,经济效益十分显著。

在20世纪30年代,他有感于单宁在化工、医学、食品、纺织等行业中的重要作用,专门对河南西南部伏牛山的植物进行研究,得出五倍子等多种植物单宁含量较高的结论。

抗战时期,郑止善、蔡邦华等学者在此基础上继续对五倍子提取单宁进行了深入研究,取得了显著成果,五倍子提取单宁开始为公众所熟知。1951年,林垦部专门成立了单宁小组,制定对全国资源的调查方案,获得了300多种含单宁的植物及含量数据。

> **链接阅读**
>
> 到1986年，全国已经建成栲胶企业40多家，单宁年产量4万多吨，成为外贸出口畅销商品，远销日本、埃及等19个国家。

这些林产化工项目的研究，与国家经济发展紧密相关，也与百姓生活密切相关，有着重要的现实意义。一些项目研究，还一直持续到新中国成立之后，构成了我国林产化工的重要基础。

轰炸声中的科研

抗战期间，国立中央大学一路西行，迁到重庆沙坪坝，史称重庆中央大学。在严酷的战争环境下，教育科研资源极度匮乏，条件十分艰苦，没有完整的校舍，没有完整的实验器材，甚至连师生的基本生活费也没有着落。在这样艰苦的环境下梁希始终坚持科学理想，并千方百计地克服困难，坚持不懈地做科研。

在沙坪坝松林坡，在图书馆与化学实验室之间的林荫道上，常常可以看到一个身材不高，穿着一件蓝布长袍的人，头发已经全白，清癯的脸孔，戴着一副老花眼镜。这就是梁希，永远奔波在去教室、图书室、实验室的路上。

这一时期，梁希领导着三个实验室，分别是木材学实验室、森林化学实验和中央林业实验所林产利用组实验室，工作人员约30人。这些实验室牵扯了梁希的大部分精力，也化费了他大部分薪金。他自己十分节俭，却把薪金用于林化实验，并支持一些出国留学的优秀学生，唯独在抗战八年间，从没有给家里人寄过钱。[①]

在当时一份实验报告上，他这样写道："为了一台木材防腐试验装置

---

① 胡文亮.梁希与中国近现代林业发展研究[M].2016：55.

的装设，上呈文，写报告，说好话，托人情，前后费了六七年的功夫。整个机器都是东拼西凑，逐渐装配起来的。往往上半年买一个塞子，下半年配一个盖子；今年打两根铁管，明年装两个（水）龙头。日日呈文，月月报告，到头来得到手的钱，总共还不够买一个气压计，或者配一个电力抽气唧筒……"①

简陋的实验室，匮乏的实验器材，没有难倒热爱科学探索的人，梁希就地取材，因材施教，继续开展科研，获得了宝贵的科研成果。

应该说，相比于其他高校，重庆中央大学的科研条件，已经是最好的了。这一时期，梁希同时领导着3个实验室，即木材学实验室、森林化学实验室、中央林业实验所林产利用组实验室，科研工作在他的领导下一直有序地开展着。

1941年开始，梁希利用重庆周边森林植被丰富的有利条件，带领学生开展了川西（峨边）地区木材物理性质专题研究，收集含水量、比重、重量、收缩性等数据，进行科学研究分析。

其间，他领导的实验室开展九个与抗战相关的科学研究项目，即木材力学性之研究、竹材物理性机械性之研究、木材物理性之研究、木材构造之研究、小型木材人工干燥室设计建筑、木材防腐试验、气压法木材防腐试验装置

梁希在做林化实验

设计、木材干馏试验和木纤维试验。他发表了《重庆木材干馏试验》《川西木材强度之研究》《气压法木材防腐试验装置之设计》《人工干燥法之研究》《竹材物理性质及力学性质的初步试验报告》等论文和实验报告，成为

---

① 李霆.缅怀梁老在重庆中大[C]//梁希纪念集.1983：90.

抗战时期弥足珍贵的林业科研成果。

一切为抗战服务的精神，是科学家坚守的信念。梁希以科研直接为抗战服务，体现了民族大义和社会责任。

他与中央资源委员会、航空委员会等机构合作，积极研究飞机及枪托所用的木材。早些年，英国林化专家制成了一种蚊式飞机，用木材作制造材料，采用了"模压胶合成型木结构"技术。他当时还专门介绍了木材的优势所在：第一，同大、同重的木材，比金属强固；第二，木材能吸收振动；第三，金属材料所制的飞机需要45000个钉子，木材可以打成一片，减少重量。1942年，蚊式飞机在欧洲战场大显身手，引起了人们的关注。

对此，梁希与同事一起，对西南地区的木材开展实验，希望能发现与国外性质相近的飞机用材，后来果真找到一种木材，实验结果表明效果良好。

从蚊式飞机制造之初，梁希对林产化工资讯十分关注，并及时向社会进行介绍，并开展相关研究。表明他对世界林业科技发展极为关注，并希望能将林化新技术用于抗日大业之中。①

他向庚款董事会和贸易委员会申请，得到两名研究员和一名助教的专项补助，后来，又得到华侨在川西筹办的中国伐林公司的资助，采集了一批专供制作标本的试材的原木段。经过他的不懈努力，重庆中央大学的森化实验室具有了一定规模，图书资料和实验设备在当时国内各个院校森林系中是首屈一指的。

梁希深知林业科研人才的重要，便想办法推进科林人才培养。1941年，在他极力倡议下，重庆中央大学农科研究所增设了森林学部，后改为森林研究所，设立了森林化学研究室，首次开始招收研究生。这是我国林化研究领域研究生教育的开端。

春风化雨，桃李芬芳。1933—1948年，梁希所在森林系培养了本科生109名、研究生7名。这些学生，不少人成为了新中国林业部门的中坚力量，或者成为林业高校和科研机构的专家，包括林学家张楚宝、造林专家黄枢、

---

① 熊大桐.中国近代林业史[M].北京：中国林业出版社，1989：533.

造林专家李霆、林化专家周光荣、林化专家程芝、林学家贾铭钰、林学家胡大维、教育家杨衔晋、林学家袁同仁、植物学家薛纪如、森林经理学家黄中立、木材学家李继书等，成为我国林业发展进程中不可或缺的重要力量。

坚信林产化工前景

梁希主导的林产化工，从教学内容和科研成果看，已处于当时国内同类学科的前列。

20世纪四五十年代，林化工业主要以美国、日本、苏联等国为先进，并各自呈现不同的特点。美国林化工业最为发达，科研力量强大，门类多，主要以生产浮油松香、硫酸盐松节油、木素磺酸盐、香兰素、酒精、酵母等为主，包括松脂加工、松香和紫胶再加工、木炭生产、木材糖化（水解）生产糠醛、乙酰丙酸等，工业化水平高，产值高。日本林化工业在亚洲居于领先水平，除木材造浆为重点以外，木材炭化、木材水解、松香和紫胶再加工，以及香菇生产、木材防腐、防火等改性处理，具有显著优势。苏联林化工业主要在松香生产、木材热解与木材水解生产酒精等领域有一定优势。中国林业化工总体水平与国外有相当的差距，如桐油榨取主要用于生活照明等，在资源深度开发、林化加工及工业化方面，处于明显落后阶段。

梁希在教学和科研两个方面，为中国森林化学业发展做了大量奠基性工作。

他一手创建的森林化学实验室，当时已粗具规模，图书资料、实验器材、设备等，在国内高校森林系中，也是首屈一指的。他对川西木材进行物理性质分析，着重研究重庆附近重要商用木材利用价值，对当地盛产的竹材进行各种试验，都有十分重要的经济价值。

他十分关注世界林业科学发展的动态。1932年，他翻译了《日本近来试行木炭汽车之成绩》一文，在序言中写道，人类造物，创造为上，仿制为中，不造为下。"创造"一词成为他最为器重的字眼。为培养学生创造精神，他讲义中收集了世界各国专家的最新成果，及时向学生进行传播介绍。1937年，德国专家在工业工程化学杂志上发表了浓盐酸如何将木材碳水化合物转换为糖的科学报告《木材制糖工业》，梁希第一时间进行了翻译，向公众介绍了这一国外林业化工的最新技术。1942年，他翻译了德国出版的《木材防腐手册》，1946年春又摘译了1942年美国蒂曼著的《木材工艺》一书的九个主要章节，约20万字。在这部译稿中，他用毛笔和宣纸完成了该书的翻译和抄写，用正楷一笔一画地誊录下来，并手绘图案，红笔标注，付出了难以想象的艰辛与心血。

依据欧美国家林产化工快速发展的事实，他坚定地认为，林业化工在未来会有特殊的地位。他说，"普通木材的比重在零点五左右，都比水轻，为什么比水轻？因为木材是由长条的管状细胞组成的，干燥以后，细胞中的水蒸发掉了，只含空气，所以要比水轻。那末，如果用大力把木材细胞统统压扁，木材将改变性质，不但会增加比重，而且会增加强度，这里所要说的，就是这种理想的更进一步的实现。方法是：把木材切成半厘米厚的薄板，放在盆中，加人造树脂（例如酚、甲醛），使树脂胶合森纤维。这样处理过的薄板一百片至四百片相叠，烘干，送入炼木炉加热，加高压。经五小时到八小时，人造树脂因压力作用，会深入木材细胞，又因热的作用，会与细胞化合（起化学作用），完全改变木材性质，比重由零点五左右增加到一点三五，入水便沉，这是一种压缩材。压缩材能抗水，耐摩擦，硬度加高，不能再用木工工具刨削或锯截，必须用金工工具。强度亦加大，与钢铁相似，但比钢铁轻，比钢铁价廉。在苏联，用压缩材来制织梭、齿轮、轴承、飞机螺旋桨和各种耐高电压的绝缘材料。"[1]

林产化工所带来的新技术、新工艺、新材料，在20世纪二三十年代的中国，不为普通公众所熟悉。梁希从木材的性质出发，详细介绍了运用先进技术及其工艺步骤，彻底改造木材性质以达到与传统木材完全不同的应用与发展空间，给人以极大想象空间。

"梁老对我国早有管山治水富国利民之愿望，认为我国为多山之国，地

---

[1] 森林在国家经济建设中的作用[C]//梁希文集.1983：368.

> **链接阅读**
>
> 今日，梁希的科学预测已经被证实，人们在森林里找到了能产出柴油的树种。
>
> 进入21世纪后，林产化工行业发展迅速，成为化工能源、新材料等技术的基础。相比石油化工产品，以农林生物为原料生产的环境友好型和可循环利用的精细化学品，具备可再生、可降解、二氧化碳零排放等优势，更加符合生态环境保护的要求。现代林产化工技术不断成熟，产业化应用更加广泛，产品不断升级，性能不断改善，具备向石化产品延伸的可行性。
>
> 如今，南京林业大学、北京林业大学、西北农林科技大学、东北林业大学和西南林业大学等20余所高校都开设了林产化工专业，形成了生物能源和生物材料、生物基化学品和林源活性成分的开发利用等重要学科。我国林产化工产业逐渐发展壮大，产品品种、数量不断增加，产品结构日益优化，形成了较为完善的林产化工体系，成为林化产品主要生产国之一。如松香、活性炭等林化产品的产量、出口量均居世界第一。

跨寒温热三带，树种之多，冠于全球，仅木本植物就有7000多种，山多林多财多，可以向山地要木材、粮、油、香料、树脂（如松脂、生漆、橡胶、杜仲胶等）以及其他林副特产品，如树胶、染料、药材等，正是由于这一点，梁老把大部分精力放在林产制造化学这一课题上，以此作为富国利民的手段。"[1]

或许，这正是他的"科学救国"理念的具体表现，也是他家国情怀的生动体现。

---

[1] 金善宝.林产制造化学[M].北京：中国林业出版社，1985：1.

1954年，梁希在一次报告中断言："我们可以预料，今天隐蔽在深山幽壑的数以千计的不著名的树种，随着科学的进步，工业原料的翻陈出新，必有别的树木，也像杜仲和五倍子一样，被人们发掘出潜在的性能，一跃而为现代化的工业原料。"

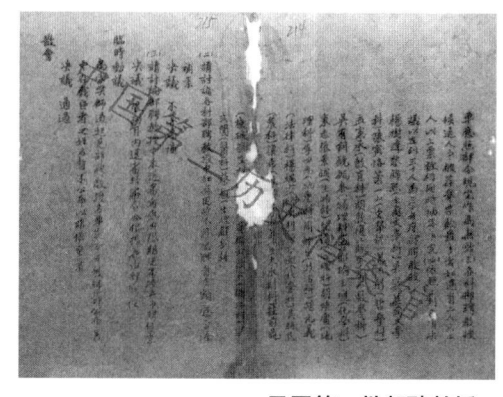

民国第一批部聘教授

梁希致力于林产化工研究，坚信未来的发展前景，展示了一个伟大科学家所具有的战略目光。

1941年底，民国政府教育部公布了"声誉卓著，具有特殊贡献"的"部聘教授"名单。第一批只有30人，梁希、孙本文（社会学家）、艾伟（心理学家）、胡焕庸（地理学家）、蔡翘（生理学家）等5位中央大学教授榜上有名。当时规定，学校没有权利解聘或辞退"部聘教授"，意味着有相当高的社会地位，由此可见梁希在林学理论及林产化工学科的巨大贡献。

梁希以林学专家的身份当选，表明受到学术界的高度认可。之后，民国政府举办"租借法案技术人员留美实习"考试、清华及庚款留美英考试等，梁希都受邀担任命题主考官。

1955年6月，中国科学院成立学部，首次评选学部委员。梁希当选为生物学部委员，获得了我国在科学技术方面的最高荣誉。

在我国林化发展史上，梁希以自己的才华、智慧和不懈的探索精神，奠定了一座伟大的丰碑！

第五章 林学名家

嘉木名诗

李树

宋朝　宋祁

曾见繁英出缥墙，
更将朱实奉华堂。
欹桃得地偏相映，
莫损清阴欲代僵。

林人树语

李属植物种类繁多，性状优良，经济价值与美学价值高，是我国重要的观花、观叶、观果植物，广泛用于园林植物造景、盆栽观赏、果树栽植等。"桃李满天下"是对教师最高的褒奖。孜孜以求，诲人以知，营建美好理想，面对风雨人生，始终保持一颗乐观向上的心态，终将品味桃李芬芳。

林学开始有了分量

梁希的一生，是怀抱林业理想的一生，这源于对林业的研究、教育和行政管理，他是新中国林业思想的开创者和实践者。

林业从农业发展而来，开始成为独立学科，在传统农业的体系中脱颖而出，具有完整的林学思想体系，并通过高等教育、科学普及宣传等手段，促进了公众对林业的了解，认识到林业在国民经济发展、促进富民利民方面的重要价值。

梁希无疑是推动人们林业思想观念转变的积极推动者、组织者和卓越的领导者。

首先，在于他长期从事林业教育。他是一位有着30多年林学教育经验的教育家，将林业科学理论的认识通过教育传授给学生，促进人们对林业作用、特点的认识，培养了一大批林业专门人才，为新中国的林业发展奠定了坚实的基础。

其次，在于他开创了林业化工研究。他两度留学国外，知识渊博，科研勤奋，身体力行，创办实验室，建立研究院，开展专题研究，改进林化技术，使人们对于林业资源的开发、利用、保护有了新的认识。

最后，在于他以林业专家的身份主政林业。作为共和国第一任林业部部长，他以林业专家的身份主政林业行政管理，他促进人们改变对森林的认识，重视林业发展，通过制定政策并推行，鼎新革故，将林业思想转化为强大的行政资源，在全国范围内大规模推动实施，有力地促进我国林业发展。

他的林学思想，贯穿于他的教育、科研与行政管理之中，体现在他对林业的深刻认识和领悟之中，深植于他对森林的特殊情感之中。

江南地区特别是家乡的山水，一直是梁希的牵挂。湖州周边的山山水水,田畴旷野,不断地深化着他对于中国林业现状及发展的认识,为他的林学思想的形成和发展奠定了重要基础。从《两浙看山记》这一份考察报告中,可以窥探端倪。

1929年,梁希就职于浙江大学农学院,并担任森林系主任,受邀担任浙江建设厅技正(总工程师)一职。没有薪水,完全是义务,"当时惟一希冀,欲以一年之功,周游两浙,而识山林川泽之大概也。"由于情况有变,任务并没有按预定目标完成。"自夏徂冬,跋涉半载,仅及杭、湖、宁、绍、台五属,中途厄于华顶峰,跛一足而归,不能履地者廿余日,不良于行者又数阅月。遂辞去,未得竟看山之志。而于看山期内,复因事返杭二次,未能尽登临之兴,事后追思,犹以为恨。然是年冬初,尚得于风声鹤唳之中,登天台,渡石梁,过是数月,群盗如毛,无复人再上华顶,则又余之幸也!"①

西湖雷峰塔周边的山林景象(1920年)

这一段文字,详细地记录了他考察浙江全境的意愿,及"未竟看山之志"的原因,字里行间,揭示了在兵荒马乱、"群盗如毛"的社会环境下,林业"不兴"的社会原因。

这篇一万多字的《两浙看山记》,是他对浙江林业发展现状的一次较全面的调查,对我国林业发展提出了前瞻性的真知灼见。

梁希主张有效管理森林,反对乱砍滥伐、开山垦地,破坏森林资源,并对这种现象进行了严厉的批评。在浙江考察中,对此有鲜明的态度。在于潜县(今属临安),他所见"童山濯

---

① 两浙看山记[C]//梁希文集.1983:19.

濯，杂草离离，并灌木亦不多见。县城周围四、五里，绝无乔木","而所以致荒之困，一由于消极的不造林；二由于积极的烧炭"①，令人触目惊心。乱砍滥伐在海天佛国的清静之地，也同样存在。"普陀竟绝少茂林。慧济寺之石南，法雨寺之石南、香樟、枫香，在岛中称庸中佼佼，然面积并不广大。其他七十三禅院，只周围留几株古木，无复丛林，斧斤之勤，即此可见"。②嵊县（今嵊州）、新昌等地的滥垦，致使下游曹娥江每年秋季必发洪水，他为此感叹："中国号称地大物博，而观察嵊县、新昌之后，则印象适得其反。山无论高下，岭无论平险，悉数垦为农地，无复茂林修竹，地位之局促，物产之艰难，土地利用之经济，即在大战时粮食告竭之欧洲，亦不至于此。"③

梁希对林业十分关注。文章中他描述各地所见："松树更少，大部分为杂木"，"童山濯濯，杂草离离"，"斧斤所至，无复百年树木"，"旦旦而伐，木无孑遗"，"远山近峰，疏疏落落，薪柴有余，大材不足"，"有全荒者，半荒者"，"山势孤立，树亦稀少"，这样的语句，文中比比皆是。甚至文中的标题都是如此："山阴道上觅荒山"，"曹娥江下游之荒山"，这样的场景令人触目惊心。从中可见五个府县山林的真实面貌。对此，他猛烈地抨击了造成林业管理落后的种种社会现象，直言"上流缺乏森林，下流频见水灾，崎岖数峰，关系杭湖两属身家性命不浅，政府岂可等闲视之"，发出了"浙江无林业可言，更何林业史可述"的感慨。

1929年，他在《对于浙江旧泉唐道属创设林场之管见》一文中，主张在杭州、湖州两地区的河流上游，建立三个林场，即东天目林场、於潜林场和西湖林场，并对设立林场的理由、地点和涉及测量、造林方式方法做了详细的论述。

历史的脚步，总是在回响先行者。梁希的文中诸多植树绿化、生态保护、水土保持的见解，在今日，依然散发着智慧和理性的光芒。如针对有人主张开发西天目林场原始森林，他就表示强烈反对，认为西天目之原生林，

---

① 两浙看山记[C]//梁希文集.1983：25
② 两浙看山记[C]//梁希文集.1983：34.
③ 两浙看山记[C]//梁希文集.1983：16.

树木种类已知者不下五百种,非独可以代表浙江,且可以代表江南。其中森林植物亦非少数。"西天目有数百年来未经斧凿之处女林,吾人当竭力保护,为国家培元气,为地方养水源,为海内外生物学家、农林学家留标本,决不可使一卉一木为道路与建筑物所牺牲"。① 他的眼光所及,不是一树一枝,而是林业发展的未来。

这一观点,后来为林业学家所证实。天目山作为我国中亚热带北缘森林的一个代表地段,地质历史古老、植被保存完好、生物资源丰富。自二十世纪二十年代起,钟观光、秦仁昌、钱崇澍、郑万钧等植物学、林学专家来天目山考察和采集植物标本,发现了许多新种,有89份植物标本被定为"模式标本",占浙江省"模式标本"总数的34%,被称为国内著名的"模式标本产地"。

梁希关注山林植被与农田、湖泊、行舟之间的密切关系。在《两浙看山记》中他写道:"牟山湖周围之山,颇多荒废","听其自然,则泥涨而湖干","由三界镇而上,沙滩更多,或突起如山,或横断如坝,如浩荡如沙漠,水道迂回曲折,舟必用人工前挽后推可行。更有沙滩占河身十分之八,惟余一小沟流水","嵊县已有垦山之习","新昌此后无山可垦",由此导致农业毁坏,百姓生活日益艰难。②

面对满目荒山景象,他提出"贮林于山,等于贮金于银行,银行有款只取不存,势必用尽。我们希望山中林木取之不尽用之不竭,故一面伐木,一面必须及时造林"。③ 他提到"森林与民生"的关系时,详细阐述了天目山一带可以种植经营竹林以致富:"山之获利倍于田,山之价值亦倍于田。"

而今,天目山脚下的安吉等地,"绿水青山"发展成"金山银山",处处彰显了他先进的生态理念和科学远见。

梁希认为,林学由森林而生,森林不由林学而生。人类未产生或人类足迹未到之前,大地已经被参天蔽日的森林所覆盖。没有森林,林学根本不能

---

① 对于浙江旧泉唐道属创设林场之管见[C]//梁希文集.1983:40.
② 两浙看山记[C]//梁希文集.1983:11-38.
③ 目前的林业工作方针和任务[C]//梁希文集.1983:202.

成立。自然界不受原理支配，只有原理合乎自然，才算是正确。

他曾说："在全国范围内大力提倡造林绿化方面，我的经历和感受比教书还要深刻得多。"他不遗余力地提倡"植树造林，绿化祖国"，建议在西北、华北、东北建立防护林带，以林防沙，植树治洪，以期建设美好家园，保护农业发展。

他深入研究了林业科学知识与技术，借鉴日本、德国等林业发达国家的经验，开创了我国林业化工的新领域。从传统的初级的小规模的林产品采集、加工、提炼开始，延伸到木素提取、木材干馏、木材合成等技术，拓展了林业发展领域，逐渐形成了符合中国实际的林业化工发展思路。

诚然，构建林学这一宏大伟业，绝非一人之力所能完成，有赖于几代"林人"的共同努力，而梁希在其中的先行者作用，无疑是极其巨大的。

相比一般林学领域研究者，梁希在林学教育科研、行政管理、中长期规划、政策制定，以及推动全社会林业发展等方面，作用明显，贡献巨大。

可以毫不夸张地说，他几十年的辛勤努力，使得林业在我国经济社会发展和科学研究教育中，日益显示出其独特的价值和真正的分量！

林业是农业的基础

林业是农业的基础，"农林是一家"，林业生态直接影响农业发展，这是梁希林业思想的核心所在。

林业资源是重要资源，必须被科学利用和开发，才能发展现代林业。长期以来，人们对森林效益、林业经营的认识比较模糊，经营林业的方法也不科学。梁希根据亲身观察和实践，形成了初步的森林生态学观点：学习国外先进经验，大力发展林业教育，建设林业科技队伍，扭转长期以来不重视林业的现象；必须大力推进绿化祖国，消灭荒山，治理风沙，建设美丽家园，发展农业生产。

1929年，他在《民生问题与森林》一文中写道："森林是人类的发祥之地。人类所以能够发展到现在地步，都是森林的功劳。所以饮水思源，我们要把森林看得神圣似的才对","农业家管着'衣''食',林业家管着'住''行'。所以那个时代的民生问题,一半是靠着农业,一半是靠着林业","到了现代,森林不但管着'住''行',而且管着'衣''食'的一部分"。他甚至提出,"国无森林,民不聊生",呼吁:"我们若要教我们中国做东方的主人翁,我们若要把我们中国的春天挽回过来,我们万万不可使中国'五行缺木'!万万不可轻视森林!"

1939年,他在《广播周报》上发表《造林在我国自己的国土上》一文,明确提出:"森林是伟大的,悠久的,保安的","森林不仅是观瞻问题,而是国家的经济问题,并且是国土保安问题","森林是公共事业,不能专归商人经营,也不能专靠老百姓务农之余顺便干干的,更不能和垦殖园艺混为一谈的。要独立,要专管"。进一步呼吁:"我们要实事求是,指定专款,行政专署,试验设专场,合理化、科学化、有系统、有步骤地用国家的力量来经营森林,同时推动和奖励民营林……要检讨过去的造林工作,要推广未来的伟大的造林运动。"

1941年,他再次提出:"譬如森林"不仅仅各个树木互相依赖,互相制约,就是它周围的条件,也处处和森林相关联的……并且森林附近的居民和动物,也影响到树木的发育"。"森林和周围一切条件,即使是政治(也可以说,尤其是政治)也有密切的联系。我们如果要把它孤立起来,单独地研究栽培,不顾到一切环境,恐怕造林要失败的,即使一时造成,也要被毁坏的"。①

他坚定地认为,"林业是农业的根本","林业是国民经济建设中不可缺少的重要组成部分"。他主张大力宣传森林的效益,提倡全面发展林业的经营方向。

中华人民共和国成立后,梁希作为国家林业行政部门的掌门人,把林业的重要作用与科学认识提到了更高的位置。在许多重要场合、会议讲话中,他不遗余力地阐述和讲解森林与农业、森林与工业、森林与环境的关

---

① 用唯物论辩证法观察森林[C]//梁希文集.1983:89-90.

系,阐明森林防旱、防涝、防沙的极端重要性,强调森林主产物(木材)、副产品等对国家建设、人民生活所起到的重要作用。

治山治水、大力发展林业,受到了举国上下的支持。在宏大的治山治水规划里,梁希提出建设"三北"(华北、东北、西北)防护林,建设长江以南经济林,以及沿海的四个省建造海岸林等观点,这在当时是相当超前的。虽然当时,工农业发展及外部形势还不太明朗,所以不可能马上开始实施,但是,他的科学理念与基本思路,直接影响着后来的林业发展方向。

在《三年来的中国林业》一文中,他热情地写道:"感谢中国共产党,它把四亿多中国农民一向被束缚了的传统智慧和无穷无尽的生产潜力解放了出来,供我们群众造林之用。"

1952年7月,他在一次林业会议上指出:"在这里,我发生了一种感想。前面说过林业的目的有二:一个是保障农田丰收,为农服务;一个是保证工业建设用材,为工服务。为工服务比为农服务难,仅仅为农服务的话,种什么树都好,只要山上有林,就可以保持水土了;而为工服务,则必须培植有经济价值的树种,工作难做多了。因此,我们在现阶段提出保证工业建设这个口号,说明新中国的林业提高一步,而不是意味着无条件的滥伐,更不是轻视造林。"①

1954年,他写了《森林在国民经济建设中的作用》一文,提出"森林是森林本身和它的环境的统一体","它对水、旱、风沙等自然灾害有相当的控制能力,从而对农田水利有显著的效用"。

1958年,他在《旅行家》杂志上发表文章,再次提出"造林就是保水保土的最有效而且最经济的办法","万山留有甘泉,森林就是水库","而且由于山区防止水土流失,还可庇护农田,减免灾害,保障农作物的丰收","由于森林资源的增加,出产的木材又可支援工业建设。所以林业建设是国家社会主义的重要建设之一"。

他对如何造林都有明确阐述:"我们希望山中林木取之不尽,用之不

---

① 东北今后林业工作的方针和任务[C]//梁希文集.1983:324.

1951年全国林业会议留影纪念

竭，故一面伐木，一面必须造林。如果要天然更新，则采伐迹地须留母树，而母树必须树形端正和树体健全。如果是皆伐，则伐木后更须人工造林，以期森林生生而不息。"①如何统筹治山治水，渗透于他对黄河治理的国家大计方针中。他根据多年来的观察与研究，提出了"水保是治黄之关键，森林改良土壤是水土保持工作中基本环节之一"，"造林是保水保土最有效的途径"。

这些科学观点和看法，改变了长期以来人们对于林业的粗浅认识，科学地阐明了林业的特点、作用以及与工农业生产的重要关系，有力推进了新中国林业事业的发展。

从教育入手抓林业

追溯梁希的林业思想，始于教育，也成于教育。

他从日本学成归国担任采木公司技正之时起，就深感中国林业观念落后，对国内森林工业不发达、森林采伐及林产品利用均受外国人控制的状况感到忧心。人们无法合理利用资源，源于人们对于林业缺乏科学的认识，缺乏现代林业的思想与观念。他始终认为，发展中国林业，必须从教育着手，培养林业人才，提高对林业的认识，这样才能真正建立现代化林业。

20世纪以来，中国人对于林业的认识，明显落后于德国、日本等林业发达国家，林业教育尚处于起始阶段。1949年前，全国没有一所专门的林业

---

① 目前的林业工作方针和任务[C]//梁希文集.1983:202.

高等院校，只在几所农业大学中设立森林科或相关专业；对于林业、森工的认识更肤浅，基本仅停留在松香等林副产品的采集或简单的加工阶段，几乎完全没有现代林化工业；读林学的学生少之又少，招生数也不多；林业学科建设薄弱，早年基本是外籍教师担纲，高校师资及教学水平参差不齐；教材匮乏，一般只有教师讲稿；林业管理体制不健全，林学毕业生就业困难，政局动荡、战乱频发等导致林业教育处于难以为继的境地。

作为林业教育家的梁希，在多个大学任教30多年，对于林业科技人才的培养，有着深刻而独特的认识。

梁希认为，中国林业不应该隶属于农业，但中国大学里的森林系一般都放置于农学院之中，对比"欧洲各国，林与农各自为政，各自为学，分道扬镳，并行不悖；流及美国，制亦略同。统属于政府，未必统属于农部，直隶于大学，未必直隶于农科也"，中国林业大都与农业合并，这很影响林业的发展，"合并固未为非也，而流弊为附庸，附庸犹未为损也，而流弊为骈枝，骈枝仍未为害也，而流弊成孽子，孽子从古不易容，容则分家之润而遗嫡之累，又不敢灭，灭则惊天动地而扰六亲，此中国近数年来林业教育、林业实验、林业行政之所以陷于不生不死之状态也"。①

梁希曾对台湾农林界的朋友们作过一次广播讲话，他说："蒋介石统治中国大陆的时候，青年学生毕业即失业。这种情况，表现得最显著的是林学界。从1931年到1946年这十六年间，平均每年全国高级林学毕业生仅五十一人，少得可怜了，但散布到全中国，还不免失业或改行。"②当时，全国没有独立设置的高等林业院校，全国仅21所大学或农学院设有森林系，全部林业专业的在校生仅541人。

怎么办？林垦部成立伊始，梁希采取了一个惊人举措，亲自主持对全国林业技术人员进行总登记，把分散在各地区、各行业甚至流散在社会的林业科技人员找到，因材任用，有的被派去主持工作，有的选送进中等林校或短训班当教员，缓解了林业科技人才奇缺的困难。

---

① 《中华农学会报·森林专号》弁言［C］//梁希文集.1983: 48.
② 向台湾农林界朋友的广播讲话［C］//梁希文集.1983: 379.

在新中国成立之初，如此大规模使用旧时代专业人员，即使是林业专业人员，也是需要担一定政治风险的。因为这些人基本上在旧社会甚至国外接受过教育，其工作及生活状况，不被众人深入了解，存在着一些敏感的"盲区"。在林垦部建立时，还留用几位日籍林业专家。这些情况，均体现了梁希部长的责任担当与勇气。

十年树木，百年树人。梁希深知培养林业专门人才的难度，只有采取非常规手段，才能短期内培养出人才。他要求各地林业部门，举办各种形式的林业培训班，传授基本林业知识和技术，培养林业急用人才。

他曾多次说："林业应该有自己的大学，这是我多年来的愿望。"为了创办林业大学，他与副部长李范五等多次去政务院，向中央领导反映情况，提出要求，终于获得批准。

1952年6月，大规模高等学校院系设置调整，把英美方式构建的高校体系，改造成苏联模式的高校体系，由此确定了20世纪后半叶中国高等教育的基本格局。院系调整，合并撤销，全国高校数量由1952年的211所减少到1953年的183所，一些历史悠久、知名度很大的高校，也在调整撤并之中。

基于国家林业长期发展的需要，更由于梁希等大批林学家的强烈呼吁和积极努力，林业部、教育部密切配合，积极筹划，林业高等教育出现了前所未有的新气象：一方面，结合一些大学森林系的合并调整，组建成北京、南京、东北三所院校完整的林学院，归林业部垂直领导，中国首次有了独立体系的林业高等院校；另一方面，在13个农学院中扩大了森林系，大量增加了招生名额。

1954年，林业部增设了教育司，进一步加大林业教育和人才培养力度。这次力度很大的院系调整，给林业高等教育带来了前所未有的发展契机，中国林业高等教育从此迈进全面发展的新时期。

1956年，为了让林业院校招到优秀的学生，梁希亲自写了《向高中应届毕业生介绍林业和林学》一文，介绍林学历史，展望林业发展前景，鼓励优秀青年报考林业学校，参与到林业发展的大业之中。他热情地大声呼吁：

"希望你们勇敢地、果断地、愉快地加入我们的林业队伍,大家学会绿化荒山、征服黄河,替祖国改造大自然!"

这是中国教育史、林业史上一次前所未有的创举,堂堂一国林业部部长亲自做招生宣传,希望青年学子报考林业学校。为了林业、林业教育,他耗费了很多心血,可谓用心良苦。

到1958年底,全国林业高等学院已有11所,设有农学院森林系19个,在校学生达3万多人。这相比1950年初,全国高等院校森林系在校学生不足100人的局面,真是天壤之别!

有人说过,林业独设为部,林业教育拥有独立的林业高校,这两件事,都与梁希有直接关系。他为中国林业获得了应有名分,殚精竭虑,厥功至伟。

梁希对此也颇为感怀,曾动情地对同事说出了心里话:"我在旧中国教了30年的书,培养了那么多的学生,想改变中国林业面貌,想让中国的黄河流碧水,赤地变青山。我的宣传活动只不过是书生的议论,纸上谈兵,毫无用武之地!只有新中国成立后,在毛主席、共产党的领导下,我们的理想才能实现。……国民政府几十年培养的林业技术人员没有新中国两年培养的多,中国的林业是大有希望的!"

一定要全面发展林业

梁希的林业思想集中体现在全面发展林业的科学思维之中。

针对我国森林资源奇缺、自然灾害频繁、林业管理落后等现状,他明确主张:大力发展林业,大力造林,增加森林资源,提高覆盖率,满足社会经济对木材等林产品的日益增长的需要。

作为林业专家,他曾两度赴台湾视察林业,提出了"经营林业"的观点。他说,"应有一个最合理之经营系统,则林木生长可以增进,经济价值可以提高,恒续作业可以保持,使该事业得以发展,经济得以繁荣"。他认为,林业既要满足人们对林副产品的需要,又要满足人们对环境美化的需要。

中华人民共和国成立初期的林业方针明确，即"普遍护林，重点造林，合理经营，合理利用"。护林、造林、经营、利用，成了林业四大工作任务，由此确定了"全面发展林业"的科学思路。

为了满足工农业生产对于木材的旺盛需求，采伐与保护始终是一对矛盾。因此，他提出了全面造林的计划，包括使用材林、防风林、防洪林、薪炭林、果木林以及特用经济林等。

在一次林业座谈会上，他提出："伐木务需依照一定计划，伐木必须注意某地点之应伐与不应伐，而不专顾某地点之便于伐与不便于伐，就是说，按照预定的施业方案进行，才是正理。"

他提出，有计划有步骤地在西北建设防沙林带和黄河水源林。在宁夏东边、甘肃北边等地，筑起一道绿的长城，制止沙漠的南迁，将造林与治沙害、保农田结合起来，形成了依托森林保护的灾害综合防治体系。

1951年，在中国人民政治协商会议第一届全体会议上，他在发言中提出，要在我国西北、东北西部营造大规模的防沙林带。首次提出大规模建设"三北"防护林的科学思路。

在《青年们起来绿化祖国》一文中，他写道："要绿化村庄，绿化道路，绿化河岸，绿化城市。要绿化中国的山，从而绿化中国的水。"要全面绿化造林，彻底消灭荒山，实现"全国山清水秀，风调雨顺，黄河流碧水，赤地变青山"的美好愿望。

新中国的林业发展，得到了新中国领导人的高度关注。

1953年2月，毛泽东主席与林学家梁希进行了亲切的交谈。这一弥足珍贵的镜头收在当年出版的《世界相册》里。

1955年，毛泽东向全国人民发出"绿化祖国"的号召。1956年1月，《全国农业发展纲要（修正草案）》公布，明确提出"从1956年开始，在12年内，绿化一切可能绿化的荒地、荒山"。从此，掀起了轰轰烈烈的全民植树造林运动。

梁希说："50年代，我写过20多篇文章和论文，发表过一些论点，归纳起来是：森林不但可防止自然灾害，还是国家建设的重要组成部分；林业是农业的根本,是人们生活的保障;为了全面发展林业事业,不能只砍木头,只讲利用,还必须普遍护林、重点造林,增加森林资源,提高覆盖率,全面满足社会经济对林业日益增长的需要。我总觉得要实现绿化祖国,就必须动员千千万万的人民群众,鼓舞他们的斗志,投入这个伟大行动中来。为此,我把社会主义中国的林业前景用美好的词句描绘出来,以鼓励后人。"[1]

"植树造林,绿化祖国",成为我国林业发展史上最为响亮、最为动人的口号,并一直回荡在祖国的辽阔大地,回荡在每一个共和国公民的心间。

梁希以持之以恒的毅力,坚守着绿色理想和全新生态理念,在他的身后,绽放出美丽的花朵,泽被后世。

永远敲"林钟"的人

梁希在担任部长的九年间,对于封山育林、水土保持、促进生态发展方面,有着非凡的科学远见。

长期以来,人们对于森林的认识,更多的是向森林索取木材、林副产品等,以经济效益的高低来评价森林的价值大小。没有多少人关心,西部的荒漠化、沙漠化、石漠化,各地水灾、旱灾、风灾、沙灾等,是否与过度砍伐、森林减少、生态恶化有关系。学贯中西的梁希,对于欧美、日本等林业发达国家重视林业生态的现象,有着清楚的认识,所以他不遗余力地向公众宣传森林意识、生态意识。

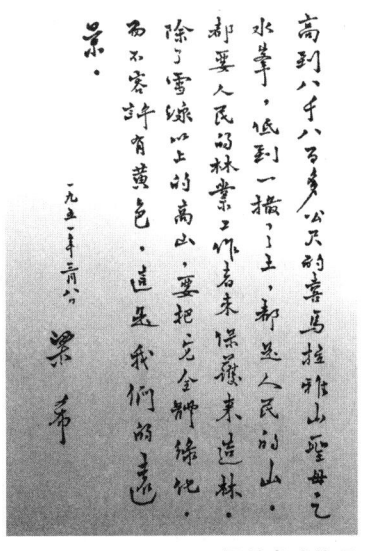

梁希书法作品

---

[1] 梁希.把国土绘成丹青[C]//科学的道路.上海:上海教育出版社,2005:905.

梁希在《这一次的春季造林》中介绍："从察哈尔，经过绥远、宁夏、甘肃，直到新疆，都是沙碛弥漫，地瘠民穷。新疆沙漠化面积，几乎等于4个四川或等于12个江苏。在中国，已出现可怕的沙漠南移。沙漠由北南移的结果，中国的人口亦随历史的变迁，有逐渐向南发展的趋势，数千年前繁华的京都，今天已经非常荒凉，数千年前的沙害大后方，今天竟然成了前线，这是何等可怕！"

"1949年是最近数十年来灾荒最多的一年，事实告诉我们，警诫我们，教我们与自然斗争——造林，不然，我们会被沙和水吞没。"

他在各种会议上呼吁，宣传森林的重要性，介绍植树造林所产生的巨大生态效果，以大量的客观数据、事实来宣传森林生态建设的价值与作用。

当时，正值中苏关系友好，主张各方面向苏联学习，他在宣传森林生态作用时，也大量采用苏联的科学数据，借鉴苏联的先进经验。他说，一是森林可以减少风速。据苏联纪录，在20～25公顷耕地的周围，防扩林带的高度如果达到16～18米，风速可以减少30%～40%。沙是从风里带来的，风速减小，则流沙亦减少，所以森林可以防风，也可以防沙。二是森林可以减少土壤蒸发量30%～40%。蒸发量小，土壤中的水分就可以保持，农作物就可以很好地生长。三是增加农产。

科学数据与事例大大增强了说服力，对森林生态宣传起了积极作用。

"要向自然开战"，与传统经营方式作斗争。

梁希最痛恨毁林开荒的行为，"开垦山坡不能增加社会总产量，被开垦的土地充其量不过在最初一、二年内略有增产，可是陡坡开垦必难久保，迟早要造成山坡光、河川恶、坡地变石地、川水变沙田，走到山穷水尽，不可挽救的地步"。

中华人民共和国成立，百废待兴，一要建设，二要吃饭，矛盾在所难免。梁希大力宣传生态保持、水土保持的观点，也会遇到不少阻力，有的甚至直接来自地方的党政领导。为了国家长远利益考虑，梁希直言不讳，不留情面，公开批评了一些地方的做法。

1955年11月，梁希以全国人大代表的身份视察浙江开化、新登（后并入富阳)、建德等县,发现当地群众依然在伐木开山,垦荒种粮,不但没有增加多少粮食收入,还毁坏了大量的山林,造成了水土流失、水灾成患、农业减产的情况。他心情十分复杂,觉得问题严重,连夜写了《开化不能再开山》一文,发表在《中国林业》上,对毁林开荒的现象进行严肃的批评。他写道,这是"浙江农业合作社的道路上最煞风景的事""用集体力量来开山,破坏水土保持,是令人不解的"。

在这一年召开的全国人大一届二次会议上,他再次严肃地指出:"近年来,由于粮食增长的需要,江西、湖北、浙江等省部分地区,正在向山上大量发展耕地。如果听其盲目地、无规划地乱垦下去,就会违反水土保持原则,给国家和人民带来长期的重大的灾害。因为山上每年耕垦,加上滥伐森林,山土就会丧失覆被,大量地流向河川,把河道淤塞,把河床填高,造成平原农田可怕的灾害。今后,为了停止滥垦,在陡坡和水土易于流失的地区,应该严禁乱垦,在宜垦地区垦荒,也应遵守水土保持原则。"

态度鲜明,性格直率,敢于担当!

1956年,全国人大一届三次会议上,他再次发言:只有搞好山区规划,特别是做好合理利用土地的规划,解决农、林、牧之间的矛盾,才可以给群众指出美好的远景,才可以防止群众滥垦山地。他的观点得到了代表们的

全国开展绿化造林

普遍认同。

1957年10月,《全国农业发展纲要》获得通过。规定"从1956年起,在12年内,在自然条件许可和人力可能经营的范围内,绿化荒山荒地。在一切宅旁、村旁、路旁、水旁,只要有可能,都要有计划地种起树来"。绿化造林,发展林业,正式列入国家中长期发展计划之中。

1958年,年届73岁的梁希,身体状况已不容乐观,他单薄而瘦弱的躯体里依然保持着对于林业的满腔热情。

在"大跃进"背景下,不少地方又出现了毁林的苗头,他深感不安,不顾自己体弱多病的身体状况,再次在全国人民代表大会上发言,详细介绍山西省榆社县开展植树造林、改变面貌、增加收入的先进事例。他说:"类似的例子,在南方、北方各省都很多。每个典型事例,都说明了造林育林不仅可以改变山区自然面貌,而且还可以从根本上改变山区经济面貌,是使山区走向进步、繁荣、康乐、幸福的道路,简括地说,林业本身就是山区人民的社会主义事业。"

这次发言后,他就因病重住院了。但他的心依旧挂念着林业,挂念着造林。

梁希曾为《林钟》杂志写过一篇复刊词,充满激情地写道:"林人,提起精神来,鼓起勇气来,挺起胸膛来,举起手,拿起锤子来,打钟,打林钟!林钟是我们的晨钟,林钟是我们的警钟,要打得准,打得猛,打得紧","打钟,打钟,我们的责任在山林!","一击不效再击,再击不效三击,三击不效,十百千万击。少年打钟打到壮,壮年打钟打到老,老年打钟打到死,死了,还靠徒子徒孙打下去。林人们!要打得准,打得猛,打得紧!一直打到黄河流碧水,赤地变青山,才对的起自己,对得起林钟!"[1]

梁希的一生,就是做那个为了林业振兴而不停敲"林钟"的人,直到他生命的最后时刻。

---

[1]《林钟》复刊词[C]//梁希文集.1983:152-153.

第六章 学会掌门

嘉木名诗

鸟鸣涧

唐朝　王维

人闲桂花落，
夜静春山空。
月出惊山鸟，
时鸣春涧中。

林人树语

桂花是木犀属树木的总称，品种繁多，是中国传统的十大名花之一，集绿化、美化、香化于一体，极具观赏价值。八月桂花，十里飘香，清可绝尘，浓能远溢，是中国咏花诗词中的绝佳题材。桂花喻人，低调内敛，馨香四溢，给人一种忠诚、成熟、可靠的长者与智者的感受。

兴学会，强国力

中国是一个传统农业大国，"以农为本"的思想根深蒂固。数千年来以种植为主的农业，受到了从统治阶级到平民百姓的极大关注。历代以来，都特别重视农业生产技术经验的总结与推广，从种子、肥料到种植、收获，以及农时、历法、农作工具等，都有大量的史料及文献记录流传，也出现了很多农业生产的书籍。据《中国农学书录》记载，中国古代农书达500多种，流传至今还有300多种，如《齐民要术》《农桑辑要》《王祯农书》《农政全书》《授时通考》等，内容丰富，影响广泛，是中国农业技术与文化的瑰宝。从这个角度说，古代中国农业很受重视，生产值高居国民经济之首，占有最大的比重，是真正的"治国根本"。但是，人口众多、土地资源分配不合理、生产力水平低下、自然灾害严重等，导致中国农业并不发达，大量农民长期处于贫困状态，经常受到饥饿的威胁。落后的农业依然是中国经济社会发展的软肋所在。

广义的农业，包括种植业、林业、畜牧业、渔业、副业等，林、农彼此不分的。中国传统的农业主要指种植业，即生产粮食作物、经济作物、饲料作物等。"民以食为天"，农业事关国计民生。中国延续几千年的农业，主要以传统农业为主，存在着从业人员多、生产管理落后、经营内容单一、生产水平低等问题，农业发展面临巨大挑战。

清末民初，一批有志之士开始关注农业，探索建立农学团体，举办农业学堂，不少人前往欧美、日本等地，学习农业科学，他们成为中国第一代具备现代科学知识的农学人才。

建立农业科学与技术的学会组织，开展学术交流，成为近现代农业知识、技术传播开来的重要标志。

我国最早的农业学会组织，可以追溯到1895年成立的广东农学会。孙中山出于团结人才、聚集英才的需要，在广州《中西日报》上发表《创立农

中华农学会会员章

学会征求同志书》，开创举办我国农学组织的先河。1896年，罗振玉、徐树兰等人在上海成立了"农务总会"，认为"农学为富国之本，中土农学不讲已久"，"采用西法，兴天地自然之利，植国家富强之源"。谭嗣同负责拟定《农学会会友办事章程》，倡导"广树艺、兴畜牧、究新法、济利源"。1897年，该会创办了我国最早的农业期刊《农学报》，并连续出版了315期；编辑《农学丛书》149种，有力地传播了农业科学技术。

　　1916年，留学回国后从事农学教育的王舜成、陈嵘、过探先等人在苏州集会，倡议发起组织"中华农学会"，得到农、林、畜牧、蚕桑、水产等专业人士的积极响应。该学会以浙江、江苏、上海等地农学人士为主，"研究学术，图农业之发挥；普及知识，求农事之改进"，梁希、许璇、孙思麟、陈永范等都是首批创始会员。该学会建立之后，会员发展迅速，学术交流活动频繁，现代农业生产新理念新技术不断传播，深受会员的好评，至抗战前，拥有会员2693人，涵盖了16个主要学科，分布在全国20多个省及日本、朝鲜、欧美等国。

　　农、林本是一家。农学会、林学会成立之初，许多知名专家都是身兼两职，是两个学会的创始会员。许璇、陈嵘、梁希等人，在农学会、林学会发展历程中都起到重要作用。

　　1928年，农学家许璇担任中华农学会会长。他思想开明，思路开阔，与德商爱礼司洋行合作，在上海真如合办农业试验所，开展"肥田粉"肥效试验。德商提供图书、仪器及每年经费官银1000两，学会则负责提供技术人员。许璇兼任所长，梁希应邀担任研究员。后来，由于德方提出派人参加理事会，企图掌控财务权。许璇认为，这是借势要挟，侵犯了学术团体的自主权，双方的合作随之宣告结束。但这次合作的尝试，开启了科技社团与企业合作的新模式。

梁希参与中华农学会、中华林学会的许多活动，与另一位林学家陈嵘也有密切关系。

> 陈嵘（1888—1971），浙江省安吉人，林学家、教育家、树木分类学家，我国树木分类学奠基人。他编著的《中国树木分类学》，是中国树木分类学奠基之作。曾长期担任中国林业科学院院长职务。1928年，陈嵘等人提出，将定于清明的植树节改为3月12日，一直沿用至今。

陈嵘十分热心学会工作，是1916年中华农学会创始人，当选为第一届会长。同时，他也是中华林学会创始人，1917年，他与凌道扬等人，发起成立中华森林会。梁希是森林会员的最初会员之一。梁希、陈嵘两位同为湖州籍的林学家，就此结下了特殊缘份。1952年，中国林业科学研究所（即中国林业科学院）成立时，林业部长梁希力邀陈嵘北上，担任所长（院长）一职。中华人民共和国成立后，陈嵘等人提出，恢复建立中华林学会，梁希为首任理事长、陈嵘担任副理事长，两人合作十分愉快。

1953年2月，朱德副主席在梁希陪同下视察中国林科院，指示要尽快绿化北京西山。梁希与陈嵘密切合作，组织开展"西山山丘地区造林方法的研究"，制定植树造林方案，使西山绿化的目标迅速达成。

基于对学会地位与作用的深刻认识和理解，也源于对农业、林业科学的专注，梁希通过参与学会的大量活动，团结和凝聚了大批农林方面的专家，获得了广大会员的充分信赖和支持。

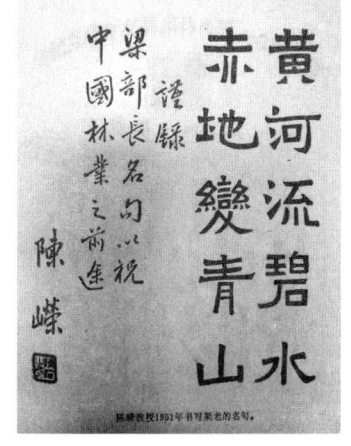

陈嵘书写梁希名句

农学会的骨干分子

梁希积极参加中华农学会活动，先后担任中华农学会的理事、理事长等重要职务，一直延续到1949年。他参与了年会活动、学会管理、学报编辑与出版等，做了一系列的富有成效的工作，成为中华农学会发展史上最有影响的"骨干分子"。

学报是学会学术研讨成果发布的载体，是会员联络交流信息的载体，起到团结会员、服务会员的重要作用。梁希参与学会工作，便十分重视学报。他认为，"无报便无会"，学报是学会的命脉。

从1918年起，他与陈嵘等一起，负责编印《中华农学会报》，平均每期200页，每年出版8期左右，为此付出了大量心血。

中华农学会虽然是一个全国性学会，但毕竟只是农业领域教育者、研究者自发形成的群众性团体，没有专门的经费支持，也没有专职人员，发表学术论文、调查报告也都是没有稿费的，完全出于对于学会的热爱和工作热情。他俩既负责编辑，也做核对；既负责总务，也当小工。每一期都要负责把一本学报编纂成册，并一一寄发给所有会员。

七七事变前夕，梁希、陈嵘主持编印了《中华农学会报》1~150期目录索引。梁希撰写了卷首的弁言："本会成立迄今，二十年矣。……吾人试一观会章，其开宗明义之信条，即曰研究农学，改良农村，今流光荏苒，成就几何……"他对动荡时局下农学会发展及获得的成就，很是忧虑，又饱含感情，充满期待，爱会之情，历历在目。

《中华农学会报》自1918年编印第1期至1948年，共发行190期。刊登普通译著，发表专题论文，刊登国外农学专家的研究成果，内容十分广泛，涉及农业通论、农业经济、农业教育、作物、森林、蚕桑、水产、农业化学、园艺、病虫害等多个领域，是国内办得最好、最具权威性的农业学术期刊。

20世纪三四十年代是最不安宁的岁月，战争频发，外敌入侵，灾难不断，社会动荡，而农业科学领域，依然有这样一批热心人士，坚守信念，以会为家，潜心办会，专心办刊，是科学研究与学术发展的一股清流。

它好像一团火,照亮着农学界人士,带来了希望与光明;它又像一盏灯,指引着农学界同行,共同践行着一个科学梦想。

毫无疑问,梁希是最为勤恳、出力最多、付出最多的一位会员。他身体力行,为农学会、林学会两份刊物共撰写了24篇论文、调查报告、实验报告等。

自1917年创立了"中华农学会基金",20年间,梁希、陈嵘等人苦心经营,开源节流,采取各种措施,积累大约30万元,并在南京市双龙巷建成了一幢三层小楼,作为农学会的永久会址。

学会的经费主要来源于会费缴纳或社会募捐。梁希平时勤俭节约,衣着朴素,但对于缴纳会费一事,总是十分慷慨,每次都是缴纳会费最多的一位会员。

中华农学会的有效工作,受到中国科学界的一致好评。1928年,第四次泛太平洋科学会议在印尼爪哇岛举行,受中国科学社邀请,中华农学会选派梁希、陈嵘、黄枯桐、沈宗瀚四人,作为中国科技界的代表,出席了这次国际科学界的大会,开启了学会参与国际科学活动的先河。

艰难时期的理事长

1935年8月,中华农学会第十八届年会在浙江大学农学院召开。在这次年会上,众望所归,梁希当选为新一届理事长。

直到1941年,他担任学会领导长达六年。正是这一时期,中华农学会发展迅速,会员日益增多,成为当时最负声望的全国学会组织之一。

上任伊始,为了便于工作,他索性搬到位于南京双龙巷的农学会办公楼三楼,在一个角落安了床位,将家安在学会。每到周末,他前来处理会务,要忙到星期一早晨才能回校上课,真正做到了以会为家、爱会胜家。

梁希担任学会理事长的六年,正是抗日战争期间,烽火连天,环境险恶,交通受阻,人员离散。每次学会活动特别是学术年会等,从筹划到举办,从通知会员到会场安排,难题不计其数,一个接着一个,让组织者梁希操碎了心。

中央大学西迁重庆后，中华农学会也随着西迁。但是，一个自发组织的学术团体，生存何其困难，到了重庆，连个办公地点也找不到。当时秘书长就找梁希商量，最后，梁希想办法在中央大学农学院找了一间办公室，权当学会临时办公地点。其间，他还组织会员募款，恢复出版《中华农学会报》，编印《中华农学会通讯》等，学会工作井然有序。

身材瘦小单薄的梁希，对于学会的经营管理，满怀热情，充满精力，无论遇到什么困难，从不气馁，也不埋怨，始终勤勤恳恳。在他的带领下，每一年的年会活动、期刊出版、论文征集等，都安排得有条不紊，受到全体会员的一致好评。

从连续有序地举办历次年会，到出席人数、发表论文等数据统计中，可以看出其中的不平凡之处：

1936年8月22—24日，在江苏镇江伯先公园召开第十九届年会，出席会议143人，宣读论文106篇；

1937年7月7—10日，在武昌中华大学召开第二十届年会，出席会议107人；

1938年8月27—29日，在成都四川大学召开第二十一届年会，出席会议93人，宣读论文37篇；

1939年9月3日，在重庆中央大学召开第二十二届年会，出席会议77人，宣读论文66篇；

1940年6月5—7日，在重庆留法比瑞同学会召开第二十三届年会，出席会议176人，宣读论文81篇；

1941年3月16日，在重庆四川省立教育学院召开第二十四届年会，出席会议167人，宣读论文47篇。

一串串枯燥的数字，一行行简要的记录，是学会当家人梁希亲力亲为、持之以恒工作的结果，是他对农学会满腔热情的具体表现，也是他的高尚人格感召了每一位会员的真实写照。

作为全国知名的学会，中华农学会还在战时开展了一系列高质量的学术活动，如科学咨询、信息服务等。其中，最有影响力的是组织召集专家召开农业讨论会，组织会员编写《中国农业改进》报告，提出我国改进农业发展的政策建议。在中华农学会等牵头呼吁下，1941年国民政府同意设立农林部，开启了政府设立林业专门管理机构的先河，此举极大地提升了林业的地位与影响。

1944年，中华农学会为纪念梁希主持会务的功绩，特别设立"梁叔五先生六十寿辰纪念奖学基金"，举办征文活动。

曾任中华农学会理事长的杨显东感慨地说："抗战爆发前后，即1935—1941年，梁希教授担任中华农学会理事长，达六年之久。这个六年，既是学会会务发展最艰巨的阶段，也是他在政治上益趋成熟与坚定的时期。农学会的会报，照常出版；农学会的活动，持续发展。……他不畏权势，敢怒敢言，对当时反动统治下的农业问题，偶抒己见，义正词严，条理清楚，不失科学家的本色。"[1]

中华人民共和国成立后，中华农学会改建为中国农学会。"在开始筹备时，原定仍由梁老担任理事长，考虑到他是林垦部长，政务繁忙，才改由他人担任。即令如此，他对农学会的会务，还是倍加关切，经常道及。"[2]

编辑出版学报会刊

相比于中华农学会，中华林学会的发展又有些不同特点，发展历程更加曲折。

由于传统落后观念，国人对于林业作用地位认识完全不到位，林业也得不到足够的重视，林业生产经营、科学研究、综合管理等，几乎处于自发无序的状态。到20世纪40年代末，林业在全国农业总产值中仅占0.7%，几乎可以忽略不计。

20世纪初，人们的林业观念开始发生改变，赴国外的留学人员，开始有人选择林学作为研究方向，涌现出我国最早一批林业专业人才，包括凌道

---

[1] 杨显东.纪念梁希教授[C]//梁希纪念集.1983：20.
[2] 杨显东.纪念梁希教授[C]//梁希纪念集.1983：21.

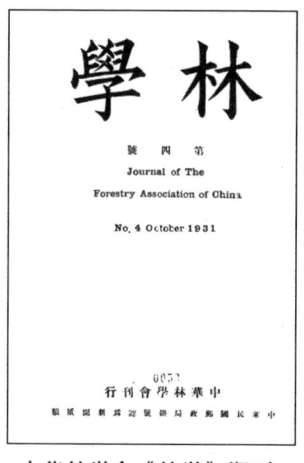 

中华林学会《林学》期刊　　　　《中华农学会会报》

扬、姚传法等人。他们学成回国后，积极传播林业知识，兴办林业学校，建立实验林场等。1917年，凌道扬、陈嵘等人倡议成立中华森林会，成为中国第一个林业方面的学会组织。留学日本、专攻林学的梁希，成了学会最早的一批会员。

由于种种原因，中华森林会的发展历程，并没有中华农学会那样的平稳顺畅，甚至一度中断活动。1928年，梁希、陈嵘、凌道扬等林学界人士认为，农林并重精神要得到体现，林业不应受到冷落，必须恢复林学会组织。8月4日，在他们的积极推动下，成立了中华林学会，选举姚传法、陈嵘、凌道扬、梁希等11人为理事，姚传法为理事长，梁希、陈植担任林学部正、副主任。

1929年，梁希担任中华林学会常务理事，负责《林学》编辑发行工作。

姚传法（1893—1959），字心斋，祖籍浙江鄞县，出生在上海，林学家、林业教育家，中国林业事业的先驱者之一。长期从事林业法律研究，主张依法治林，主持制定《森林法》《土地法》等重要法规。

> 他是中华林学会创始人之一,为中华林学会创建与发展作出了重要贡献。
>
> 凌道扬(1888—1993),广东省新安县人,林学家、农学家、教育家、水土保持专家。中国近代林业的开创者和奠基人之一,中华森林会的创始人之一。1912年入美国麻省农业大学,1914年获耶鲁大学林学硕士学位,1915年首倡以清明节为中国植树节。1960年出任香港联合书院院长。著作有《森林学要览》《中国农业之经济状况》等。

他积极参加林学会活动,发表了许多学术论文、调查报告。

1931年1月,经过选举,姚传法、梁希、陈嵘等11人组成第三届中华林学会理事会。

当时台湾经济中的重要支柱是林业,亟待发展,梁希应邀两次赴台考察,对台湾林业发展提出思路,并提出建立中华林学会台湾分会的建议。由于梁希的积极推动,1948年4月,在台湾林业试验所礼堂,举行中华林学会台湾分会成立大会,出席代表达136人,林渭访当选为理事长,奠定了台湾林业学会的组织基础。

1934年10月,梁希主编了一期《森林专号》,亲自写了一篇弁言(即前言)。他写道:"我国森林机关,绝少专名,大都与农业机关合并。合并固未为非也,而流弊为附庸,附庸犹为损也,而流弊为骈枝,骈枝仍未为害也,而流弊成孽子,孽子自古不易容,容则分家之润而遗嫡之累,又不敢灭,灭则惊天动地而扰六亲,此中国近数年来林业教育、林业实验、林业行政之所以陷于不生不死之状态也。"导致的结果是"事业不动""学术不昌""著述不易""刊物不多"。他对此依然充满期待:"虽然病木未槁,倘有苏期,心灰未死,容有燃时。同人等群策群力,今日犹得追随人后。"

以林说理,明白浅近而寓意深刻。

在编辑过程中,他看到凌道扬《一九三三年美国林业之新设施》、傅超杰《广东试行兵工造林第一年之记述》两篇文章,颇有感触,又专门写了《读凌傅二氏文书后》一文,对照中外林业发展的趋势,对中国林业发展前景进行深刻分析,感叹林业发展前景:"呜呼,森林无办法久矣。荒山听其颓废如此;而树海不能利用又如彼。毕业生失业如此;而技正技师有其业而无所施其技又如彼。书生之兵纸上无灵。……森林今日无办法。森林而求办法,其待国泰民安以后乎;无已,其待农村复兴以后乎。"①

他还说:"读二氏之文,而又知其不然!我以民穷而不暇营林,人正营林以济万民之穷;我以森林生产迟缓而不为,人正利用不生产之人以治山林。地得人而利,人得地而济。然则森林又何尝而无办法乎?"②

梁希是有个性的人,敢说真话。当局不重视林业,林校毕业即失业、林场苗圃裁并、大学森林系废置等现象频发,对此他进行了辛辣揭露:"其无办法者,非真无法而不办也。乃不办斯无法耳。"③

看到中外林业发展的前景,他依然充满信心:"吾人近察广东,远瞻美国,色然喜,骇然惊,如空谷闻足音,如天涯遇知心,如行到山穷水尽而得一花明柳暗之村!"④

他一心向林,怀抱林梦,虽有对现实的强烈不满,却对未来满怀希望。这种"哀其不幸,怒其不争"的矛盾心理,正是旧中国林业艰难发展的真实写照,也是梁希这样"矢志为林"的林学家所经历的痛苦所在。

"真正的学会领导"

1951年2月,在全国林业工作会议召开期间,陈嵘、沈鹏飞、殷良弼等一批林业专家建议,要求恢复林学会组织,建立中国林学会,以团结广大林业科技人员,促进林业建设发展。

这一建议,得到林垦部长梁希的高度认可。2月26日,在林垦部一间大

---

①②③④ 读凌傅二氏文书后[C]//梁希文集.1983:50.

会议室，中国林学会成立大会隆重召开了会议，选举产生中国林学会第一届理事会，梁希当选为理事长，陈嵘等担任副理事长。

新时代林业有新气象，新成立的林学会有了规范程序。5月8日，经中央人民政府内务部核准，发给中国林学会社会团体登记证，林学会成为第一家规范的全国性林业科技社团。

中国林学会登记证

学会发展壮大，是科技发展的重要标志，也是科技工作者权益保护和协同行动的重要体现。

回顾这两大全国性学会创立发展的历程，梁希都是重要的亲历者、见证者和创业者，在两个学会发展史上，留下了浓墨重彩的一笔。

> **链接阅读**
>
> 中国农学会、中国林学会作为科技工作者的群众组织，开展学术交流，促进学科发展，积极为会员服务，成为有影响力的全国性科技团体。中国农学会和中国林学会的官网资料显示，到2017年底，中国农学会拥有34个所属分会，个人会员30多万人；中国林学会拥有个人会员9万余人、团体会员近200家。

农业部原副部长、中国农学会原会长杨显东曾说，梁希在两个全国性学会中担任重要职务20多年，是真正的学会领导。"因为他是唯一担任过农、林两学会理事长的人，而且功绩卓著。在我国的农林科学界，能享有这种荣誉并得以流传后世者，舍梁希教授，殆无二人。"①

> **链接阅读**
>
> 　　2017年12月12日，中国农学会成立100周年，举行了隆重的庆祝纪念活动。
>
> 　　中共中央总书记、国家主席、中央军委主席习近平专门致信，表示祝贺。贺信指出："中国农学会是我国历史悠久的农业学术性群众团体，是中国近现代农业科技发展的亲历者和推动者。新中国成立以来特别是改革开放以来，中国农学会紧紧围绕党中央关于'三农'工作的决策部署，以推动农业科技进步、农业农村现代化为己任，积极促进农业科技创新发展和普及应用，积极促进农业科技人才成长，成为推动我国'三农'事业发展的一支重要力量。"②
>
> 　　这是党和国家对学会的高度评价，是对广大农林科技工作者的高度肯定，是对创建并大力发展了这一科技团体的梁希等一大批农学、林学专家的最高嘉奖。

　　因为梁希对于中国林业及学会发展的重大贡献，1985年，中国林学会以梁希的名字命名"梁希科学技术奖"。正如其官网所言："这是经科技部批准，由中国林学会申请设立的面向全国、代表我国林业行业最高科技水平的奖项。"

---

① 杨显东.纪念梁希教授[C]//梁希纪念集.1983:21
② 习近平致信祝贺中国农学会成立一百周年[EB/OL].(2017-12-13)[2017-12-13]. http://cpc.people.com.cn/n1/2017/1213/c64094-29702576.html.

第七章 雾都劲松

嘉木名诗

赠从弟
魏晋　刘桢

亭亭山上松，瑟瑟谷中风。
风声一何盛，松枝一何劲。
冰霜正惨凄，终岁常端正。
岂不罹凝寒，松柏有本性。

林人树语

　　松树树冠蓬松不紧，故名松树，形象而生动。中国人自古以来就对松树怀有特殊感情，赋予诸多赞美之词。它生命力顽强，不避贫瘠土壤与危崖，依然深根入土，挺拔生长；松树本质坚固，寿命特长，寓意吉祥和美。它凌冬不凋，青翠傲雪，象征坚强不屈、不畏艰难、勇往直前的高贵品格。

松林坡上的迷茫

1937年"七七事变"后，抗日战争全面爆发。9月，作为国立中央大学农学院森林系教授的梁希，不得不痛别他四年来苦心经营的森林化学实验室，尽可能将图书、实验器材、仪器设备等打包内迁，一路辗转，运往重庆沙坪坝临时校址。

从此，"松林坡"这个带着浓浓林业气息的地名，与梁希这位林业家结下了一段非凡缘分。这片高低不平的林间坡地，不仅记录了他教书育人、专心科研的过程，也记录了他拨开迷雾、走向光明的思想演变历程。

残酷而旷日持久的战争，对于高校教育而言，无疑是一场巨大的灾难。异地办学，生源流失，师资不足，实验器材匮乏，教学计划难以实施。国土沦丧，退居西南，税收匮乏，财政困难，高校教育始终处于一片混乱之中。

20世纪40年代的重庆沙坪坝

当时,日本侵略者的飞机疯狂低空轰炸重庆,警报频传,硝烟弥漫,弹片横飞,课堂半途师生便狂奔于防空洞,生死之间,命悬一线,人心惶惶,不可终日。

梁希经历了劫难,依然坚定如青松,傲然挺立在松林坡上。在课堂之上,他常告诫学生,要牢记前线将士的流血牺牲,才换来后方的读书时光,我们一定要更加努力,发奋读书,报效国家。然而,战乱之下的重庆,并不是如人们所期待的那样,充满着同仇敌忾、奋勇杀敌的情绪,反而时时有些不痛快。相对于物资供给匮乏,对现实的不满与精神上的绝望,更让梁希感到迷茫。

内迁的中央大学,教授都不带家眷,宿舍统一安排在沙坪坝的松林坡。梁希与好友金善宝同住一室,两人虽然年岁相差十多岁,但早已是无话不谈的忘年之交。金善宝对此记忆深刻:"在沙坪坝,我们两人住在临时建筑的一间十多平方米的平房里,室内放两张单人床,一张小桌子我们每人用一个抽屉。朝夕相处,情同手足。我们之间推心置腹,无话不谈。他比我大十三岁,既是我的兄长,又是平生难得的益友。"①

中央大学心理学系教师潘菽在这里与他们相识,并从此结为好友,往来日益密切。潘菽回忆说他之前也不认识梁希,到了重庆后,当时教学人员都住在一个区域,彼此才相识。

对于那次初见,潘菽有特别的感觉:"他和我一见如故。从此,我一直看待他像兄长,他对我的关切,也像看待兄弟一样。"②

潘菽有着广泛的社会关系。他的堂兄潘汉年,是党的高级干部,长期负责白区情报工作;胞兄潘梓年,是文化名人、哲学家。1938年,潘梓年接受党的委派,在武汉创办了《新华日报》,并任第一任社长。该报系中共中央长江局的机关报,发刊词宣称:"本报愿将自己变成一切愿意抗日的党派、团体、个人的喉舌。"这是抗战时期,中国共产党在国统区公开出版发行的一份报纸。

---

① 金善宝.我和梁希教授同住一室的日子[C]//梁希纪念集.1983:16.
② 潘菽.忆梁希同志[C]//梁希纪念集.1983:12.

> 潘菽（1897—1988），原名潘有年，江苏省宜兴人，心理学家，社会活动家，中国现代心理学的奠基人和理论心理学的主要开拓者，中科院生物学部委员。他也是九三学社的重要创始人之一，曾任南京大学校长，江苏省政协副主席，中国科协常委，第一、二、三届全国人民代表大会代表，第五、六届全国政协常委。

报社内迁重庆时，船行至燕窝江畔时惨遭日军轰炸，有16位工作人员遇难，其中就有时任报社编辑及文书的潘美年，也是潘梓年、潘菽两人的胞弟。国土沦丧，亲人牺牲，国恨家仇，对于所有亲历者，都有着刻骨铭心的记忆，也激起了抵抗侵略者的革命热情。

当时，《新华日报》克服了战时物资缺乏和在国统区办报的恶劣政治环境等不利条件，形成独具特色的报道风格，把共产党抗日救国、反对内战、反对独裁的观点及时传播给国统区的民众，获得了广泛的支持，并争取了大批民主人士的支持，产生了积极的影响。比如，报社钻研技术，改进工艺，自办纸厂，同样的土纸报纸，《新华日报》印字清晰，胜于其他报纸，被称为"奇迹"。李公朴等人为此专门写诗赞扬，很多民众也把这一点与国民党腐败无能作对比，说共产党办什么都要比国民党高明。

共产党主办的《新华日报》，成了国统区政治走向的方向标。谁接近了它，谁就会受其感染，自然成了同路人。梁希正是在茫茫迷雾中找寻到前进的方向。

结缘《新华日报》

正是有了潘菽这一层关系，梁希、金善宝等人可以经常地阅读到《新华日报》，并与报社的工作人员，建立了密切联系。

潘菽说："他在重庆的许多年中，时常积极参加党所举办的种种集会或约会，每次都抱着高度喜悦和兴奋的心情参加。党也尊重梁老，特派定一位当时在中央大学工作的陈晓原同志与他经常联系。他和陈晓原同志有了深厚的友谊。"①

梁希在文章中提道，抗日战争时期，他在重庆接触到中国共产党创办的《新华日报》，大有拨云雾见青天之感，饭可以不吃，报不可一日不读。在此间，还结识了周恩来、董必武等中共领导，学习了马列主义，思想大为开阔。

重庆新华日报社旧址

他从《新华日报》中获得全国抗日的信息，逐渐接受了中国共产党人的抗日救国主张。后来，他与金善宝、潘菽等人一起参加了《新华日报》副刊《科学》的编辑工作，普及科学知识，介绍科技进展。

《新华日报》科学副刊（也叫"自然科学"副刊），是抗战时期主要由重庆自然科学座谈会的科学家（这个座谈会的很多成员后来成为九三学社社员）编辑的副刊，这个副刊不仅发表了一些宣传科学理念以及具体科学知识的文章，而且发表了《自然科学的两条战线——杀人的与活人的》《自然科学者的人生观》《写给理工科的学生》等文章，对于号召广大爱国科技工作者在爱国民主、争取抗战胜利的旗帜之下团结起来，组织起来，反对妥协、投降起过一定作用。

1942年1月11日，是《新华日报》创刊四周年纪念日，梁希以"凡僧"为名写了一首诗，以示祝贺。诗中写道："黄柑斗酒读新华，老眼如看雾里花。我辈暗中能摸索，英雄名下不虚夸。残篇人尽千回诵，众目谁当一手遮。料得满天星斗夜，万家儿女唱边筹。"

这是他接触到了《新华日报》后内心的真实写照，仿佛拨开重重迷雾，

---

① 潘菽.忆梁希同志[C]//梁希纪念集.1983：12.

在黑暗中出现了一线光明，充满了喜悦与期待。

随后的几年里，梁希牢牢记住创刊纪念日这一特殊日子，每年都会用同一笔名，赋诗祝贺。1943年，《新华日报》创刊五周年时，他写道："忽闻高唱入云霄，滚滚洪流入海潮。马列文章群众化，莺鸣风调友声娇。"这首诗充分肯定了这份在马列主义思想指导下的报纸，在宣传抗日、鼓舞士气方面的重要作用，公开显露了自己的政治倾向。

创刊六周年时，他一连写了两首诗，其中一首写道："黄鹤楼前一纸风，飞飞风动入巴中。吾曹反帝反封建，国策为农为苦工。"，盛赞共产党"反帝反封建、为农为苦工"的正确主张，政治态度日益鲜明。

1946年1月，抗日战争胜利，又值报纸创刊八周年纪念，两件都是值得庆贺的。此时的重庆，却是阴风四起，国民党顽固派蓄意破坏，人们期待已久的和平依然无望，形势日益危急。梁希一如既往，赋诗祝贺，"凭君仗义为喉舌，八载唇焦岂等闲"，"果然深见九州同，雨露应教天下公"，表达对内战危机下国家前途的担忧，对顽固派掀起内战，妄图"一统山河强武功"，导致"点点曜红血债赊"，进行大胆的揭露和无情鞭笞。"中国何曾秦万世，大王不是楚重瞳。六朝楼客空陈迹，一统江山漫武功。"他借用历史典故，警告胆敢逆历史潮流、漫言"武功"、企图称王称霸的人，都是一场空。

此时的梁希，公开表达了自己的政治态度，对马列主义的赞美和对共产党政治主张的拥护，需要极大的勇气。

在国民党统治的核心地区重庆，办一份共产党的报纸，困难与危险可想而知。报社里的工作条件一直不好，员工待遇微薄，生活比较清贫，从社长到勤务人员，每人每月津贴只有八元。工作人员回忆说，梁希等人对此很关注，常与潘菽、金善宝等从沙坪坝徒步到报社，千方百计地携带糕点、菜肴过来，以表示慰问之忱。对于报社组织的活动，他们也特别主动，积极支持，将平时省吃俭用攒的余钱捐出来，主动参加"义卖"。

有一次，恰逢"七七事变"抗战纪念日，当局号召为前线的抗日将士捐款，中央大学教授出于对抗战的支持，自愿地捐了款，唯有梁希、金善宝两人一直不肯去捐，有些人还很不理解。其实，这是他们达成的一个默契，他们知道，如此方式的所捐之款，前方将士是得不到的，只是当局搜刮民财的手段而已，特意不肯去捐。到了冬天，《新华日报》发出了消息，希望社会各界给八路军捐赠寒衣。他们看到后，马上决定把积蓄都捐了。这时，大家才明白，《新华日报》所说"各捐赠抗日将士服款一百元"的"梁金"先生，就是同居一室的那"俩老"。

后来，金善宝还特意解释了"俩老"的来历："我那时虽然还不到五十岁，但鬓发皆白，身体不佳，又拄着手杖，因此，也被列入'老'字的行列了。"

举办自然科学座谈会

抗日后期，汇聚山城的知识分子对于国家前途十分关注，教学之余常聚集一起，借着讨论科学问题，互相交流信息，表达对时局的看法。虽然观点不完全一致，但十分踊跃，都期待能早日驱除日本侵略者，恢复和平生活，建设民主自由的国家。

1939年春，梁希、金善宝、潘菽、涂长望、谢立惠、干铎等一批教授，大约有20多人，以自然科学座谈会的名义，经常聚集在一起交流。以座谈会、聚餐等形式开展活动，比较轻松自由，人员不保密，但也不公开。一段时间以后，渐渐受到了共产党组织的关注。

潘菽的一段回忆清楚地地记录了当时的情况：

"在这八九年紧张生活中，心神自难安定，一天到晚关心的是抗战形势的变化。前半阶段，敌机时常来轰炸，有时夜里也来，使人日夜难安，自然很难谈到研究工作。心理学教学工作则不能不坚持下去，也只能把旧的知识一次一次重复着教。备课时间倒省了不少。夜幕垂下以后，总要到熟人朋友那里去走走、听听、谈谈。"

"学校里有几个可以相接近的同事听说我时常到新华日报馆去，以为我对延安方面的情况以及八路军的抗战情况一定知道得较多，要我和他们一起谈谈。他们当然对抗战局势的发展情况都非常关切,对延安方面的政治情况和八路军的战斗情况尤其关切。大家都仰望着延安,寄希望于延安。在一起谈了一次,大家觉得这样谈谈很有必要,约定下一次再谈。这样就形成一个经常的自发的校内座谈会,一共七八个人。不久,相邻的重庆大学有一位同志和附近两个单位各有一位同志参加了进来。因为要尽量不让人知道,故此后在重庆时一直没有再增加人。这个座谈会既没有组织,也没有名称,直到后来因为要和外面联系才称为'自然科学座谈会',因参加的人都是自然科学方面的"。这个座谈会经过周恩来、董必武的亲自授意,打出'的科学与民主'旗号,也获得周恩来首肯"。

潘菽又回忆道:我们经常在沙坪坝的松林坡一带聚会。不久,我就和梁希、金善宝、涂长望、干铎、谢立惠等八九个同事,成立了一个无组织形式也无名称的座谈会,大家约定每星期的一个晚上在一起谈谈,交换所听到的抗战局势情况,特别是有关中国共产党方面的政治主张和作战情况。后来,又增加了学习内容,主要是学习马列主义的主要经典著作。那时,还只能得到少数几本经典著作的翻译本。学习全靠各人探索,无人辅导。

金善宝回忆说,后来《新华日报》社长潘梓年也经常直接或间接指导他们的活动。

涂长望(1906—1962),湖北省武汉人,气象学家、社会活动家、教育家,中国科学工作者协会和九三学社的创始人之一,我国近代气象科学的奠基人之一,中国科学院学部委员,中国气象局首任局长。在长期预报、农业气候、霜冻预测、长江水文预测、气候与人体健康、气候与河川水文关系等领域均有杰出成果。

谢立惠(1907—1997),又名谢柳民,安徽省无为人,电子学家、教育家,中国科学工作者协会创始人之一,我国最早雷达实验的参与者。长期从事高等教育,特别是电子学科的教学与管理工作,在人才培养和高校改革研究方面作出了贡献。

> 干铎(1903—1969)，又名干宣镛，字震篁，湖北省广济人，林学家、教育家，中国当代森林经理学的开拓者之一，在吸收和引进国外森林经理学说、探索中国式的森林经理方法方面做出了贡献。

梁希是自然科学座谈会最积极的组织者和参加者，几乎每会必到，是学习马列主义最认真的一位。在座谈会上，他多次谈自己的学习收获和心得，为大家所钦佩。

他早年就参加了民主革命，心怀救国抱负，幻想破灭之后，转向"科学救国"，改攻林业科学，在林业教育界奋斗了大半生，为改变中国林业落后面貌奔走呼吁。可是，在腐败无能的旧中国，呼声又能引起多大的反响呢？他一直在焦急忧虑中苦苦寻找着出路。

他与潘菽、金善宝等几位好友，一起学习自然辩证法，阅读《联共党史》等"红书"，政治觉悟不断提升，对于政治更加关心，逐渐地认识到，"科学研究不能离开政治"，思考着"科学工作者为什么不过问政治、讨论政治，必要时改造政治，改造到它适合于科学的需要呢"这样敏锐的问题。

袁啸回忆道："当时是以学习《自然辩证法》，研究马克思主义对自然科学的论述为宗旨的，但实际上是在党的领导下贯彻党的统战政策，广泛团结知识分子，扩大爱国的统一战线。"[①] 与会者互相讨论交换得到的信息，议论抗战形势。梁希被公认是其中"学习最认真最积极的一位老教授"。

梁希在回忆文章中，描述了自己当时的思想情况："抗战刚刚胜利了，又打起了内战，谁还顾得了去敲'林钟'。林业是不能救国的，只有政治可以救国。科学工作者想离开政治，政治却时刻紧跟着科学工作者不放。要想发展科学，振兴林业，只有推翻旧制度，建立新制度，不奋斗，没有任何出路。1946年，我和一些科学家发起并正式成立了九三学社，发出了反内战、争民主自由的宣言，并支持学生向反动势力斗争。"

---

① 袁啸.磊砢有节，俨俨若千丈松[C]//梁希纪念集.1983:69.

"希望徒步去延安"

抗日战争进入了最为艰难的相持阶段,形势日益危急,而国民党顽固派实行投降路线,千方百计削弱共产党领导的抗日力量,蓄意掀起一次又一次反共高潮。

1941年1月,按照国民政府军事部门的要求,由叶挺指挥的新四军9000多人部队,从安徽南部泾县出发,由江苏南部渡江北移。当这支部队行进到泾县茂林一带时,国民党反动派早有预谋,对新四军重重包围堵截,结果除少部分人突出重围外,新四军损失惨重,军长叶挺被俘,项英、周子昆、袁国平等大批将领牺牲,造成了震惊中外的"皖南事变"。随后,国民党政府竟然认定新四军为"叛军",蓄意掀起了第二次反共高潮。

为了揭露"皖南事变"的真相,周恩来同国民党当局进行了针锋相对的斗争,在《新华日报》发表了他亲撰的悼词和挽联:"为江南死国难者志哀","千古奇冤,江南一叶;同室操戈,相煎何急?!"一时间,激起了社会

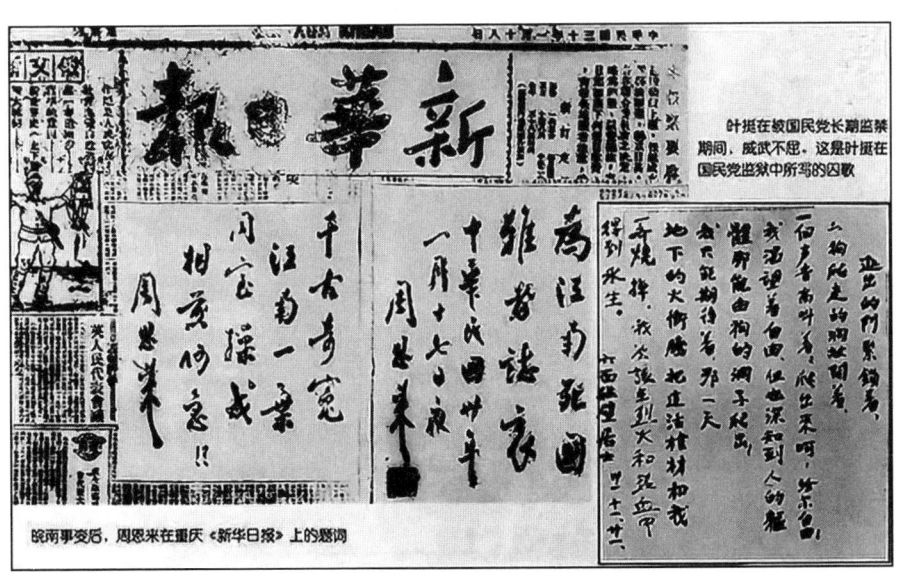

《新华日报》登载的周恩来的题词

各界的强烈反响。民主党派、爱国人士等纷纷发表通电、撰写文章，谴责顽固派这一"亲者痛，仇者快"的罪恶行径，形成了强大的民意力量。

从这一事件开始，国统区的知识分子所构成的各民主党派、中间势力等，开始对蒋介石政权失去幻想，深入地思考国家的前途命运和方向。

山城重庆，迷雾漫漫。渴望正义、和平的人们，开始向往光明的曙光。

梁希时刻关注着事件的发展，食不甘味，日夜焦虑。在重庆他感到极度失望，萌生了去延安的念头，并多次向中央表达自己的意愿。中央领导人考虑到他的年纪和在科教界的声望，真诚地托人转告他让他还是留在重庆，更能发挥作用。

这个时期，在他的衣柜旁边，多了几双新草鞋，有学生诧异地问他做什么用，他总是神秘地笑而不答。他对一位党内同志说："你能不能转达周恩来先生，设法送我去西安，然后徒步去延安，这几双草鞋是大有用处的。四川的草鞋编得细，合脚，有三四双就够用了。"①

他说得是如此郑重、诚挚，又如此纯真，饱含着对未来的期望。

一天夜晚，灯火管制下的沙坪坝，蒙蒙细雨，一片黝黑。一名青年人带着一叠《皖南事变真相》，在中央大学内散发。不料，隐藏在暗处的校警早早就发现，一路跟踪，追随而来，情况危急。跑到松林坡时，他机智地从一边滚了下去，正好落到梁希的房间边上。此时，梁希正在秉烛看书，突然看见一个青年人满身泥泞地闯了进来，惊愕了一下，马上机警地问："是后面有狗吗？"青年人连忙点点头。梁希马上站起来，疾步走向前去，揭开床单，示意他睡到床上，并用毯子裹好，自己则依然端坐到桌前，仔细看着书。不一会儿，校警就进来了，询问有人进来了吗？梁希机智地说道："我一直在这静静看书，没有看到什么人进来！"校警大约也知道眼前这位老人的身份，识趣地走了。青年人安全了，梁希一直目送他走远。②

这样的事，不止发生过一次，梁希也从来不向别人说起，他觉得，这些是应该做的事，只需默默地留在心中。

---

① 袁啸.磊砢有节，俨俨若千丈松[C]//梁希纪念集.1983：70.
② 袁啸.磊砢有节，俨俨若千丈松[C]//梁希纪念集.1983：70.

六十岁的生日寿宴

1941年,梁希用"一丁"的笔名,以读书笔记的形式,写了《用唯物论辩证法观察森林》一文,发表在《群众》周刊第六卷五、六期,引起了重庆知识界的轰动。

在文中,他直接引用了马克思、恩格斯、列宁以及《联共党史》的有关唯物论和辩证法的基本观点,将哲学理论与森林生态分析结合,阐述对森林生态的科学认识。他写道:"唯物论的见解,立足在每个人千百遍的经验上面,林学也是一样,是从森林中千百遍的经验体会出来。一地森林中事事物物,通过我们的感觉而得到认识,引导我们自然而然地趋向唯物主义,还有什么异议?"

"从辩证法看来,自然界最重要的不是开始衰落的东西,而是开始发展的东西……"[1]

"依照自然界规律,正在腐朽的旧枝叶,早晚要消灭的,它不过一时苟延残喘,作最后之挣扎罢了……"[2]

"林学家要认识树木本身的内在矛盾,把它揭露出来,应该留的留,应该剪的剪,此中没有调和妥协之可能……"[3]

清晰的理论阐述,高超的斗争策略,不再是对林业科学问题的泛泛而论,而是运用了辩证唯物主义的观点,分析研究林业生态的客观规律,阐明了社会发展的必然结果。

1943年12月28日,是梁希六十岁的生日。抗战时期的重庆,物资匮乏,生活艰辛,他原本就没有办寿宴的打算。有一天,梁希接到了潘菽转来的一个好消息,说周恩来、董必武、邓颖超等要给他办一个寿宴。他听后,顿时惊住了,激动不已,对金善宝说:"真是没想到啊!真是没想到啊,他们这么有心,还记得我的生日,我自己都有几年不曾过了啊。"

这天晚上,在重庆化龙桥新华日报社,同志们将办公室整理一下,专门

---

[1] 用唯物论辩证法观察森林[C]//梁希文集.1983:87-94.
[2][3] 用唯物论辩证法观察森林[C]//梁希文集.1983:87-94.

摆了两桌酒菜。梁希被安排坐在周恩来边上，一边是董必武、邓颖超等人。潘梓年、章汉夫、石西民、于刚等报社领导也来了，潘菽、金善宝等自然科学座谈会的几位同事一起作陪。现场气氛，其乐融融。在这场寿宴上，大家说中国需要科学家，不管道路如何曲折，新中国总要到来。现在是举步维艰，到那时候就大有用武之地了。认为梁希就是这样的国之栋梁，是新中国不可或缺的科学家。

当天晚上，他夜不能寐，诗意勃兴，一连写了三首七律诗，两首赠给周恩来，一首赠给《新华日报》。

可惜的是，这些特别有纪念意义的诗作，在梁希去世后被存放在好友潘菽家中，不料在"文化大革命"期间，潘家多次被抄，这些珍贵的诗稿，连同其他文章，全部都不知去向，对此，潘菽一直在抱憾，总觉得对不住好友。

"名已签了，怎能反悔？"

1945年2月22日，《新华日报》《新蜀报》全文发表了由郭沫若、阳翰笙等人起草的《陪都文化界对时局进言》，申明反对内战，反对独裁，提出了有各民主党派参加的民主联合政府等六条具体建议。文艺界、教育界、科学界的312位知名人士签名，表示支持，梁希也在此行列。它的发表，在全国引起了强烈的反响，震动了国民党政府。

梁希是"部聘教授"，在教育界有相当的影响。他的签名行动，完全地表明了政治态度，让国民党顽固派感到很震惊。国民党高官陈立夫、朱家骅都是湖州人，闻讯后就给他写信，借着乡谊之名，希望他能发表声明，予以否认。梁希很快就回信了，明明白白地告诉他们："名系我亲手所签，全非由人代笔。如欲发表声明，亦仅此而已矣。"[①]平实的话语中，透着一股不合作的态度。

过了几天，他们又派人来，征询梁希是否愿意去农林部任职。这可是

---

① 袁啸.磊砢有节，俨俨若千丈松[C]//梁希纪念集.1983：71-72

直接诱惑了，梁希听了，怒气上来，一口谢绝："我是聋子，叫聋子干这样的大事，岂不耽误大事？"眼看利诱不成，他们终于露出了真面目，派出同是湖州人的特务头子徐恩曾，带着两个便衣，荷枪实弹地站在门外，亲自找梁希谈话。"叔五兄啊，你看这事怎么办啊，出面登报，说一下就好了，不要让大家难堪嘛！"梁希看到这架势，愤然地说："名已签了，怎好反悔？换成你，你能不能这样做？"眼睛直视着对方，态度十分坚决。徐恩曾见状，无计可施，只好灰溜溜地走了。①

1945年，梁希摄于重庆沙坪坝

残酷的现实，激烈的较量，让梁希的目光更加明亮，对未来之路看得更加清晰。

重庆中央大学农学院有一个实验室，在长江边丛林之中，平时没有人来，比较隐蔽。梁希带领学生做完实验后，常围坐在一起，谈论国家大事，也谈自己的感受。农学院的进步学生有一个小型的读书会，也经常借用此处聚会，学习马列、毛泽东著作，通报解放区的情况。

中央大学森林系学生中有不少人接近共产党、追求进步，积极参加反独裁、争民主的活动，有人背后说森林系是"红色系"。梁希听了，微微一笑："公道自在人心。大家觉得如此，就让他们说吧。"

1946年4月，中国共产党从重庆高校中秘密选拔了一批优秀青年，输送到解放区，执行外事方面的任务。森林系黄枢等五位同学被选中去延安。临行那天，浓雾朦胧，同学们特地前来向梁希老师告别。"他十分激动地紧握着我的手，勉励说：'到解放区去，好得很！为人民服务，大有用武之地'。

---

① 袁啸.磊砢有节,俨俨若千丈松[C]//梁希纪念集.1983: 71-72

他特意拿出一张他站在松林坡拍的照片,签上自己的名字,赠给黄枢作纪念。黄枢说:"这张珍贵的照片一直保存在我的身边。每当我看到梁老的仪容,眼前又仿佛出现了一棵矗立在松林坡上的劲松。"①

1945年8月,学生吴中伦要赴美国留学,临行前,梁希专门约他到宿舍,特地给他煨了一只鸡,两人边吃边谈,如同送子女远行一样。他悄悄地告诉吴中伦,黄炎培等一行人专门到延安去过了,亲眼见到中共领导人与人民群众、战士亲密无间,全心全意抗日救国的情景,特别感人。虽然延安条件艰苦,但是生产搞得很好,社会秩序井然,是民族复兴的真正基地,是中国希望所在啊!并专门为他写了一首诗:"大火西流七月光,碧天无语送吴郎。定知三载归来后,苍海茫茫好种桑。"②吴中伦听了,一直牢记在心。新中国建立后,他完成学业从美国回来,梁希专门安排人到青岛码头去迎接,并安排在林业部工作。

这一时期,梁希个人也有了不少变化,暗地里一直在阅读进步书籍,特别是马克思主义理论等哲学著作,对唯物辩证法有了更加清晰的认识。有学生清楚地记得,中央大学迁回南京时,他把这些阅读过的书悄悄地分装进两个大柳条箱,混在仪器设备箱里,一起运回了南京。之后,有的学生曾偷偷地向他借阅,梁希都很乐意,并嘱咐他们要认真读,要注意安全。

他的学生黄枢说,当时中央大学校园时刻受到特务的监视,随时有危险,梁希是"身在虎穴不畏虎",光明磊落,威武不屈,理直气壮,机智勇敢地坚持斗争,像立在松林坡上的一棵劲松,使国民党顽固派望之生畏,给进步人士以极大的鼓舞。

---

① 黄枢.松林坡上一棵劲松[C]//梁希纪念集.1983:47.
② 吴中伦.忆梁老[C]//梁希纪念集.1983:23.

第八章 九三领袖

嘉木名诗

九老洞珙桐

现代 梁希

赢得珙桐宠若惊,
王孙芳草太多情。
不然树海茫茫里,
哪有游人说到卿。

林人树语

珙桐是落叶乔木,树型高大俊秀,可生长15~25米高,是1000万年前新生代第三纪留下的孑遗植物,是植物界著名的"活化石"之一,也是中国独有的单属植物。它一树之花,花色奇美,形如白鸽,次第开放,异彩纷呈,姿态生动。它与大自然顽强抗争,身处万壑深山,一鸣而惊人,从此惊艳世界,可谓是树中极品,美丽化身。

进一步看清了时局

抗日战争后期，随着世界反法西斯战争形势发生重大转折，东西方两大战场呈现出不同特点。在欧洲战场，苏美英等盟国强力进攻，德军节节败退，意大利投降，军事形势逐渐明朗，大片失地得到收复；在东方战场，日本军国主义为了挽救太平洋战争失败的不利局面，疯狂地对中国西南地区进行围攻。一时间，军事形势危急，桂林失守，川黔一线压力骤增。国统区各大城市，面临着巨大的经济压力，人心惶惶，经济陷入困境，百姓生活苦不堪言。

此时的重庆，由于日本飞机的轰炸，所见城区到处都残垣断壁，以及大片大火烧毁的残骸。在过去的三年里，日本侵略者实施了大大小小200多次的轰炸，放眼所见，很少能看到完好无损的建筑物，浓雾笼罩的污浊的空气中，混杂着硝烟味、油辣味和各种腐烂气味等。高低不平的街道小巷，到处是三五成群逃难的人们，在坍塌的墙角、路旁悬崖边、防空洞入口，难民们面带忧伤，衣衫不整，如同蝼蚁般绝望地挤在那里。街道上随处可见的孩子老人，为了活命放弃了基本的尊严，一看到稍体面的行人车辆，就会围上去乞讨。而随时响起的刺耳的防空警报声，以及随之而来的猛烈轰炸，火光四起，人们惊恐地四处狂奔，警报声、枪炮声、哭叫声、呼喊声，响成一片，混乱绝望如同地狱一般。这样的场景，每时每刻都在上演，死亡随时会降临在每一个无助的人的头上。

一切都在混乱中，一切都在挣扎里。

"战斗还是投降？"如同《哈姆莱特》中的"生存还是死亡"一样，考验着每一个人，逼迫着你做出思考和抉择。每天有前线将士顽强战斗、英勇牺牲的消息传来，微微振奋着人们麻木的神经，但更多的是让人绝望的消息，城市陷落、流血牺牲、百姓罹难，失败而绝望的颓丧情绪，弥漫在周围，考验着战乱中残存的人们。

有人已经绝望，有人正在观望，有人坚决抗争。

中国共产党作为一支重要的政治力量，从民族大义出发，主张坚决抗战，并坚持抗日统一战线的政策，倡导民主和平，反对专制政权，在科学界、知识界日益产生着影响。大批教授、学者们，面对冷峻的政治现实，逐渐认清国民党顽固派的真实面目，自觉靠拢或团结在中国共产党周围，参加民主运动，逐渐成为有影响力的知识分子群体。

在经常接触《新华日报》后，梁希的思想有了很大的转变，对中国共产党人"为农为苦工"的做法，大为赞赏，并用诗歌来表达他的感受："黄鹤楼前一纸风，飞飞风动入巴中。吾曹反帝反封建，国策为农为苦工。星汉迢迢星拱北，鲁阳叱咤日回东。写来不少惊人事，汗马勋劳汗简功。"

历经朝代更替、时代变迁的梁希，对于主导中国革命的力量，开始有了认真地思考，并透过重重迷雾，逐渐看清未来的方向。

他开始放弃幻想，积极付诸行动，主动联络一些正直开明的教授、科学家，以研讨自然科学之名，举办座谈活动，交流对局势的看法，交换各方获得的信息。他果敢地与进步知识分子站在一起，积极参与政治活动，筹建成立中国科学工作者协会，参与创立九三学社。

这些重大社会活动，是他的政治思想走向成熟的写照，成为他精彩人生中的动人篇章。

中国科学工作者协会

九三学社的成立与发展，与自然科学座谈会、民主科学座谈会等有着密切关系。梁希正是其中重要的参与者、组织者和领导者。

潘菽、梁希、涂长望、金善宝等人组织了自然科学座谈会，聚集了一批自然科学方面的教授学者，一起学习哲学，一起讨论交流，座谈的内容广泛，有哲学理论，也有对时局的看法，活动日益频繁。这批知识分子关心政治，引起了中共南方局的关注。他们通过《新华日报》这一阵地，深入观察这些知识分子的思想动态,期待这批人能够勇敢站出来,鲜明地表明态度,建立公开的、广泛的、进步的组织,以便于团结更多的人。

由于同盟国之间的关系,中国与英国、法国的科学工作者协会有一定联系。时任英国驻华大使馆文化参赞李约瑟,在重庆非常活跃,对中国科技史十分感兴趣,经常与一批中国知名的科学家保持着良好的关系。而李约瑟等人又与英国科学工作者协会联系十分密切。

潘菽回忆说:"那时,有一个倾向进步的世界科学工作者协会的组织,在英、法等几个国家都有分支组织。例如在英国的称为英国科学工作者协会。我们借此名义成立了中国科学工作者协会,一方面,有利于壮大我国的民主运动,另一方面有利于抗战胜利后我国的恢复建设工作。"[①]

英国留学回国的气象学家涂长望,是协会成立时最活跃的,做了大量的实际工作。成立协会之初,自然科学座谈会主动邀请中国科学社、中华自然科学社、中华农学会、中国工程师学会等科技团体,一起成为发起单位,"以壮大声势"。同时,分头与国内外知名科学家联络,征求他们的意见,希望扩大社会影响。

在遵义湄潭的浙江大学心理学家陈立(曾任浙江省科协名誉主席、浙江省科普作协理事长),也接到了涂长望写的信。他回忆说:"1945年科协是由涂长望从重庆来信,要我在遵义拉一些人参加,就请竺老师(即竺可桢)和王淦昌等人,然后将名单寄给了涂。"[②]

1945年1月26日,梁希、潘菽、涂长望、金善宝、沈其益等二十几位科学家在重庆集会,发出成立中国科学工作者协会的倡议,并建立了筹委会,开始了紧张的筹备工作。

7月1日,中国科学工作者协会在重庆沙坪坝借中央大学会堂召开成立大会,公推任鸿隽为大会主席,竺可桢、李四光、任鸿隽、严济慈等100多位国内知名科学家参加了这一科技组织。梁希等人分别代表中国农学会致辞,英国科学工作者协会会员、李约瑟夫人李大斐报告了英国科协的情况

---

① 潘菽.忆梁希同志[C]//梁希纪念集.1983:13.
② 许康.陈立[M].杭州:浙江科学技术出版社,2013:139.

并致贺词。大会通过了《总章》和《宣言》，选举产生了理事会和监事会，出版《科学新闻》月刊。竺可桢、涂长望、吕炯、潘菽、黄国璋、卢于道、梁希当选为常务理事。竺可桢任理事长，涂长望为总干事，谢立惠、干铎担任组织和事务的干事，潘菽为《科学新闻》总编辑。

> 竺可桢（1890—1974），字藕舫，浙江省绍兴人。中国科学院院士、中国近代气象学家、地理学家、教育家，中国近代地理学和气象学的奠基者，中国物候学的创始人。1910年公费留美学习，获得哈佛大学博士学位。1936年4月起任浙江大学校长，历时13年。他对中国气候的形成、特点、区划及变迁等，对地理学和自然科学史都有深刻的研究，1949年后担任中国科学技术协会副主席、中国科学院副院长等职。

从中国科学工作者协会（简称"中国科协"）组织的架构看，自然科学座谈会的成员大多成为了骨干，并在其中起了很大作用。涂长望、梁希等人作为中国科学工作者协会的主要发起人，担任了协会的重要职务，负起了实际上领导工作的责任。因涂长望从事气象研究的缘故，会址设在沙坪坝中央气象局内。

在成立大会那天，李约瑟与梁希两人是首次见面，相谈甚欢。李约瑟特地掏出名片，请梁希签名留念。李约瑟对此十分珍惜，郑重地在日记里记录了这件事。这张卡片，作为珍贵的记忆，一直保存在剑桥大学李约瑟研究所里。①

李约瑟收藏梁希签名卡片

---

① 胡文亮.梁希与中国近现代林业发展研究[M].2016：11.

协会成立后，马上受到国内外科技界的广泛关注，会员迅速增加。不久，在重庆、北碚、成都、兰州等地设立了分会，一些国外的留学生、学者也纷纷加入，并在美国、英国、法国等设立了分会。

中国科学工作者协会受到英国、法国等国的科学工作者协会的影响，从成立之初，便是一个合法登记的科技组织，"10月5日批准立案，证书字号为社字284号，图记字号为社字330号。"

协会不仅积极参加科学活动，还积极投入民主运动，发出了科学工作者自己的声音。"鉴于国内无和平即无科学建设之可言"，1946年冬天，中国科学工作者协会联合中华自然科学社等5个团体，发通电，呼吁和平，在教育界、科学界中产生了积极影响。

协会在内部管理制度上设立理事会和监事会，梁希一直在其中担任重要职务，是一、二、三届理事和常务理事，也是南京分会的理事长。

与此同时，重庆知识界还活跃着另一个组织，即民主科学座谈会。它于1944年由许德珩、梁希、潘菽、黎锦熙、劳君展、涂长望、张雪岩、张西曼、褚辅成、税西恒等人发起成立。

这个组织，汇聚了一大批当年参加五四运动的风云人物，或是运动中的积极分子，如许德珩、黄国璋、潘菽等人，有着相当大的社会影响。"所以这个团体，从发起伊始，就带着较为浓重的'五四运动'的影子和色彩。它的名称中有'民主''科学'二词，这正是'五四'新文化运动所揭举的两面旗帜。"所以这个组织深受五四精神的影响。[①]如主张继承和发扬民主科学精神，反帝反封建，倡导团结民主，坚持抗战到底等，政治取向十分鲜明。成员主要分布在重庆各大高校，涉及自然科学、文化、教育、艺术等多个领域，成为一个有广泛影响力的知识分子群体。

---

① 九三学社中央研究室.九三学社简史[M].北京：学苑出版社，1998：23.

> 许德珩(1890—1990),字楚生,江西省德化(今九江)人,五四运动学生领袖之一,曾受委托起草《五四宣言》,参加示威游行。后赴法国勤工俭学,参加大革命运动,是著名的爱国民主人士,创立了九三学社。中华人民共和国成立后,曾任水产部部长、全国政协副主席、全国人大常委会副委员长。

许德珩回忆说:"重庆科技界、文化界、教育界的一些高级知识分子,对时局极感焦虑,经常聚在一起,互相交换对时局的看法,认为要民主,要团结,要抗战到底。一开始,梁希、潘菽、税西恒、黄国璋、张西曼、张雪岩、何鲁、涂长望等同志,常常到我家,同我和我的爱人劳君展同志座谈时局,间或也在中苏文化协会张西曼同志处座谈。大家渐渐地对座谈有了兴趣,于是就形成以座谈会的方式,讨论民主与抗战问题,一致认为,要抗战获得胜利,必须争取政治的民主。"①

自然科学座谈会的大部分主要成员,都以个人身份加入了范围更广的民主科学座谈会。潘菽说:"在抗战后期,'自然科学座谈会'的人,也就是'中国科学工作者协会'的一些主要发起者,也都陆续参加了'民主科学座谈会',其中也包括梁老。……这样可以团结更广泛的中上层知识分子。"②

这一扩大了的科学组织,逐步发展成为以重庆科学界、文化界、教育界进步人士为主体的政治团体。

"不久以后,抗战宣告胜利,'民主与科学座谈会'为了参加必要的更有利的民主运动斗争,随即举行公开的成立会,进一步扩大组织,并改名'九三学社'。"③

---

① 许德珩.毛主席与九三学社[N].人民日报,1983-12-14.
②③ 潘菽.忆梁希同志[C]//梁希纪念集.1983:13.

活跃的国际科技活动

由于世界反法西斯联盟的影响,中国科学工作者协会一直得到英国、法国等进步科学家、科技团体的支持和帮助,英国科学工作者协会主席贝尔纳、李约瑟、克劳瑟,联合国教科文组织筹备委员会执行总干事赫胥黎,法国约里奥·居里等著名科学家,与科协保持着密切联系,交流国际科学信息。

1946年2月,刚成立不久的中国科学工作者协会受到英国科协的邀请,派人参加在伦敦举办的"科学与人类福利会议"。涂长望作为中国科学工作者协会的代表,第一个发言。负责现场记录的克劳瑟回忆说:"中国气象学家涂长望作了一个特别吸引人的演讲,他描述了自己如何漂过半个世界来参会,并令人信服地说明,未来的中国将如何依靠应用科学和工程来解决难题。他的发言充满热情和坦率。"

在这次会议期间,涂长望与在法国居里实验室工作的钱三强联络,希望钱三强牵头成立中国科学工作者协会法国分会。随后,他又赶赴伦敦,召集了徐尔灏、周慧明、黄新民等留英学者、学生,成立了英国分会。4月,涂长望利用去美国讲学的机会,广泛接触留美学者、学生,在葛庭燧、丁儆、侯祥麟、丁瓒、计苏华、薛宝鼎、冯平贯、陈立、罗沛霖等人支持下,成立了中国科学工作者协会在美国的分会。由于美国法律不允许外国组织在境内设立分支机构,所以对外不称美国分会,而一直称为留美科技工作者协会,简称"留美科协",实际上起着中国科学工作者协会分会的作用。

1945年秋,联合国文教预备会议上,中国科学工作者协会联合中国科学社、中国自然科学社、中国地理学会、中国气象学会提议,联合国机构内应设置科学组织,并扩大为联合国教科文组织,提案在该次会议上获得通过。

1946年7月,英国皇家学会邀请了36个国家的100多个科学团体到伦敦聚会,庆祝牛顿(1643—1727)300周年诞辰,并举行高规格的学术年会。中国科学工作者协会应邀派了钱三强等人参加这次因战争推迟了的纪念大会。在会期中的一个周末,即7月21—22日,来自英国、中国、法国、美国、捷克、荷兰、比利时、加拿大、印度、南非、新西兰、澳大利亚、希腊等14个国家的18个科学组织,共同发起成立了世界科学工作者协会(简称"世界科协")。居里夫人的女婿、著名核物理学家约里奥·居里当选为主席,钱三强、涂长望当选为理事。

这是中国科学界首次参与世界科技组织的创立,在中国科技史上有着重大意义。

随着新旧政权的交替,中国的政治生态发生了重大变化,很多出国留学的科技英才,面临着新的选择。作为第一个有国际影响力的中国科学工作者的组织,中国科学工作者协会在其中扮演着重要的角色,在美国的留学人员中也产生了积极影响,会员发展迅速,影响不断扩大,直接推动了20世纪50年代初中国留学人员回国这一重大事件。

1949年6月,留美科技工作者协会在美国匹兹堡成立,陈省身、华罗庚、杨振宁、朱光亚等著名科学家、学者加入了该协会。到1950年3月,会员已达到700多人,还在芝加哥举办了隆重的协会年会活动。

1950年1月,中国科学工作者协会写信给留美协会,表示"新中国诞生之后各种建设已逐步展开,每方面都迫切需要人才。诸学友有专长,思想前进,政府方面亟盼能火速回国参加工作"。同时又写信给留美同学,"我们谨此向你们伸出热情的手,欢迎你们早日归来,共同为中国的生产和文化建设而努力"。这封信刊载在《留美学生通讯》上,引起了极大反响,直接催生了中华人民共和国成立之初的海外人才回国热潮。

听到祖国的召唤,"留美科协"积极行动,动员留学生回国参加建设。在中国科学工作者协会及其分会的努力下,海外留学生不顾美

科学家回国

国等百般阻挠，陆续回国人数达2500余人，成为新中国科技事业发展和国家建设的一支极为重要的队伍。

之后，中国科学工作者协会与世界科协的关系紧密，交往日益增多。世界科协准备1950年在北京召开第二次全体代表大会，此事得到热烈响应，钱三强、涂长望等人为此做了大量准备工作。遗憾的是，随着朝鲜战争的全面爆发，以美国为首的西方国家对新中国采取了极端的歧视政策，千方百计阻挠中国融入世界，这一重要的国际会议"胎死腹中"。涂长望曾致信克劳瑟说："我们非常遗憾，您上封信中说，世界科协不能在北京召开全体大会，将改在巴黎或哥本哈根召开。"

中国科学工作者协会一直积极参加世界科协的活动，在1951年、1953年、1955年召开的全体会员大会上，李四光连续当选为世界科协副主席。1956年4月，世界科协第16次执行理事会及十周年纪念会在北京召开，这是首次在欧洲之外的国家举行重要活动。

这一时期，我国科技团体也处于快速发展变化之中。

1949年，中国科学工作者协会、中国科学社、中华自然科学社、东北自然科学研究会共同发起筹备全国科学工作者代表大会（简称"科代会"），选举科学界代表参加第一届中国人民政治协商会议。

1950年8月，中华全国自然科学专门学会联合会（简称"全国科联"）成立后，全国科联接替中国科学工作者协会在世界科协的席位。1958年10月，中华人民共和国科学技术协会（简称"中国科协"）成立，全国科联在世界科协的席位，由中国科协接替。

从中国科学工作者协会到发起成立世界科协，中国科学家首次走向世界科技舞台，参加了世界保卫和平大会（1949年）、国际和平利用原子能会议（1955年）、帕格沃什会议等国际科学界重大活动。通过世界科协这一组织，对美军扣押赵忠尧、留美科协解散等事件发出抗议，发出了中国科学界的声音，产生了积极作用。

毫无疑问，中国科学工作者协会成为20世纪四五十年代我国科技界与外部沟通的最为重要的渠道之一。

毛泽东主席桂园接见

抗战后期，国内形势日益复杂，国民党顽固派不顾社会民众渴望和平的美好愿望，企图借助抗战胜利获得的威望，蓄意打压中国共产党以及其他民主党派力量，以期获得独裁统治。而在重庆的各方进步民主力量，积极行动，全力抗争，希望通过各方的和平谈判，找到决定国家前途的道路。

1945年7月，黄炎培、褚辅成等6位民主人士，自费飞赴延安考察。他们与中共领导人做了10多个小时交谈。民主人士对于国共双方的认识，出现了新的变化。

迫于国内各方压力，蒋介石集团采取了权宜之计，表态愿意接受和平谈判，以争取民心和主动，一连发了三封电报，力邀毛泽东赴重庆谈判。

1945年8月28日，毛泽东亲自飞赴重庆，与蒋介石面对面谈判，以解决彼此关切的重大问题。中国共产党的领袖要来重庆，一石激起千层浪，这一举动，被各界认为他有"弥天大勇""一身系天下之安危"，获得各方的一致称赞。

梁希、潘菽等人听到这一消息，"既兴奋又担心"。他们十分清楚，重庆政治环境险恶，各方势力争权夺利，形势难以预测，所以很为毛泽东等人的安危担忧，"忧喜交加的心情使他们彻夜难眠"。[①]

由于国民党方面缺乏诚意，谈判从一开始便陷入僵局，双方谈判举步维艰，而在谈判桌以外，毛泽东活动频繁，广泛接触、拜会重庆各界人士，广交朋友，与大批民主人士座谈交流。自然科学座谈会代表人物梁希、潘菽，也在会见计划之中。

9月的一天，梁希、潘菽、金善宝、涂长望、干铎、谢立惠、李士豪等8人接到通知，毛泽东要与他们会面，地点在嘉陵江边张治中将军的公馆桂园。

在桂园一楼的一间长条形的房间里，毛泽东与大家就重庆谈判和延安

[①] 九三学社中央研究室.九三学社简史[M].北京：学苑出版社，1998：42-44.

1945年毛泽东与梁希等人见面的桂园

方面的情况，一起聊了聊。①会面谈论了很多民主党派关心的问题，解答了大家的疑问。

这次非常难得的会面，让梁希感到精神振奋。他对中国共产党的政治主张，有了更清晰的认识，对前途更加有了信心。

❀"你们是有影响的代表人物"

1945年9月2日，日本向世界宣告投降，根据国际惯例，投降书签字次日，正式生效。9月3日，是中国人民抗日战争胜利纪念日。

这是自鸦片战争以来中国人民反抗外国侵略者的一次伟大胜利，是用无数人的鲜血与生命换来的国家尊严和自豪，自然而然，成为举国欢庆的重大纪念日。

就在这一天，民主科学座谈会专门召开了扩大会议，大家都很激动，纷纷发言，回顾历史，展望前程。大家都意识到，今后的道路还会很长，有必

---

① 九三学社中央研究室.九三学社简史[M].北京：学苑出版社，1998：42-44.

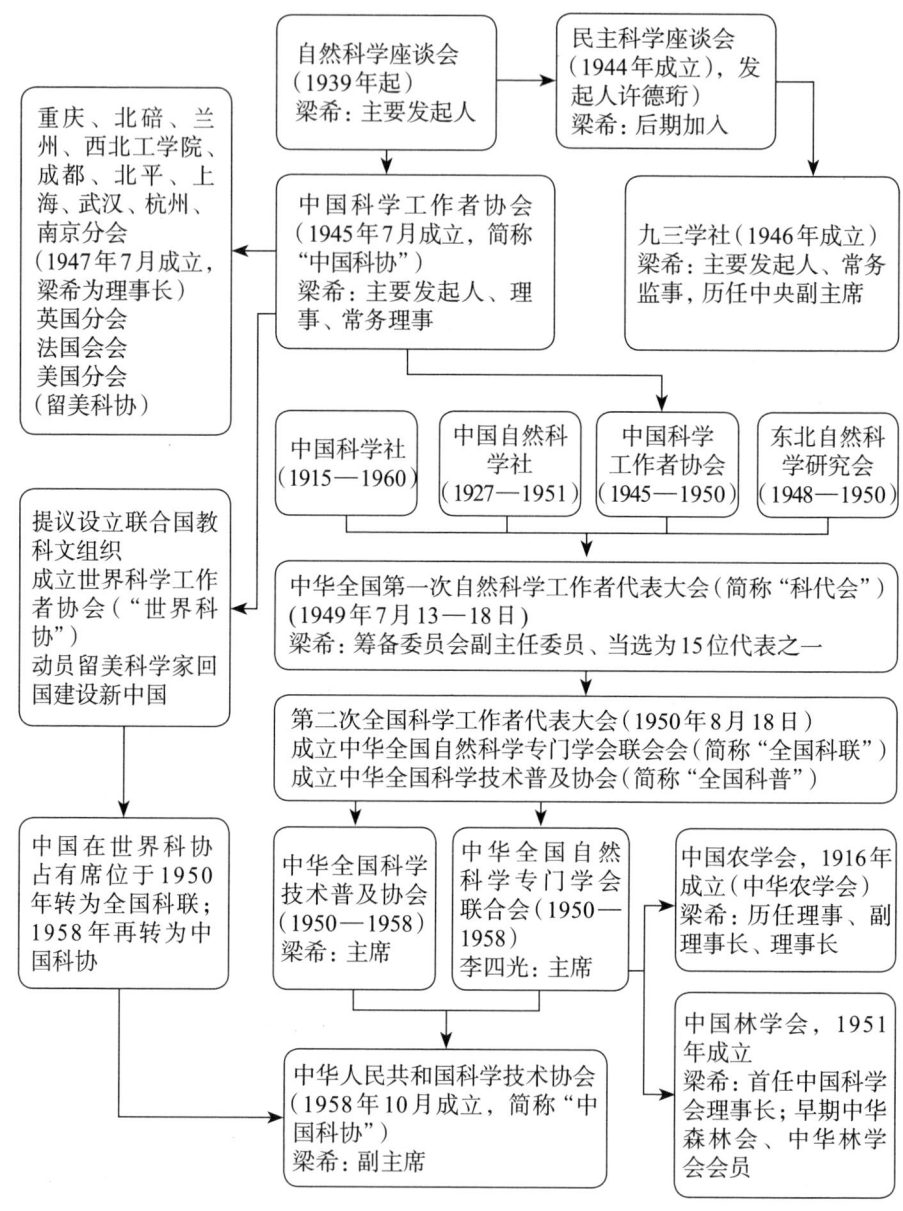

梁希与主要社会团体的关系

要建立一个永久性组织，以加强联系，促进发展。因为"抗战最久而受创最深之中国人民，对此伟大民主胜利之九月三日，应谋发扬光大"，大家一致同意，将座谈会名称改为"九三座谈会"。

随着形势发展，许德珩等人敏锐地感觉到，只有座谈会形式，还是远远不够的，应该建立一个合法的政治性团体，便于开展活动。

许德珩回忆说，民主与科学是五四运动以来所揭举的两面极有意义的旗帜，所以，我们座谈会取名为民主科学座谈会，并渐渐演进成为一种学术性的政治团体，取名民主科学社。后来，由于参加座谈会的朋友之中，有一位办了一个刊物，也叫《民主与科学》，为了避免外界的误会，就把民主科学社的名称取消了，因此，有一个时期座谈会是没有名称的。这一时期座谈会的主张是"团结民主，抗战到底"，发扬五四运动反帝反封建的精神，为实现民主与发展科学而奋斗。①

1946年1月6日，许德珩等人再次召开会议，决定筹建九三学社。当日的《新华日报》以"学术界举行九三座谈会，决定筹组九三学社"为题，进行了专门报道。

潘菽回忆说，讨论名称时不少人认为，知识分子大都不愿意参与政治，"民主"口号的政治性很明显，会影响他们参加活动，最好取一个既体现学术性，又带些不明显的政治性的名字为好。最后，大家同意采用九三学社这个名字。"九三"指九月三日，是抗战胜利的日子，带有政治性；"学社"则有学术性，以利于团结广大知识分子。

5月4日，正值"五四运动"15周年纪念日，九三学社在重庆青年大厦召开成立大会，发布了《九三学社缘起》《成立宣言》《对时局的主张》等文件。大会推选褚辅成、许德珩、税西恒、潘菽等16人为理事，梁希、卢于道等8人为监事。随后，召开了第一次理监事联席会议，梁希、卢于道、黎锦熙被推为常务监事。

正如《九三学社简史》所述，九三学社坚持五四运动的反帝反封建的爱

---

① 许德珩.毛主席与九三学社[N].人民日报，1983-12-14.

九三学社成立大会召开地重庆青年大厦外景　　九三学社成立的报道

国的基本精神。为民主与科学而奋斗,反对内战,争取和平民主,建立新的经济制度,谋求发展科技和普及教育等理念,同中国共产党在新民主主义革命时期的最低纲领的基本精神是一致的,同中国共产党战后提出的"和平、民主、团结、建国"方针是一致的。九三学社作为一支有影响力的重要政治力量,汇入了中国共产党领导下新民主主义革命的滚滚洪流,一起走向前方,走向未来。当时的中央领导人说:"你们是有影响的代表人物",表达了对九三学社的重视。

　　时任中央统战部部长的李维汉形象地说,九三学社大半就是这样的朋友,学术界居多的高级知识分子的组合,不是拿斧头的,拿镰刀的,拿枪杆的,而是拿笔杆的,或者是钢笔杆或粉笔杆的,过去反美反蒋,也是用笔杆作武器的。[1]

　　九三学社成立后,在上海、重庆、兰州等设立分社,后总社迁往北平。

　　1947年5月4日,九三学社成立一周年,发表纪念五四运动宣言,重申主张发扬五四运动的反帝反封建、科学与民主精神。并经常组织开展了反内战示威、请愿活动,反对伪国大、伪宪法等民主爱国运动。由于九三学社

---

[1] 九三学社中央研究室.九三学社简史[M].北京:学苑出版社,1998:56.

积极参与反内战反独裁运动，被国民党视为眼中钉，一度被非法取缔，只能转入地下开展活动。

梁希、潘菽、金善宝等人随着中央大学返回南京，仍然以自然科学座谈会的方式，进行着半公开半隐蔽的活动。①

参加开国大典

1949年6月19日，新政治协商会议筹备会第一次全体会议通过《关于参加新政协会议的单位及其代表名额的规定》，对参加新政协的各民主党派、社会团体的资格及名额等进行了说明。九三学社被确认为中国民主党派，成为参加新政协会议的45个组成单位之一。

梁希作为大学教授，位列"民主教授"这一界别，与许德珩、侯外庐等九三学社的知名人物，一起参加新政协会议。会上，梁希担任选举总监督。

9月7日，周恩来在中国人民政治协商会议第一届全体会议召开前向政协代表作报告，阐述参加新政治协商会议的党派标准时，对九三学社的情况作了特别说明。

著名记者、文汇报社社长徐铸成对全国政协会议情况有如下记录，对当时梁希的发言颇为赞赏。9月23日下午举行政协第三次全会，有李济深等

---

① 潘菽.忆梁希同志[C]//梁希纪念集.1983：14.

18人发言,徐铸成在日记中这样写道:"其中,以刘伯承、粟裕、傅作义、梁希的发言最受欢迎……梁为自然科学工作者首席代表,以朴质之态度,表示自然科学工作者全心全意为人民服务之决心。"①

10月1日,中华人民共和国开国大典在北京天安门广场隆重举行。许德珩、梁希等人随同毛泽东主席等一行,信步登上天安门城楼,参加隆重的开国大典。

天安门广场,彩旗飘扬,锣鼓喧天,人们沉浸在翻身作主人的无比喜悦之中。庄严的天安门城楼,装修一新,洗尽了千百年来封建帝王的威仪,回到人民的手中。

毛泽东主席用高亢的声音,向全世界庄严宣告:"中华人民共和国中央人民政府成立了。"一时间,广场上人群沸腾,成千上万的人载歌载舞,欢庆人民革命的伟大胜利。

梁希和蔡邦华在天安门城楼上

这一天,气象学家、教育家竺可桢在日记中对当天庄严的场景有着详细的记录:"午后二点乘车经午门至天安门门楼上,参加中华人民共和国开国典礼。升旗鸣炮,毛主席及六位副主席就职典礼。天安门前之广场新辟成,可容十毛万人,如排得紧可卅万人。今日余等到,学生、公务员、军队已立待数小时,会场之庄严为余所未曾见。……奏《义勇军进行曲》。毛主席宣布中华人民共和国中央人民政府成立。升国旗、奏国歌、鸣炮,宣读中央人民政府公告:'自蒋介石国民党反动政府背叛祖国,勾结帝国主义,发动反革命战争以

---

① 傅国涌.1949:中国知识分子的私人记录[C].武汉:长江文艺出版社,2005:30.

来……本政府为代表中华人民共和国全国人民的惟一合法政府。凡愿遵守平等、互利及互相尊重领土主权等项原则的任何外国政府，本政府均愿与之建立外交关系，特此公告.'系毛主席出面。接下是阅兵。自三点三十五分直至六点始毕。然后各机关、学校喊口号，依次散。因人数众多，至八点半尚未散尽。"①竺可桢对这次"会场之庄严"印象非常深刻。

71岁的黄炎培在日记里写道："红旗、红额、红灯，一片红色。燕都自辽金元明清以来，殆未有之盛典！"②

梁希目睹这一场景，感慨万分，激动不已，对站在一旁的好友蔡邦华说："今天的北平历尽元明清多少朝代，至少经历了八百多年的艰苦岁月，没想到我们两个穷教授会穿上毛主席送的呢制服，能站在天安门上庆祝新中国的开国大典，多么幸福呀！"③

连任学社中央副主席

中华人民共和国成立后，一些民主党派认为，既然已经完成历史使命，就不必继续以组织的形式开展活动，如中华救国会就宣布解散了。九三学社也在酝酿解散的事宜。1950年2月，刚从苏联访问回来的毛泽东得知这一情况，表示不赞同民主党派解散，新政权建立后，更加需要民主党派人士参与建设，以体现人民政权的民主特点。中央派人上门做党派领导人的思想工作，希望九三学社等党派继续保留，不要解散，而要以更高的政治热情，积极参加新中国建设。④

1950年3月，九三学社中央理事会经过认真研究讨论，接受了中共领导人的意见，同意继续保留组织，并恢复中央理事会。除了保留原有的理事以外，推举产生了一批新的中央理事。许德珩任主席，梁希任副主席。

---

① 竺可桢.竺可桢日记（1943—1949）[M].北京：人民出版社，1984.
② 黄炎培.黄炎培日记（1947—1949）[M].北京：华文出版社，2008.
③ 蔡邦华.缅怀故友著名林学家梁希教授[C]//梁希纪念集.1983：31.
④ 许德珩.毛主席与九三学社[N].人民日报，1983-12-14.

九三学社第一次全国工作会议代表合影

1952年，九三学社第二届全国工作会议扩大会议代表合影

　　九三学社完成了向新民主主义政党的转变，与中国共产党一起，建立起新型的亲密合作关系。

　　12月1日，九三学社在北京召开了建社以来的第一次全国工作会议。中共中央统战部部长李维汉两次到会讲话。大会确定以《共同纲领》作为学社的纲领，明确九三学社是新民主主义的性质，宣布接受中国共产党的领导。大会选举许德珩为主席，梁希为副主席，许德珩、梁希、黄国璋、薛愚、孟宪章为常务理事，黄国璋为秘书长，共有理事28人，候补理事7人。

这一时期，九三学社中央理事会领导广大社员，积极参加抗美援朝、土地改革、镇压反革命及"三反""五反"、知识分子思想改造运动等。

1952年9月11日，九三学社召开第二届全国工作会议扩大会议，出席代表93人。会议修改了学社章程，将"学术性民主政团"的表述，改为"新民主主义政党"。选举产生了第三届中央委员会，许德珩、梁希等47人为中央委员，梁希为副主席。

大会结束时，梁希致闭幕词。他说："这次大会议是以团结友爱的精神顺利进行，始终保持着严肃的、和谐的气氛。全体代表们关心组织的发展与巩固，关心同志的进步与提高，发扬了对人民、对组织的责任感，发扬了高度的同志爱，这是过去很少表现出来的。"①

他对一个以知识分子为主体的科技团体，逐步转型为服务于人民的政党，参与国家管理与建设的未来，表现出了充分的自信。

这一时期，许德珩、梁希等领导九三学社，要求社员以知识投身于社会主义新国家建设大潮之中，签名支持抗美援朝，号召社员积极参加土地改革、"三反""五反"运动等。

1958年11月，九三学社召开第二届全国社员代表大会，选举产生了第五届中央委员，许德珩当选为主席，梁希当选为副主席。

梁希作为九三学社的创始人之一，一直担任九三学社的重要领导职务，是九三学社理事会第一届监事，第二、三、四、五届中央委员会副主席。

梁希是当之无愧的九三学社的领袖！

---

① 九三学社中央研究室.九三学社简史[M].北京：学苑出版社，1998：105.

第九章 民主教授

嘉木名诗

山行

唐朝 杜牧

远上寒山石径斜，
白云深处有人家。
停车坐爱枫林晚，
霜叶红于二月花。

林人树语

枫树属于槭树科树种，全世界有槭树科植物199种，广泛分布于亚、欧、北美等地。我国是世界上槭树种类最多的国家之一，多达157种，长江流域及其以南各省区，是世界槭树的现代分布中心。枫树树形高大，材质优良，尤其枫叶色泽绚烂，形态别致优美，观赏性极强，秋意渐浓，枫叶渐变，诗意盎然。红叶秋染，热情似火，爱恨分明，非同凡响，令人景仰。

特殊群体的形成

抗战胜利后,全国人民渴望实现祖国独立、和平、民主,而国民党政府强化独裁统治,发动内战,国内政治生态不断恶化,深感战争之苦的中国人民迫切希望能够有一个和平的环境来休养生息。蒋介石集团违背人民的意愿,继续推行独裁统治,暗地里策划发动全面内战。

1946年6月,国民党撕毁重庆谈判的重要成果"双十协定",蓄意进攻中原解放区,挑起全面内战;11月,签订了《中美友好通商航海条约》,出卖国家主权,以换取美国支持;召开所谓"国民大会",制定宪法;1947年2月底,国共调停谈判彻底破裂,国民党军队进攻延安,内战全面爆发。

一系列事件,表明中国政治前途到了不可调和的阶段,历史将迈进重大的进程。

这一时期,大批自由知识分子,尤其是高校教授,表现出了惊人的参政议政热忱,他们纷纷站出来,发表文章或演讲,呼吁和平,反对内战,要求重建公道正义的社会秩序,将国家引向正常的发展轨道。

《新华日报》号外

此时,以教育界、科学界为主的"中间派"力量,也出现了严重的分化,同情、支持共产党的教授们,活跃在民主运动中,通过公共交往或私下往来,不断影响着周边的知识分子,形成了特殊"政治气候",推动政治生态快速变迁。

这个逐步形成的"民主教授"群体,大多以同学、师生、校友、同事等为纽带,虽然认同标准各不相同,但是政治因素已然全面渗入。在这个特殊的历史时期,从高校校园不断发展,向社会各个阶层扩散,形成了具有显著影响力的民主力量。

历史车轮到达一个十字路口，每个正义的有良知的人，都会做出艰难而正确的抉择。

梁希一直是一位关心国家命运前途的知识分子，从他早年积极加入同盟会、立志推翻清统治开始，这种心系国家、敢于斗争的精神，一直贯穿在他内心之中，成为他高尚人格精神的重要组成部分。

1935年日本帝国主义加紧对华侵略，中华民族处于危急关头，在北平爆发了"一二·九"运动，全国各地积极响应，时任中央大学教授的梁希、潘菽以及金陵大学吴贻芳校长等南京知识界184位知识分子，就联合发表宣言，坚决反对"华北自治"，反对日本侵略，并获得了中央大学全体学生的强力声援。梁希在事关国家民族命运的紧要关头，意志坚定，立场鲜明，在师生中一直有着崇高的威望，堪称知识界的一面旗帜。

1948年，梁希在中国科协南京分会的会刊《科学工作者》创刊号上，发表了题为《科学与政治》的文章，表明科学工作者在历史紧要关头的态度与选择。

"科学离不开政治，政治好比土壤，科学好比植物，植物得土壤之力才生长，科学得政治之力才发扬"，他分析了"中国科学工作者为什么不喜欢谈政治"的原因，是"传统士大夫习气""不了解政治"，是高压下的"明哲保身"所致。①

"科学工作者逃避政治，政治却紧跟着科学工作者"，"科学工作者要关心政治、参与政治，用正确的政治思想指导科学研究"。②

他举例分析了中国明、清朝的历史及英、美、苏各国的历史，得出了"封建和科学是背道而驰的"结论。

"从历史发展的规律看，封建国家不民主，资本主义国家比较民主，然而还限于少数人的，社会主义国家则真是绝大多人的民主。这是因，结果呢？封建国家科学不发达，资本主义国家科学发达，而到社会主义国家科

---

①② 科学和政治[C]//梁希文集.1983:154-156.

学更发达,而且发达得更快,这是果。"①

他得出结论:"民主是科学的土壤,民主是科学的肥料,民主是科学的温床。"②他从科学发展的角度,对封建、腐败、专制、落后的社会制度提出了否定的态度。从"科学救国"的梦想觉醒,认识到政治民主的发展,也是科学发展的必然结果。

有人高度评价:"当他认识到社会主义可以救中国,共产主义是科学的时候,他义无反顾,什么力量都无法阻挡他前进,国民党的高官厚禄他视为敝履,在白色恐怖面前他临危不惧,表现了中国知识分子的凛然正气。"

战斗在"第二条战线"

随着蒋介石内战政策的失败,国内经济、政治危机日益加深。为了支付大量的军费开支,政府滥发纸币,造成通货膨胀,物价飞涨,人民生活水平急剧下降。据当时的报纸报道,货币贬值超乎想象,清明节祭祀先祖时,直接烧真钱而不是冥币,因为真钞还没有冥币值钱。1948年,一个烧饼都要卖二三百元,米价更是每百斤高达二十多万元,相比起民国初期的物价,数年之间,翻了上千倍。有人戏称,在饭店吃饭时,刚吃完的一碗米饭是2万元,添第二碗饭时,就要涨到2万5000元了。

严重的通货膨胀加剧了人们的恐慌心理,物价如同脱线的风筝一样飞速上涨。当局无计可施,竟然印发了十万元面额的大钞,甚至出现了商场拒收400元以下的"零票",乞丐不愿收1000元以下的"小钞"了。1948年8月16日,《大公报》报道,与战前生活指数作比,上半月的食物价格上涨了390万倍,住房价格上涨77万倍,服装价格上涨652万倍。

通货膨胀,物资匮乏,市场供应混乱,引发了前所未有的社会大混乱。而大批青年学生,毕业离校即面临着严重的失业威胁。整个社会都在饥饿与死亡线上挣扎。

---

①② 科学和政治[C]//梁希文集.1983:158-159.

此时的国民党政权，一方面发动内战，疯狂进攻山东、陕北等革命根据地，企图一举消灭共产党；另一方面则腐败无能，没有采取有效的措施，稳定物价，保障供给，扭转经济恶化，反而在国统区大肆镇压学生爱国运动，甚至暗杀爱国人士，导致全国范围内的反抗情绪不断高涨。

战争、死亡、贫穷、饥饿、动荡、混乱，成了当时中国的真实写照。打败日本侵略者、取得抗日战争胜利，带来的喜悦与对和平生活的期待，荡然无存！人们有千百个理由，对这个社会现实说"不"。社会正义的天平，正在急剧出现倾斜。

与正面战场的节节胜利相呼应，国统区各大中城市，学生运动风起云涌，逐渐形成了反对内战、要求和平的"第二条战线"。

1947年5月，北京大学、清华大学、北洋大学、南开大学、中央大学等高校组织反内战、反饥饿委员会，开展声势浩大的罢课、游行、请愿活动。全国各地高校纷纷响应，举行"反饥饿、反内战、反迫害"大游行，发动罢课、罢教、罢工、罢市等，支持北京高校的斗争。

5月20日，宁沪苏杭等城市的16所学校学生约6000余人，汇集南京举行游行，向国民政府请愿。当天，正值国民参政会四届三次大会开幕，当局早已经布下重兵，严阵以待，形势非常危急。

梁希深知情形险恶，一直担心学生会吃亏。他一早就赶到学院门口，来回巡视，密切关注事态发展。同在中央大学任教的马大浦记载："是日清晨，梁希早起，在森林系大门前巡视。我以系行政关系，也在系门前，随同先生照料，对学生外出参加游行，主持正义，深为感动，自应予以支持鼓励。"①

这一天一早，中央大学校门外，到处是军警、特务，还有马队在狂奔，气焰嚣张，气氛紧张，以此威吓学生，不准他们走出校门上街游行。梁希看到这样的场景，既支持学生参加斗争，又为青年人安全担忧。他找到学生代表，细心转告，要他们学会斗争方式，保证自身安全，避免无谓牺牲。

那天，数千名学生冲出校门，蜂拥前行，高举标语，高喊口号，队伍到

---

① 马大浦.缅怀梁师叔五先生的光辉业绩[C]//梁希纪念集.1983：43.

达珠江路路口时,准备向当局提出请愿要求,发表公众演讲。突然间,军警从四面八方冲进来,一时间,水龙、皮鞭、棍棒等砸向游行的人群,场面极度混乱,人群四处逃散,呼喊声、惊叫声、碰撞声、哭声,响成一片。当场有19人受了重伤,104人受了轻伤,另有28人被抓。

一场学生游行示威请愿,酿成了流血惨案。消息传来,全国一片哗然。

这是梁希最不愿意看到的场面,第二天一早,他就起身直接去了医院,探望受伤的学生。他回校叫上潘菽、金善宝、干铎等一批进步教授,一起向当局交涉,要求马上释放被捕学生。教授们积极争取,形成了强大的社会压力,最终,被捕的学生全部获释。

这场运动很快波及了全国60多个大中城市,上海、重庆、广州等地学生纷纷罢课,"反饥饿、反内战、反迫害"运动,汇聚成了席卷全国的洪流。全国各地"反对内战、争取和平"的斗争,此起彼伏,波澜壮阔。

"五二〇"惨案发生后,宁沪苏杭的学生代表组成了全国学联筹备委员会,指导全国学生运动。浙大学生会主席于子三回到杭州后,马上遭到秘密逮捕,受尽酷刑后,在狱中被害。这一残暴的事件,激起了浙大师生的

五二〇运动游行

强烈不满,学生们纷纷走出校园,游行示威,要求查清真相,惩治罪犯。当局竟然派出2000多人的军队,包围了浙大,并组织暴徒进入校园破坏。校长竺可桢交涉无果,气愤地说:"光天化日之下,军警包围,捣毁学校,浙大我办不下去了!"愤而辞职,但自己又无法脱身,只好让蔡邦华偷偷翻墙而出,连夜乘火车赶往南京,代为递交辞呈。

蔡邦华到南京后,直接找梁希商量对策,"他劝我到教育部和朱家骅交

涉，必要时愿意为我作后盾！"①

"愿将鲜血荐黎明"

此时的南京政府，早已处于飘摇倾覆之际，但是，失败者不甘心退出历史舞台，一定会做最后的挣扎，"黎明前的黑暗"，必定是最危险的，也是最恐怖的。

一年多来，在南京，梁希、潘菽、金善宝、涂长望等自然科学座谈会的成员，还是经常聚会、互通信息、传阅进步书报、对时局进行评论。

潘菽回忆说："抗日战争胜利后，学校复员到南京。梁老和我们几个人也回到了南京。'自然科学座谈会'的人大都是在中央大学工作的，'中国科学工作者协会'的负责人也多数在中央大学工作。所以这两个组织并没有因复员而完全陷入涣散。就是'九三学社'的人虽然因复员而分散了。但大多数人都分散到了北京、上海和南京三个地方。故南京仍有相当人数的九三成员，无形中构成了一个九三分社。这些人都与梁老关系密切。故我们在南京的部分人在解放战争的两三年中也做了一点工作。"②

1947年7月20日，中国科学工作者协会南京分会成立，梁希当选为理事长。他在会上提出，"科学工作者要关心政治，争取民主权利"，"为了发展中国的科学事业，也为了建设新中国，必须要科学工作者自己争取道义上、事业上和生活上的一切权利，并为争取这种必须争取的利益而团结起来"。

当时，以青年科学工作者为主的科学时代社（简称"科时"），是学生运动的活跃组织。他们考虑到在高校里不如科协有名，影响力不够大，便非常期待双方能够合作，以推动国统区特别是高校的民主爱国运动。这个想法，得到了梁希的充分理解和热心支持。

1947年春夏之际，梁希、潘菽、涂长望等人与科学时代社南京分社负责人在梁希家聚会，商议合作事宜。双方约定，科时全力支持中国科学工作者

---

① 蔡邦华.缅怀故友著名林学家梁希教授[C]//梁希纪念集.1983：30.
② 潘菽.忆梁希同志[C]//梁希纪念集.1983：14.

协会，全部社员参加该组织，科时各地分社一致行动，作为各地科协分会的骨干力量，以科协名义开展活动，以配合全国反内战、争民主斗争。

两个代表不同人群的科技团体实现联合，在民主爱国运动中结成了一股新的力量。梁希被青年们尊称为"人生导师"，成为一面引导青年人成长、民主斗争的旗帜。

几天后，在南京中山北路的一个大礼堂，科时邀请梁希作一场题为"科学与政治"的演讲。由于梁希的声望，各方面人士踊跃参加，会场内座无虚席。演讲中，梁希精辟地分析"科学与民主政治"密不可分的关系，大声疾呼："必须要有一个好的政治环境，科学才能发展，国家才能富强。"现场掌声不断，梁希获得了青年人的充分信赖和热烈支持。

1948年5月4日，是五四运动二十九周年纪念日，南京的一批高校联合发表"纪念五四、保障人权、保障教育、拯救民族危机宣言"，引起了广大师生的热烈响应。现实社会的混乱与无奈，与几十年前的内忧外患一样，黑暗笼罩，民意难申。

那天下午，在中央大学内，梁希、潘菽、涂长望、金善宝等人照常以自然科学座谈会的名义举办活动，座谈会上，教授们纷纷发言，揭露时弊，表达对时局的不满。座谈时间长达3个多小时，每个人都有一肚子的话要说，正如在重庆时期一样的"苦闷"。

到了晚上，在中央大学操场举行大型的营火晚会，人数达一万多人。现场气氛热烈，旗帜标语飘扬，大家高唱《你是灯塔》等革命歌曲，歌声一阵高过一阵。梁希应同学们的要求，准备参加集会，发表演讲。此时有消息传出，特务混入了会场，存心要搞破坏，甚至会图谋不轨。同学们都十分紧张，担心出现不测，纷纷劝说梁希不要去演讲。梁希听说后，毫不畏惧，坚持参加大会。

演讲场地，果真有一些穿黑衣的人，如幽灵一样在四周游荡。当梁希演讲时，会场电源突然被切断了，现场一片漆黑，人群中顿时出现了骚动。梁希果断地站在一张方桌上，望着熊熊燃烧的营火，大声地对同学们说："大家不用怕，请保持好秩序！天色就要破晓，曙光即将到来！"同学们受到鼓舞,群情激愤,会场响起了雷鸣般的掌声。

集会结束后,同学们担心梁希的安全,自觉排成长队欢送,并派人护送他回家。

当晚,夜已很深,梁希难以入眠,会场情形一次次出现在眼前。他诗意突涌,健步走到桌前,拿起毛笔,畅意挥毫:"以身殉道一身轻,与于同仇倍有情。起看星河含曙意,愿将鲜血荐黎明。"写完最后一笔时,他仿佛全身充满了力量。

随后,他将这首诗歌交给了地下党员陈晓原,表明与旧政权彻底决裂,表达了即使付出生命代价也在所不惜的决心。

几天后,《科学时代》杂志刊载了一篇署名文章《中国林学的导师——梁希先生》,盛赞他是"追求日新的白发青年",有着淡泊的胸襟、正直的气概、朴实无华的生活,并称赞"他永远是年青的"。

"大家要坚决地留下来"

1949年,中国命运步入了巨变前的关键时刻。经过辽沈、淮海、平津三大战役,人民解放军完全控制了长江以北的广大地区,国民党军队难以再组织起有效防御。形势突变,引起了国民党内部迅速分化,蒋介石被迫"主动下野",李宗仁成为"代总统",国民党也趁机打出"和谈"旗号。但是,蒋介石实施的是缓兵之计,躲在幕后,依然操纵大局,提出保留伪"宪法"、伪"法统"和国民党军队,妄图通过假和谈获得政权的苟延残喘。正在北平举行的国共谈判,由于国民党的虚伪与顽固,直到最终也没有取得令人满意的和平结果。

历史的车轮不再由独裁者所掌控,人民将做出庄严的选择!

1949年元旦,毛泽东发表了《将革命进行到底》的新年献词,庄严宣告:"那就是用革命的办法,坚决彻底干净全部地消灭一切反动势力,不动摇地坚持打倒帝国主义,打倒封建主义,打倒官僚资本主义,在全国范围内推翻国民党的反动统治,在全国范围内建立无产阶级领导的以工农联盟为主体的人民民主专政的共和国。"①

随着北平和平解放,解放军据守江北,随时准备渡江南下。长江以南的城市,陷入了一片混乱之中。

国民党准备将中央大学等高校南迁,遭到了师生的强烈反对,教授会等自发地形成了"护校运动",反对迁校。1月21日,中央大学召开校务会议,学校搬迁问题被正式摆上台面进行商讨,大多数教授都反对迁校,会上通过了"以不迁校为原则"的决议。校长借助国民党势力,威胁利诱教授南迁,甚至准备强行搬迁,一些物资及实验器材都已经被打包等待运走。

这时,在广大师生中有着崇高威望的梁希,对进步学生和教授们说:"去台湾,就是绝路,大家不要上当!大家要坚决地留下来,一起维持好我们自己的学校!"他的坚决不妥协的态度,坚定了师生们护校反搬迁的决心。教授们、学生们纷纷围坐在箱子上,不准抬走,不准运出校园。

1月27日,平时气焰嚣张的校长、训导长、总务长等一伙人,看到此情此景,竟然全都逃跑了。学校顿时乱成了一锅粥。在全校师生强烈要求下,中央大学教授会召开全体会员大会,投票选出了"校务维持会"。梁希(森林系教授)、胡小石(中文系教授)、郑集(生物学教授)三人当选为常务委员,负责主持校务,并不同意由教育部派出校长。对此当时的教育部长极为头大,苦叹道:"不派校长,由校维会治校,在大学史上查不出根据。"情势所迫,民意难违!

> 胡小石(1888—1962),名光炜,号倩尹,浙江省嘉兴人,学者、诗人和书法家,精通古文字声韵训诂、经史诸子、佛典道藏、金石书画等,对我国古典诗词有深湛的研究。
>
> 郑集(1900—2010),号礼宾,四川省南溪人,生物化学家、营养学家、教育家,中国营养学的奠基人,中国生物化学的开拓者之一。

① 1949年新年贺词:《将革命进行到底》.[OB/OL].(2015-01-19)[2015-01-09].http://dangshi.people.com.cn/n/2015/0109/85037-26358564.html.

梁希等人临危受命，不负众望，担起了"护校"的第一重任。

他们第一件要办的事，就是联名向李宗仁"代总统"呈文，要求查处弃校逃跑校长的责任，保释被捕的4名学生。并发布通告，恢复被开除学生的学籍、取消处分。此举一出，师生欢欣鼓舞。

1949年4月1日南京大学生游行示威

3月7日，全体学生职工向校务维持会敬献了一面锦旗，上书"万世师表"4个大字，表彰他们甘冒危险，挺身而出，保护革命青年的功绩。

迫于生存的困难，和平的无望，社会各界对当局更加不满。1949年4月1日，"南京中大、政大、金大、金女大、药专、剧专等专科以上学校，为了争生存，要求真和平，反对假和平，团结全市大专学校学生工友一万多人，举行大规模游行请愿。"当学生队伍行进到总统府时，遭到预先埋伏的警察以及刚从淮海战役败退下来的军人们的一阵追打。结果导致3人死亡、数百人受伤，现场鲜血淋淋，到处是受伤的师生，酿成"四·一惨案"。

随后，梁希与胡小石、郑集等人一起来到丁家桥中央大学二部宿舍，探望受伤的学生。梁希一一询问伤情，叮嘱大家要照顾好受伤的同学。

梁希走出大门时，突然停住了脚步，回过头来，对送行的同学们说："今日所发生的事，并不是偶然的。前天我们去总统府交涉学校经费时，经费的事毫无着落，办公室里一个军官，却气势汹汹地威胁我们说：'根据我们得到的情报，你们的学生将在这几天闹事……今后出事就要你们负责'可见当局的行径，是有准备对付大家的。你们一定要注意安全，保存好力量！"①

---

① 吴纪昌. 片段的回忆[C]// 梁希纪念集. 1983：143.

转道香港，一路向北

梁希频繁的社会活动，在学生中树立了极高的威望，很快被特务盯上了。其间，曾多次传出话来，对他进行威胁恐吓。

"四·一惨案"后，梁希前往政府交涉，要求解释被捕学生。一旁的年轻警官瞪着眼说："你如果再叨叨，我们现在可以马上逮捕你！"态度极其蛮横无理。有人也劝梁希，是否托病休养一段时间，避避风头，但是，他坚定地说："如果我梁希的名字能够写在闻一多后面，可谓死得其所，何惧之有！"真是威武不屈，视死如归！

梁希当然知道，说这样的话，是有生命危险的。就在前两年，李公朴因为支持民主运动，在昆明被暗杀了。在李公朴追悼大会上，学者、诗人闻一多拍案而起，慷慨激昂地发表演讲："我们不怕死，我们有牺牲精神，我们随时像李先生一样，前脚跨出大门，后脚就不准备再跨进大门！"当天下午，他惨遭特务伏击，不幸遇难。李、闻两人的英勇行为，获得了全社会的敬仰，在知识界引起了极大反响。

对此，梁希毫不畏惧，"夜晚整装和衣躺在床上，随时准备入狱"。

疯狂的敌人，一定会做出更疯狂的事。

梁希、潘菽、涂长望等人，由于积极支持学生运动，引起了特务的严密监视，被列入清除的黑名单，随时有生命危险。情况十分危急！

此时，中共地下党组织向他们伸出了援救之手。由周恩来、潘汉年等人亲自指挥，公开的、半公开的、隐蔽的，各条战线各路人马，纷纷行动，加入了抢救这批名人国宝的大行动。

让梁希等人撤离南京，转道赴香港的计划，已经列入了撤离计划之中。

据朱江户回忆，1949年3月底的一天，他刚从台湾返回，因事赴上海，见到"小民盟"的许宝驹、吴觉农等人。他俩受命秘密联络上海、南京等地知名人士，了解"北上"的意愿，就委托他专程去看望梁希，转达意见。

> 吴觉农（1897—1989），浙江省上虞人，农学家、农业经济学家、社会活动家，现代茶叶事业复兴和发展的奠基人。有《茶经述评》等著作，创建了中国第一个高等院校的茶业专业和全国性茶叶总公司，他曾任农业部副部长、全国政协副秘书长、中国农学会名誉会长、中国茶叶学会名誉理事长。

此时的南京城，风声鹤唳，危机重重，特务已经对梁希秘密监视，在白天见面很危险。

那天黑夜，四周一片寂静。朱江户和中央大学农学院的刘庆云一同前往，专程拜见梁希。梁希听出是熟悉的声音，连忙开了门，将两人迎进屋里。朱江户说明了来意，将信交给他。梁希借着烛光，仔细看了信，沉默了片刻，坚定地说："这件事情，我可以办。请放心！"临别时，屋外浓雾弥漫，一片黑暗，梁希颇有深意地对他们说："没有今天的黑夜就不会有明天的黎明！"①

4月8日，营救活动在紧锣密鼓地进行中，党组织派人通知了梁希、潘菽、金善宝等人，秘密撤离南京。梁希在学生周慧明等人护送下，悄悄地离开南京，坐上火车，直接去上海。再由吴觉农等人协助，登上了一艘开往香港的荷兰商船。顺利到港后，潘汉年亲自安排，搭乘一艘运煤的空货船，一路北上。

24日，货船刚刚抵达天津塘沽码头，大家就听到了南京于前一天解放的消息，一船人情不自禁地欢呼雀跃起来。

5月上旬，梁希一行人安全抵达北京。

6月下旬，梁希返回南京。他马不停蹄地投入一系列紧张的工作中。

6月26日，召开了中国科学工作者协会南京分会会议，他向大家传达全国科代会的精神。

---

① 朱江户.怀念敬爱的长者梁希部长[C]//梁希纪念集.1983：133-134.

7月10日，召开了中国科学工作者协会南京分会第三届会员大会。梁希在《祝科协南京分会第三届大会》短文中，卓有远见地提出："我们不要像其他学会一样，一味推选老成持重、年高德劭的人，我们要选出一批蹦蹦跳跳的、吵吵闹闹的、活泼可爱的，只问耕耘不问收获的、坦白无私的、大公无我的青年，甚至小孩子来干，干，干，干，干得我们科学工作者协会有生气、有朝气！"[1]

8月，南京市军管会宣布，中央大学正式更名为国立南京大学，梁希担任南京大学校务委员会主席，潘菽为教务长。

人逢喜事精神爽。恰逢新时代的到来，他感到无限快慰，焕发出惊人的青春力量。

此时，梁希年届66岁。8月的南京，暑热难当，学校移交任务十分繁杂艰巨，他依然精神抖擞，毫无倦容，在奔波，在奋进。在南京的一次军民联欢会上，他竟兴奋地唱起了国统区长期被禁唱的歌曲《山那边啊好地方》，前所未见地带头扭起了大秧歌，博得了现场军民的一片喝彩声。[2]

---

[1] 张楚宝.梁希先生年谱[C]//梁希纪念集.1983：168.
[2] 邹霆.高山仰止，景行行止[C]//梁希纪念集.1983：137.

第十章 政府部长

嘉木名诗

槐树诗

东汉 繁钦

嘉树吐翠叶，
列在双阙涯。
扶疏随风动，
柔色纷陆离。

林人树语

  槐树又名国槐，树型高大，枝叶茂密，绿荫如盖，是优质的庭院遮阴、行道树种，对二氧化硫、氯气等有害气体有较强的抗性，它还是防风固沙、抗御自然灾害以及用材林、经济林兼用的树种。古代汉语中，槐官相连，如"槐鼎"泛指执政大臣，也是科第吉兆的象征。槐树中隐喻着美好未来，期待着浓浓的家国情怀。

周总理提名当部长

1949年5月上旬，绕道香港一路北上的梁希，作为民主人士代表参加了中央人民政府筹备会议。

9月21日，中国人民政治协商会议第一届全体会议在北京召开，梁希作为"科代会"的代表，参加了这一次标志着人民当家作主的盛会。会上，他参加了"代表提案审查委员会"，当选为政协第一届全国委员会常务委员。会上，梁希提议，新人民政府中应设立林业部，让林业能够发挥作用，得到了周恩来总理的赞同。

10月19日，梁希被提名为林垦部部长。梁希听后，心里很不安，马上向总理递了一张便条，上面写着："年近七十，才力不堪胜任，仍以回南京教书为宜。"周总理回复

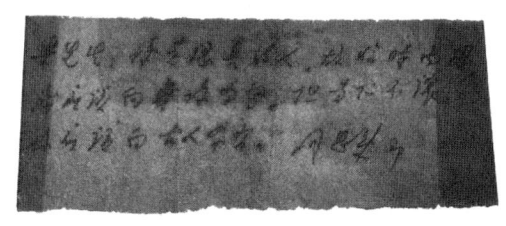

梁希纪念馆展示的纸条

了一张便条："梁先生你是认真的人，故临时而惧，我应该向你学习；但当仁不让，你应该向古人学习。"梁希深受感动，坚定地说："为人民服务，万死不辞！"

这一年，梁希正好66岁。在老家湖州一带，这也是一个值得庆贺的年纪。

在沪苏浙等地的城乡，有做"六六"寿的习俗，即逢父母66岁生日，出嫁的女儿要为之祝寿，意味着"六六"大顺，延年益寿。当天，家人将猪肉切成66小块，形如豆瓣，俗称"豆瓣肉"，红烧后，盖在一碗大米饭上，连同一双筷子，一并置于篮内，上用红布遮盖，送给长辈品尝，以示祝寿。

梁希自己也十分兴奋，对未来充满信心。"当时我已66岁，可总觉得还

像个青年一样，我多年的抱负和'黄河流碧水，赤地变青山'的夙愿，现在有了实现的可能，我怎能不高兴呢？"

在江南人的心目中，66岁正是一个值得纪念的年岁。

细心的人们也发现，长长的政务院首任部长的名单中，梁希的排名在水利部部长傅作义、文化部部长沈雁冰（茅盾）之前。有人传言，他是一个了不起的老头儿，周恩来总理都尊称他叔五先生。

周总理提名梁希当部长这件事，早已写入许多人的回忆文章。它表明中国共产党与民主党派肝胆相照的亲密关系，也彰显了周恩来知人善用、梁希谦虚诚恳的高尚品格以及两人深厚的友情。

梁希担任新中国林垦部部长的消息传到国立南京大学，一时成了大新闻。林学系的同事们专门召开座谈会，大家畅谈自己的感受，纷纷向梁希祝贺。他们对新中国设立林垦部，任命林学家梁希为部长，感到特别的欣慰。这些长期为中国林业奉献智慧和力量的学者、教授们，深深地感受到，自己毕生从事的工作，在人民当家作主的新中国，第一次真正获得了高度重视。

人们注意到，在这之前，梁希有过多次当"官"的机会。先是浙江大学、中央大学农学院院长，后有重庆时期的农林部部长，但是都没有让他动心。他一直专注于教学与科研，或者只乐意做科学相关的事，如担任中华农学会、中国科学工作者协会、九三学社相关职务，可以这么说，那些都是非官方的职务。在中央大学校长自行逃离，撂挑子不干了，群龙无首，他受全校师生重托，临危受命，维持校务，表现出强烈的责任担当。

出任林垦部部长，是中央对于梁希这位德高望重林业家的高度信赖，也是新中国林业事业发展的需要。满目疮痍的河山，期待着绿色，期待着生机，期待着新时代的新林业！

梁希清楚地意识到肩上所扛责任的重大，曾诚恳地对副部长李范五说："像我这样的年纪，本应该在家里哄哄孩子，享受天伦之乐，欢欢乐乐度过晚年。但是，党中央委我以重任，要为中国的林业做一点贡献，我这也是老骥伏枥。希望我们共同合作，把中国的林业搞上去。"

1949年梁希在中国人民政治协商会议第一届全体会议上发言

梁希以年近古稀之躯,以"为人民服务,万死不辞"的决心,在新中国林业行政部门的重要岗位上开启了人生新里程,为新中国林业事业倾注了全部心血。

几天之后,"中央人民政府林垦部"的牌子,就挂在北京城无量大人胡同里的一个小四合院门口。堂堂的一个国家部委,加上部长、副部长在内所有成员,总共才27个人,而且宿舍、办公室还是兼而用之的。直到1951年11月,林垦部改为林业部,才从这里迁到和平里东街18号。

新设立的林垦部,设有四司一厅,即林政司、森林经理司、造林司、森林利用司和办公厅,主要负责林业方面的工作,涉及垦务的专门部门则没有专设。

旧中国一直没有林业专门机构,林业长期归属农业部。1942年,国民政府设立了农林部,也是与农业合署。梁希说:"自从中国人民取得了国家政权这一天起,就成立了林垦部,就把林业当作全国范围的建设事业。"

梁希满怀信心,用诗一样的语言,动情地对同事们说:"院子虽小,能装三山五岳;房舍简陋,可装下五湖四海。我们在这里就可以研究中国林业的方针大计，小屋就是个新起点！"

新中国林业三大任务

万事开头难。新中国的林业应该从何抓起呢？

"我们接受了国民党的烂摊子，基础薄弱，干部缺乏，森林只占全国总面积的百分之五，荒山将近三亿公顷，再加上烧山、滥伐、浪费木材的积习，更加深了林业的困难。这就是旧中国留给我们的全部林业遗产和情况，这就是新中国林业的开始时的客观环境。"他在《三年来的中国林业》中这样描述旧中国林业状况，以及新中国林垦部面临的困难。

身为林业专家的梁希，对林业事业倾注了全部感情，全身心地投入到林业行政管理之中。

"很快，整个林业战线出现了热气腾腾的局面，林业建设方面的新事物很多，林业部门与有关部门的配合也很协调，工作搞得很活跃。"副部长李范五这样回忆最初的日子。

梁希与李范五、李相符等人一起讨论研究，分析全国林业的现状，讨论即将面临的森林建设、木材供给等重大任务，明确了当前的三大重点任务：一是搭架子，在全国范围内建立健全林业机构；二是摸清情况，查明全国现有森林资源；三是打基础，为林业事业的大发展做好准备。

摸清家底的意思：一是旧中国究竟留下了多少林业专门人才；二是新中国现在还有多少森林资源。经过认真对比新旧资料以及结合一些林业专家的研究成果，梁希摸清了1949年全国森林资源的概况：森林面积12000万公顷，活立木总蓄积116亿立方米，森林蓄积量108亿立方米，森林覆盖率12.5%。

这一点资源，也存在了很多的问题。一是分布不均。森林主要分布在黑龙江等东北地区、长江中上游地区，以及黄河上游地区，其他地方如华北、西北等人口密集地区，严重缺乏森林资源。二是森林覆盖率偏低。"与当时东欧各社会主义国家的森林覆盖率相比，中国12.5%的森林覆盖率只能排在最后一位,如果与欧美、日本、苏联比,差距更加明显。"三是荒山灾害多。按照估算,全国约有占国土面积5%的残破森林,有40多亿亩的荒山荒地,每年还有不同程度的自然灾害,如森林火灾、病虫害等。

梁希忧心忡忡,日思夜虑。一要亟待保护,不能再发生乱砍滥伐的现象,坚决杜绝任何破坏森林资源的行为;二要千方百计地植树造林,增加森林资源。

1950年2月28日,林垦部召开了首次全国林业工作会议,梁希作了《林业工作方针与任务》报告,提出林业工作方针:"普遍护林,重点造林,合理经营森林和采伐利用森林。"

3月,他发表《这一次的春季造林》一文。6月,在《中国林业》杂志创刊的"发刊词"里,向全国林业工作者提出了"彻底消灭荒山,绿化新中国"的光荣任务。

在国家建设严重缺乏木材的情况下,如何解决采伐与营林的矛盾?风沙迷漫的大西北究竟如何植树造林保护农田?黄河流域又如何彻底治理水土流失问题?这一连串的问题深深地困扰着他,竟至夜不能寐。

"虽然我的年龄大了一些,只要我能行走,我就要争取到全国各地多跑跑、多看看。"这是梁希常说的一句话。

1950—1955年,梁希先后6次用了300多天时间,亲赴西北、东北及浙江等地林区考察调研。其中,花时间最多、下功夫最大的,是对黄河流域水土保持和林业建设问题的考察。

他考察了西北黄河流域的情况,目睹西北风沙和水土流失的严重情况,心里十分焦急,一再告诫当地干部:"西北河里流的不仅是泥沙,而且是粮食,是中华民族的财富!"

有一次在宝鸡考察时,他站在渭水大桥上头,望着桥下夹着泥沙混浊的河水,两岸是大片宽阔的泥滩地,两岸高处是一片高高低低的梯田,却没有成片的树木保护,陷入了深思。大家连喊了几声"梁部长",他都没回应。一会儿,他缓缓地转过身来,招呼大家说:"你们看,这山上的泥土是怎样流失的?河床是怎样淤塞的?水灾是怎样酿成的?我看啊,就是森林不足造成的,这就是根源所在啊!"他的手指向远处,提高了声音说:"这里不是沙漠,有山,有黄土高原,具备着很好的造林条件,滥垦不得!这里有原生的、次生的、已破坏的、未破坏的森林,可以有计划地有步骤地主动地合理地利用,滥伐不得啊!"

他对于西北地区缺少树木,风沙狂吹,严重影响生产问题极为关注,他从林业专家的角度,认为这与缺乏森林有极大关系,明确提出"必须植树造林,才能战胜沙害。"

1950年9月,在西北农业技术会上,他做了一个极有针对性的讲话,科学地阐述了森林、水利、农田三者间相互依存、相互影响、相互制约的关系。他说:"关系农业发展的重要条件,除农业本身外,第一,要注重水利;第二,要注重森林。两个条件缺一不可,而森林更是长期性的艰苦事业。常言道:'有森林才有水利,有水利才有农田。'水利与农田的关系,是任何人不曾怀疑过的,而森林的重要性,……到现在不明了的人还多。"

"农田的最大的敌人,我以为莫过于沙。沙,因风作祟,淹没农田,没有大风,沙漠不能南侵,没有大水,山土不致冲刷,所以,旧时代的农家讲迷信,要看'风水',而新时代的农业靠科学,也得注意风水。不过,从前的风水,从五行金木水火土说起,而现在的风水,则必须从森林说起。这就是'有森林才有水利,有水利才有农田'这一句话的注解。"①

"为了农业、为了水利,我们对于这个敌人——沙,绝对不能抱无抵抗主义,而必须坚决地勇敢地不厌不倦地和它斗争,且必须和它作持久战。战争的武器,没有别的,就是森林。"

要正本清源,只有护林造林。

他对黄河流域进行4次专题调研考察,认为治理黄河,与植被缺乏、水土保持不力有密切关系,"治黄必须先治山"。

黄河是中华民族的母亲河,孕育了中华文明,这里处于季风与非季风气候过渡区域,中游流经黄土高原,自然生态脆弱。几千年来,这里作为封

---

① 我们要用森林做武器来和西北的沙斗争[C]//梁希文集.1983:231-232.

1953年梁希（左三）在陕北考察黄河中游水土保持

建王朝的统治核心，人口众多，王朝更替，纷争频繁，生态屡遭破坏；在战争平息的和平岁月，又往往会大兴土木，乱砍滥伐，造成森林减少，植被破坏，导致水土流失日益严重。到了近现代，已经是满目荒山，沟壑纵横，下游泥沙沉积，"悬河"高耸，水患不断，经济损失巨大。黄河由此也成了一条令历代统治者心惊肉跳的"害河"。

梁希在黄河流域考察时，目睹黄河上中游水土流失的现状，痛心地说："治黄的办法，到现在还不出堤防，一方面把它加高，一方面把它培厚。……堤防加高加厚，是不经济的，同时，也是不安全的。这样做，每年要消耗一笔巨款，破费许多人工，而为了修堤取土，又要牺牲良田。"

"水土保持与植林，仅仅在黄河下游下功夫，功效少，要在黄河上游着手，则功效大。"

"为了克服沙漠袭来的沙，为了制止黄河流出的沙，我们必须站在真正革命的立场上来看问题，抱着全人类征服自然的精神，本着劳动创造一切的信念，全心全意为人民服务，有计划有步骤地在西北建造防沙林带和黄河水源林。"①

梁希在每次考察前，都主动与农业、水利等部门负责人交流，了解相关情况，制订完整调研计划。调研过程中，每当经过一些重点县时，还特意花些时间，与县里主要领导座谈交流，详细了解情况。考察后，他都要对了解到的情况进行科学分析，撰写调查报告，提出意见和建议。

1957年，国家制定《全国农业发展纲要（草案）》时，他提出的有关绿化造林、水土保持等主张与意见，都得到了采纳。②

小陇山森林考察

梁希在全国范围的林业调研考察中，最感人的一次，是小陇山森林考察。

1950年7月，当时西北农林部向林垦部提交了一份公函，内容主要有三点：西北准备开发小陇山森林，以备天水至宝鸡铁路作枕木之用；准备铺设轻便铁道；准备架设铁索道。8月，再次来函，提出建设铁路不能久等，急需木材；而从东北运枕木，运费太高，可否开发小陇山等建议。

二次来函表明，修建铁路工程时间紧、任务重，而采伐林木的方案，已获得西北委员会主要领导的同意。

按照常规的办事程序，接到地方部门的报告，中央会尽快核准方案。当报告交到部长梁希这儿时，他一边看报告，一边要求工作人员找出全国地图，在上面标出小陇山的具体方位。他看完地图后，觉得问题不是那么简单。

对于小陇山，其实梁希并不陌生。1942年，他的林业同行傅焕光等人，曾在这一带进行过科学考察，采集标本，记录地貌景观，勘察森林植被，发表了《小陇山林区勘察报告》。

---

① 我们要用森林做武器来和西北的沙斗争[C]//梁希文集.1983：234-236.
② 罗玉川，李范五.怀念敬爱的梁希先生[C]//梁希纪念集.1983：8.

小陇山位于甘肃东南部，横跨天水、微县、两当三县，面积620多平方千米。这里地处秦岭西端，居黄土高原边缘，是长江支流嘉陵江流域和黄河支流渭河流域的一道生态安全屏障。由于这里保存了成片的次生林，渭河上游南面的几条支流，依然还有一些清泉注入黄河。自然而然，这里是确保黄河治理的关键地区。如果贸然批准采伐森林，植被减少，生态被破坏，将会产生难以预料的后果。

梁希取下眼镜，轻轻地擦拭了一下镜面，又从衣兜里掏出一盒"大前门"，缓缓点上一支烟，轻轻吸了一口，平静地对秘书说："我看事情不会这么简单，要抓紧组织专家去小陇山考察，了解清楚后再作决定！还有一点，我要亲自来带这个考察队。"

第二年春，他率领6名中外林业专家，专程赴小陇山林区调查。最先来到割漆沟一带，他看到植被较好，河水清澈见底，是渭河上游难得一见的场景。梁希站在一块突出的大石块上，指着远处的大片阔叶林，对大家说："就是这片难得的树林，保护了这条河。如果都砍伐了，水土就会流失，河水就一定会变浑的。这片森林与渭河的关系，非同一般啊。"

进入林区道路，十分难行，梁希一行只能乘着牛车，一路颠簸。最后一段，崎岖难行，牛车也上不去了，只好换骑小毛驴进山。一路上，大家都疲惫不堪，而骑在驴背上的梁希，却兴致不减，一路赋诗助兴："高山流水路悠悠，红栎青松割漆沟。添个白头驴背客，许教入画更风流。"他的乐观情绪也感染了同行的人，两个会唱山歌的小伙子，也亮开了嗓子："吆，嗬嗬……"一时山鸣谷应，大家也振作了起来。

当时考察时，周边的环境非常不好。伐木场场长魏辛回忆说："那时宝天铁路工程正在改建，经年炮声隆隆，不绝于耳。曾有一次，一块斗大的飞石，打穿伐木场的茅草屋顶，又打穿木床板，在地面砸了一个坑。"① 对于这些，梁希根本没有放在心上，有条不紊地开展考察。

到达了采伐场后，梁希一行马上兵分三路，早出晚归，连续奋战，重点

---

① 魏辛.梁希部长小陇山林区视察记[C]//梁希纪念集.1983: 145.

对森林蓄积量、树种、利用价值等进行全面调查。经过测算，情况很不乐观：这片山林面积约65万公顷，森地面积约15万公顷，主要林地集中在东岔河右岸，面积约1.5万公顷，蓄积量约135万立方米。由于多年采伐，这里林相已经很差，能做合格枕木的针叶林很少。更为严重的是，这里山势险峻，修建小铁路外运，成本极高；立地条件不好，树木砍伐了，难以恢复更新，会产生水土流失。

梁希与同行的专家一路看，一路探讨，一边思考着解决问题的最佳办法。最后，他提出了一个综合解决方案：停止即将开工的为运输木材而修建的窄轨铁路；设立育林实验站，把秦岭林场在小陇山的业务进行调整，改为护林造林为主，伐木为副业；建设宝天铁路所需的枕木，从东北林区调入。同时，向西北财委会和农林部提出，建立统一的木材调配机构，收购私人天然林，对于失去林地的人给予耕地补偿；发动群众保护森林，建造森林，把农民组织起来防止滥伐。

这是一个富有远见而又大胆的决定！

兵贵神速，事不宜迟。梁希一方面向中央和西北军政委员会报告，详细说明考察所获得的情况，提出新的调整方案；另一方面，他亲自拜会西北军政委员会彭德怀主任，详细汇报小陇山考察的结果，诚恳地提出从东北林区调运枕木的建议。

国家林业部部长到一个林场考察，是一件难得的事。离开小陇山时，林场同志再三请梁希部长题诗留念。梁希想了一想，用钢笔写下"却愿所来径，苍苍横翠微"二行字。他没有去写诗，也没有用空洞的标语式的题词，而是巧妙地借用了李白的诗意，把"顾"字改为"愿"字，真切地表达了他对保护这片森林的期待心情。

梁希提出的方案最终得到了西北军政委员会的赞同。小陇山森林保住了，一片绿色生命获得了重生，为黄河水土保持设置了一道重要屏障，其生态价值不言而喻。

这次科学调研决策的过程，体现了梁希严谨、细致、求真、务实的工作作风，给后人留下深刻印象。

话剧《梁希》剧照:"梁希在小陇山林场实地调查"

链接阅读

2006年,小陇山建成了国家级自然保护区,总面积31.9万公顷。该保护区属森林生态系统类型,主要保护对象为:暖温带亚热带过渡地区森林生态系统;羚牛秦岭亚种等珍稀濒危野生动植物;生物多样性;独特的自然地理景观。媒体报道:"走进小陇山国家自然保护区,这里俨然成了既有北国山川之雄美,又有江南水乡之秀美的人间天堂。保护区内自然环境原始、独特,物种古老珍稀,生物多样性典型丰富,小陇山还是我国羚牛秦岭亚种的西分布区和甘肃省境内羚牛秦岭亚种的广大分布区。"

链接阅读

2019年10月北京林业大学原创的话剧《梁希》首演开场,其中重现了梁希在小陇山林场实地调查的一幕。媒体报道:"100多分钟的演出,生动讲述了梁希先生为祖国林业事业、生态文明事业殚精

> 竭虑、忘我奋斗的不凡人生，引导广大青年学子和科技工作者不忘初心，学习梁希的崇高精神与高尚品质，肩负起新时代赋予青年的使命。"演出现场气氛热烈，掌声久久不息。
>
> 几十年后，人们在浙江湖州规划建设梁希纪念馆时，在纪念馆二楼核心区块，专门设立了一个影院区，用新闻纪录片的方式，重现梁希在小陇山不畏山路崎岖、行进在林间调研考察的场景。这次考察从尊重事实、调查研究、了解实情开始，到调整方案、协调各方、保护资源的决策过程，成为领导干部深入调查研究、科学民主决策的经典范例。

新时代科学家的标准

国家建设需要大量科学家，科学家如何端正态度，发挥自己才能，更好地为国家服务，为人民服务，在梁希的心中，有一杆明明白白的"秤"，衡量着各自轻重。

新中国成立初期，为对抗美国为首的西方国家对新中国的经济封锁，我国与苏联开展合作，共同在南方热带地区，规划种植天然橡胶，彻底打破敌人封锁阴谋。早在几年前，梁希在考察台湾林业时，曾专门提出"为求橡胶自足自给，台湾与海南岛当为推广繁殖之适当区域"。但是，种植橡胶能否成功，大家依然心中没有数。

1951年，梁希、李范五等人专门陪同中央领导陈云前往海南岛，考察橡胶大面积种植的可能性，希望我国能建立自己的橡胶工业园。

国家的需要，就是最大的政治任务！

1952年2月，已经更名的林业部，在部长梁希统一指挥下，迅速行动，紧急动员了北京大学、清华大学、浙江大学、南京大学、北京农业大学、金陵大学等11所大学的植物系与森林系师生500多人，组成了8支调查队，前往广东、广西、云南等地勘测，规划建设橡胶种植的林地。

梁希从北京专赴广州，为调查队送行。他勉励大学生说："解放以后，中国起了一个翻天覆地的大变化，新时代对科学家的评价与旧时代根本不同。……第一，以科学家对人民有没有贡献为标准；第二，以科学家在新中国建设事业上是否发生作用为标准；第三，以科学家能否解决实际问题为标准。"①

新中国合格科学家的新标准，就是国家利益和人民利益高于一切。

几年之后，在广东的海南岛，以及广西、云南的南部山区，建起了一批橡胶种植园，生产了优质橡胶，一举打破了我国的"橡胶困局"。

林业与农业、水利紧密相关，关乎着国计民生的诸多大事。梁希的目光，不只在林业本身，还着眼于更加广阔的空间。

1950年，为了治理黄河水患，水利部组织了大批专家勘察，准备在黄河中游潼关至孟津河段建造巨型水库，用以控制黄河水患。梁希听说后，很是不安。他清楚地知道，建设水利工程，治理黄河，是国家大计，必须全力支持。但是在黄河这条"泥河"上建设大坝，从水土流失、生态保护角度看，水土流失问题不解决，极有可能产生一系列严重的问题，不作全面、科学的论证，仓促上马，会后患无穷。

他在之后的一系列重要会议上，从林业生态的角度，提出了自己的疑虑："如果黄河上游渭、泾、洛、汾、无定河五大支流，还是日夜不断地把泥土送出来，非但黄河堤防失去效力，据中央水利部报告，即水库亦不能在潼关以上修筑，因为不能控制洪水。"

第二年3月，在中国人民政治协商会议第一届全国委员会第三次会议上，梁希主动要求发言，再次表明看法，态度更加坚决："正如傅部长所说'河道被泥沙淤高，变成了地上河。'不单是河床，就是水库，也会慢慢被泥土填塞起来的。"他分析说："水为什么多沙？因为山土被雨水冲刷下来。山土为什么会被雨水冲刷？因为山上没有森林。"②他坚定地认为，不解决上游生态问题，水土流失会导致水库淤塞，会产生严重后果。

---

① 自然科学工作者组织起来了[C]//梁希文集.1983：293-294.
② 组织群众护林造林坚决反对浪费木材[C]//梁希文集.1983：281-282.

山荒会造成水灾，径流会冲走泥土地，所以，治河必先治山，保土必先保水。……中国经历几千年的治黄历史，非堵即疏或又导又疏的思路，不能解决根本问题。他主张学习德国、日本的经验，治水先要治山，治山先兴林，这才是治本之道。

当时，在黄河中下游三门峡建设大坝的呼声很高，梁希的这些话，起初不为人所理解，甚至有人怀疑其有部门利益。

为了获得第一手资料，增强说服力，梁希亲自带领林业干部，跋山涉水，四下黄河，对黄河主要支流渭河、泾河、汾河、无定河进行全面考察，对流域内森林植被进行全面调查，科学测算每年输入黄河的泥沙量。调查表明，四条支流竞相给黄河输送泥沙，黄河河床抬高是必然的。当雨季到来，形势就非常危险。他依然坚信"万山皆有甘泉，森林就是水库"。"如何能保持水土呢？造林。这是保水保土的最有效最经济的办法"。①

他最终得出了一个结论：在泥沙送河问题没有得到有效解决之前，在水情最为复杂、最为凶险的黄河中游造大坝，失败是必然的！

这个结论并没有得到众人支持。"林业部与水利部的意见相左，辩论也非常激烈，矛盾已经公开化了"②。梁希在二下黄河之后，林业部积极争取主动，以科学精神和对国家负责的态度，颁布了《治理黄河整体规划》，大力提倡植树造林，保持水土，防止黄河水灾发生。

梁希四下黄河时，国家已经明确了在黄河建设大坝的规划。一切以国家大局为重，梁希的态度也有了改变。

他亲自修改的《泾河无定河流域考察报告》里语气明显改变，报告开宗明义地写道："为了配合水利部的治黄计划，了解黄河流域重要支流的山林荒废和水土冲失情形，准备进行有系统的精密调查，准备订出水源林和水土保持的营造方案。"治理黄河方案，由林业部门主导转向由水利部门主导。

"后来的事实证明，林业部门由治黄主角改为配角，中国的治山治水就此走了一段长长的弯路。"③后来者研究得出这样的结论。

---

① 梁希.绿化黄土地高原，根治黄河水害［J］.旅行家，1956（2）.
②③ 胡文亮.梁希与中国近现代林业发展研究［M］.2016：102-103.

这期间，他出版《森林在国家经济建设的作用》一书，专门论述了如何治理黄河，强调黄河"水土流失严重"这一特殊性，重申在黄河流域"必须大规模造林"，必须学习苏联的造林模式。

1955年7月，第一届全国人大第二次会议通过关于根治黄河水害和开发黄河水利的综合规划的决议，梁希随即在中央人民广播电台发布报告。从补救措施的角度，提出"配合着根治黄河，使拥有一亿八千多万人口的黄河流域，由连年灾害变成富饶的土地，就需要进行大规模造林，把水土保持起来。因此第一个五年计划期间，我们要在陕西、甘肃、山西、河南、青海、内蒙古自治区的河流上游水土流失严重的地方，造林十七万三千二百六十公顷，封山育林四十万二千公顷。"①

10月，在第一次全国水土保持工作会议上，他作专题发言，强调森林的作用，"森林改良土壤措施，则又是水土保持工作中的基本环节之一。总结地说，要保土必须保水，要治河必须治山。因此，我们应采取各种有效措施、护林、造林、封山育林，把童山变成青山，把浊流变为碧流。"②

"新中国要有新林业"

森林是大自然的宝藏，有着自然的规律，所以林业发展，需要科学思想的指导。

梁希主政林业，主要依靠两大抓手：一是政策，一旦制定，不断加以强化；二是管理，特别是规范管山管水的工作。这两大抓手服务于一个中心，即全面落实新中国成立初期的全国林业规划。

"新中国要有新林业。"梁希带领林业部干部，经过广泛的研究调查，制定了"普遍护林，重点造林，合理采伐，合理利用"十六字方针。从无到有地建起了新中国林业的第一份家当。

1950年，梁希在《中国林业》上发表创刊词，形象地提出新中国林业规

---

① 完成林业建设的五年规划，保证供应工业建设用材，并减少农田灾害[C]// 梁希文集.1983: 397.
② 有关水土保持的营林工作[C]// 梁希文集.1983: 404-405.

划设想："中国林业，像把一个无衣无食无业无纪律无教育的野孩子，收容到教养院一样，目前虽然肮脏、讨厌，却是朝气蓬勃，前途有无限的光明。森林经理，就在于把这野孩子作一番彻底的检查：查体格，查身家，查品性，查知识，以备量才施教，做出一个通盘的计划来。林政，就在于教育这野孩子：要他懂得规则，守纪律，不乱发展，不自暴弃，扶他走上正轨。护林，像保护这个野孩子，用食品来滋养他，用衣服来保暖他，替他除害、去暴，使他慢慢地强壮起来，不再受外界的贱视、欺凌和摧残。造林，就在于医治这个野孩子：替他清血液，医疗疮，治癞痢，恢复他的毛发，健全他的皮肤和身体，使他不秃无疤，面对着大庭广众而无愧色。森林利用，则在于教导这野孩子加入生产，发挥力量，显扬材能，为社会致用，但也不允许从他身上作过分的剥削。"①

一个"野孩子"的比喻，形象而生动；四个关键词护林、造林、经营、利用，将林业四项重点工作，梳理得科学而清晰。最后一句，至关重要，"但也不允许从他身上作过分的剥削"。

这是态度，是责任，更是对发展林业环境的期待，同时，也含有一点点的隐忧与担心。

一直与梁希有着密切联系的陈晓原，发表了《中国森林的回顾与前瞻》一文，表达了对全国林业规划的支持。他在文中科学地阐述了森林的生态作用："古今中外，除掉今天伟大的社会主义的苏联，一切统治阶级只会以市侩的眼光来认识森林所产生的木材价值，很少重视过森林对于国土和人类保安的最伟大的一面"，并明确反对"年砍伐量超过年生长量"。这篇文章，给梁希以很大支持与鼓励。

随着朝鲜战争的爆发，我国经济环境发生了重大变化。"大量木材需要运往朝鲜修建铁路，国内建设全面铺开，矿山恢复，城镇建设，对木材的需求量是非常大的。各项建设都离不开木头，到处都向林业部门伸手。"李范五副部长描述当时的情形："全国林业发展规划也一再改动，'合理采伐、合

---

① 《中国林业》发刊词[C]//梁希文集.1983：208.

理利用'的底线一再被突破。"

对此,梁希非常痛苦,忧心忡忡,一直为已经到底线的森林资源担心。但他是一个目光长远的人,对所处的"一个伟大时代"的林业发展,依然充满了信心。

他对林业系统的干部说:"一方面,要克服天然灾害,消灭荒山荒地,保障农田的丰收,最好只种不伐;另一方面,为了保证供应国家建设用材,又不得不伐,在这种矛盾的情况下,我们不得不格外珍惜现在仅有的森林资源。"

林业管理制度改革,对于林业发展,有着至关重要的意义。梁希对此予以高度关注,花费了大量心血。

早在1946年,梁希赴台湾考察林业,针对各地政府为图取现利,无计划地恣意采伐的现状,提出了"将山林划归省林务处统一管理,权限上收,以此制止地方政府的采伐"的建议。第二次考察后,梁希在《台湾林业视察后之管见》,再次明确提出"国有化管理林业"的观点。

森林作为国家重要战略资源,事关国家经济发展全局。梁希认为,新中国的林业"必须由国家统一管理,采伐数量、范围严格审批"。"坚决有序地推进旧有的'林区把头制'改造,建成公有林业企业,实施有组织、有计划的科学采伐。积极引进先进技术,推进采伐作业机械化、半机械化。"

到1953年,全国建立起了51个森工局,67个木材、林化生产企业,组建起30万人的林业职工队伍。

梁希对林业新技术非常关注。在50年代初,森林资源航空测量调查,在苏联等国已经很成熟,工作效率高,进度快,节省人力。他听从林业专家的建议,亲自协调,在苏联专家帮助下,筹建了中国第一支森林航测队,组织了7架飞机,率先对大小兴安岭的3亿亩森林,

梁希在企业考察

进行了航空测量,开创了我国森林航空测量的新纪元。

1952年,在世界保卫和平大会上,梁希还专门讲到这件事。"新中国的林业建设工作刚刚开始,但它却具有极其光明远大的前途。举例说吧:森林航空测量,过去曾经只是林业工作者的一种梦想。因为蒋介石的飞机是只用来屠杀中国人民和装载豪门官僚的。但是在新中国,一九五一年冬中央和东北林业部就派出飞机视察了大、小兴安岭的森林概况,推测了单位面积的木材蓄积量。一九五二年春,整整两个月,新中国为中国林业建设服务的飞机在东北和内蒙古上空巡逻、了望,防备山火;还用大运输机在五月间替走入了深山的救火队投了粮。不久,新中国还将具备正规化的森林航空测量。"[1]

到1953年,我国建立了4000多人的部属林业调查队,在长白山、大小兴安岭和白北江流域展开大规模森林资源调查,完成了3390万亩林区的调查、设计,进行了9000万亩森林的经营调查,增进了对9000万亩森林资源调查和1800万亩林区概况的了解。

1956年,钱崇澍等五位林学科学家向全国人大常委会提交了"关于需要在全国各省(区)划定若干个森林禁伐区(自然保护区)"的提案。

> 钱崇澍(1883—1965),浙江省海宁人,植物学家、教育家,中央研究院院士、中国科学院院士。是中国近代植物学的奠基人与开拓者之一,中国植物分类学、植物生理学、地植物学、植物区系学的创始人之一。

建立森林禁伐区,是保持森林自然状态、保护植物种群不受人工损害的重要措施。梁希对此高度认可,要求林业部马上动手,起草《关于天然森林禁伐区(自然保护区)划定草案》,递交国务院下发。

1956年,经国务院批准,在广东省鼎湖山建立了我国第一个自然保护区,拉开了我国自然保护区建设的序幕。

---

[1] 林业工作者坚决保卫和平[C]//梁希文集.1983:297.

> **链接阅读**
>
> 如今，鼎湖山国家级自然保护区面积1133公顷，保存着较完整的南亚热带季风常绿阔叶林，具有极高的科学价值。1979年被纳入联合国教科文组织的世界自然保护区网，成为联合国"人与生物圈"热带亚热带森林生态系统研究的一个定位站。鼎湖山国家级自然保护区在建设现代化、管理科学化和宣传教育普及化，为全国自然保护区的建立提供了宝贵的经验。
>
> 目前全国已经建立自然保护区2740个，面积147万平方千米，约占国土面积14.83%，高于世界平均水平。

梁希出任林垦部部长，是一件意义非凡的事。正如其好友、林学家陈植所言："素不为人重视的林业竟能成立专部，并以林学专家出任部长，开我国有史以来未有之先例。"[①]

陈植颇有感触地说："由于中央有林业部的设置，林业行政，各省（区）和各县分别设有林业厅（局）；林业教育：则有林学院的设立，并于一院之内分设数系；林业科学研究：除中央设林业科学研究院及院属各所外，各省（区）皆设林业科学研究所。这各项体制的建立，梁老之功，不可没也。"[②]

植树造林，绿化祖国

梁希留学日本时就清楚，要改变中国旧面貌，必须改变中国的山河面貌。

第一个重点是育林，即保护现有的森林不受破坏，不乱砍滥伐，不发生森林火灾、虫灾等，保护森林面积不减少。

日本自明治时期开始实施"保护林制度"，森林覆盖率有60%多，而旧中国森林覆盖率估计只有10%左右，且这些森林分布极不均匀，主要集中

---

①② 陈植.怀念梁老叔伍先生[C]//梁希纪念集.1983：32-33.

在东北及西南山区。人口密集的黄河中下游地区,森林覆盖率极低,所见到处是荒山、荒漠、荒地。由于缺少森林屏障和水源涵养,西北地区一直受到风沙肆虐,沙进人退,土地荒芜,严重影响生产生活,甚至已经"危及国本";黄河中下游地区,由于历代滥采乱伐,森林植被极度缺乏,水土流失严重,河道淤堵,洪水泛滥成灾,成为祸及民生的重点难题。

1949年12月,新中国的林垦部召开了第一次全国林业工作座谈会。众多跨越新旧两个时代的林业专家纷纷发言,就中国林业发展提出了意见与建议。

梁希率先提出,"封山育林确是消灭荒山保持水土最有效的最经济的办法。这一政策对医治战争创伤、恢复森林能起很好的作用……开垦山坡不能增加社会总产量,被开垦的土地充其量不过在初一二年内略有增产,可是陡坡开垦必难久保,迟早要造成……坡地变石地,川水变沙田,走到山穷水尽、不可挽救的地步"。

1950年,政务院发布了《关于全国林业工作的指示》,要求在风沙水旱灾害严重地区发动群众,有计划地造林,并大量采种育苗以备来年造林之用。1954年,林业部确定以水土流失严重的河流、水库上游山地和灌丛、疏林地为封山育林重点,将黄河、淮河、永定河、辽河等大中河流上游山区都逐渐封禁起来。随后,全国建立了9.6万多个护林组织,组成115万人的护林队伍,普遍建立了防火设施、瞭望台、气象站等。

第二个重点是,大规模地植树造林,增加森林面积。新中国成立后,梁希每次在大会发言、讲话中,竭力地强调,要"有计划、有步骤、有重点地坚决执行群众路线去进行造林"。

植树造林,绿化祖国,受到共和国领导人的高度重视。中央领导人多次与梁希深入交谈,听取他对林业发展的意见。

首都的西山绿化,就是一个典型而生动的案例。

西山是北京城西面的生态屏障,但当时这一带森林仅有4200亩,森林覆盖率4.7%,缺林少树、杂灌丛生、地表裸露、水土流失,无法有效阻挡风沙。

地方上的绿化造林运动

在梁希亲自指挥下,林业部派人对西山十多万亩荒山进行调查,拟定西山造林的初步设计,即建设风景林。"西山绿化"进入了快速轨道,广大干部、职工、解放军、学生和市民,每年都踊跃参加植树造林,是全国绿化造林的先进典型。

1954年6月19日,梁希在全国人大一届三次会议上,作了《争取做到全国山清水秀、风调雨顺》的发言。他提出:"在这十二年内,我们最重要的任务是:第一,创造先进经验;第二,培养青年专家。有了经验,有了青年,就可以五年又五年,一代又一代,连续不绝地工作下去。全中国山清水秀、风调雨顺、人寿年丰。"

第三个重点是,梁希成功地将植树造林、水土保持与治理黄河结合起来。

1955年7月30日,第一届全国人民代表大会第二次会议通过了根治黄河水害和开发黄河水利的综合规划。梁希对此十分高兴,认为这是中华民族几千年来梦寐以求的长远规划。10月,农业部、林业部、水利部和中国科学院联合举行了第一次全国水土保持工作会议,他以"有关水土保持工作的营林工作"为题发言,断言"要保土必须保水,要治河必须治山"。他建议"采取各种措施:护林、造林、封山育林"。

梁希非常重视黄土高原的绿化，先后四次赴黄河流域考察，分析黄河水土流失的原因并提出对策。1956年，他写了《绿化黄土高原，根治黄河水害》一文，对黄河水患进行了科学分析："黄河高原的水土保持，是根治黄河的一项关键工作，因为黄河航运和灌溉的不发达，以及上游旱灾和下游水灾的时常发生，主要是由于中游水土流失所造成的。如果中游地区能够保住水，不让它沿山坡径流，保住土，不让它无节制地跟着雨水冲下去，水灾就可以避免。"

"如何能保持水土呢，造林，就是保水保土的最有效的而且最经济的办法。理由很简单，山上有了郁闭的林子，几乎可以把百分之九十以上的雨水保留起来。保留的水，一小部分慢慢地向空中蒸发，一大部分透入土中，而透入土中的水，一部分把土壤浸润，供植物生长之用，另一部分变成了地下水，曲曲折折地流出山来。这样，万山皆有甘泉，森林就是水库，每一个丘陵、每一个山岳的黄土既被树林盖满成青山，每一条沟壑、每一条河流就会有涓涓不绝的清水流入黄河，黄河于是可以变成碧水之河。"

有一次，当他得知在延安召开"五省（区）青年造林大会"时，亲自撰写《黄河流碧水，赤地变青山》一文，发表在《中国青年》杂志上，向青年们宣传治河、治山、保土、保水的关系，期待着"黄河流碧水，赤地变青山"，向青年们展示了祖国未来绿化的美丽远景。

丰富的林业知识，高昂的理想情怀，使梁希林业思想充满了想象力，描绘一幅幅的美丽图景，激起人们对未来的强烈向往。

1950年，梁希在全国林业工作会议的工作报告中，详细地报告植树造林的辉煌业绩："在河北，各地都成立沙荒造林局，大力推动造林。冀西有7个县，1950年3月发动春季造林，栽树7972600株；永定河下游4个县，从1950年到1953年，营造林带总长度2806公里，98万亩土地得到了有效防护。翻身不久的农民，看到了造林的成效，积极性特别高，涌现了植树模范，获得了耕牛等奖励。"

梁希十分高兴，会后热情地招呼着全国植树模范石玉殿等人，一起合影留念，勉励他们要种更多的树，造更多的林。

梁希还撰文表达了喜悦心情:"感谢中国共产党,它把四亿多中国农民一向被束缚了的传统智慧和无穷无尽的生产潜力解放了出来,供我们群众造林之用,使我们有力量把冀西34000多公顷沙荒消灭了42%,还将继续消灭,使我们有可能把豫东32万公顷防沙林网在明年完成,把永定河下游四县的护岸林和防风

1950年梁希与全国劳模石玉殿等人的合影

林在明年造成;使我们在东北营造全长1700公里、分布面积达2000万公顷的西部防护林,使我们有勇气与陕北的神木、高家堡、榆林、靖边、安边、定边一带的沙灾作斗争,与宁夏从磴口到中卫沿黄河一带的沙灾作斗争,而在那些地方准备计划造防风林带。"①

1954年,第四届世界林业大会(World Forestry Congress)在印度新德里召开,中国作为特邀代表第一次出席大会。在会上,中国代表介绍了新中国林业建设的成就,与会代表都感到惊讶,认为中国所取得的成就,为其他国家做出了好榜样。

美好的梦想照进现实

斯人已逝,思想永存。梁希的美好梦想,终于照进现实。

1954年,他发表了《森林在国民经济建设中的作用》一文,影响十分广泛。在文中,他全面阐释了森林对于农业建设、森林主产物(木材)对于工业建设、森林副产品在国民经济建设中的作用,提出许多对于森林、林业、林产化工等方面的新认识。

---

① 三年来的中国林业[C]//梁希文集.1983:303.

"森林不是孤立木（孤立的树木），中国有一句古话，'独木不成林'。林木（森林中的树木）和孤立木不同。孤立木的树干往往弯曲，而林木则亭亭直立；孤立木的树干下部粗上部细，而林木上下直径相差不远；孤立木结子较多，而林木结子较少。"①

"森林也不是任何树木的总和。行道树、庭园树、铁路两旁的树，都算不得森林。只有在单位面积土地上，树木达到了一定的数量而成为一个集团，这个集团，一方面受着环境的影响，另一方面又影响着环境，使环境因它而发生显著的变化，像这样的许多树林的总和，才叫森林。可以说，森林是创造自己环境的林木整体。也可以说，森林是森林本身和它的环境的统一体。"②

"正因为森林与它的环境起着相互作用，所以它对于水、旱、风、沙等灾害有相当的控制能力，从而对农田水利有显著的效用。"③

他以林业科学家的独特眼光，看到森林在国民经济建设中起到的重要作用，在我国这样一个少林缺林、水土流失又深受风沙危害的国家，迫切需要发动群众大规模的植树造林，以林治沙，以林防害，保持水土，保护耕地。

他认为，在东北西部、内蒙古东部、陕西北部地区和广大平原地区发动群众营造基干林带、支干林带和网状林、固沙林等，是行之有效的方法。这一重大的科学建议和设想，具有超前的科学价值。

链接阅读

20年后，这一伟大构想，得以全面开始实现。

1978年，国务院批准启动"三北"防护林建设重大工程。我国西北、华北及东北西部，风沙危害和水土流失的现象十分严重，木料、

---

①②③　森林在国家经济建设中的作用[C]//梁希文集.1983：357.

燃料、肥料、饲料俱缺，必须通过植树造林的办法，在西北、东北、华北地区建设大规模防护林带，形成生态屏障。这条"绿色长城"，拱卫着中国北方大地，被誉为"世界生态工程之最"。

至现在为止，我国每年造林9000万亩，森林覆盖率达到22%，林业生产总值超7万亿，大约占全国生产总值10%。

进入新时代，党和国家将"生态文明"纳入中国特色社会主义建设"五位一体"的总体布局，提出了"美丽中国"建设目标。以生态文明为基础的"美丽中国"，拥有"山清、水秀、天碧、地绿、海蓝"的生态环境，是人类文明繁荣延续的基本物质前提，是经济社会实现可持续发展的根本保证。森林作为陆地生态系统的主体，在保持和创造良好的生态环境中起着决定性和不可替代的作用。

梁希怀抱着"绿化大地"的美好理想，就是"美丽中国"最早版本："要绿化村庄，绿化道路，绿化河岸，绿化城市。要绿化中国的山，从而绿化中国的水。"

"要联合农业、牧业、水利、燃料工业的工作者和植物、昆虫、土壤及其科学工作者，同广大群众一道，向全国三万万公顷的荒山斗争，向陕北一千几百里的长的沙龙斗争，向大小河流，特别是三千年来给中国人民带来了灾难的黄河斗争，要努力做到黄河流碧水，赤地变青山。"

他对于森林的热情，与政治热情一样的高涨。他写道，如果红色的共产主义先行到来，而绿色的山林还没见到，这是"极不协调的"，"红色的中国，也必须有绿色的山林来配合"。

他满怀深情地描绘中国的未来："山青了，水也会绿；水绿了，百水汇流的黄海也有可能渐渐地变成碧海。这样青山绿水在祖国国土上织成一幅翡翠色的图案。"

青山、绿水、碧海，不正是一幅"美丽中国"的愿景图吗？

> **链接阅读**
>
> 　　2005年8月，习近平总书记在浙江工作时，在梁希的家乡湖州安吉考察，对当地通过民主决策、关停矿山、走绿色发展之路的做法，给予高度肯定，提出"绿水青山就是金山银山"的科学论断。如今已经成为全社会共识，引领着"生态强国"建设的强劲步伐。

> **链接阅读**
>
> 　　1979年2月23日，第五届全国人民代表大会常务委员会第六次会议决定，以每年3月12日作为中国植树节，明确提出"到本世纪末，我国森林覆盖率达到20%"的奋斗目标。
>
> 　　1980年3月12日，正值第二个植树节，国家邮政部门发行了《植树造林，绿化祖国》特种邮票，全套4枚，代表不同的树木场景：一是"经济林"，画面为半环形的梯田，上面植有排列整齐的果树，寓意经济发展和绿化环境为一体；二是"四旁绿化"，画面为笔直伸展的公路，路旁为挺拔高耸的树木，路旁、村旁、屋旁、河旁的绿化，是绿化国土的重要内容；三是"飞播造林"，画面为一架飞机在群山中播撒树种。四是"厂矿绿化"，画面为一座倚江而立的大型工厂，正被郁郁葱葱的林木包围。
>
> 　　这一组以"绿化造林"为主题的特种邮票，完美地诠释了梁希这一代"林人"坚守的理想：处处青山，无处不绿！

　　"无山不绿，有水皆清，四时花香，万籁鸟鸣，替河山装成锦绣，把国土绘成丹青。"

　　这是梁希的梦，是所有"林人"的梦，也是所有中国人的绿色之梦！

第十一章 科普名家

嘉木名诗

大树
清朝 袁枚

繁枝高拂九霄霜,荫屋常生夏日凉。
叶落每横千亩田,花开曾作六朝香。
不逢大匠材难用,肯任深山寿更长。
奇树有人问名字,为言南国老甘棠。

林人树语

  甘棠就是棠梨树,落叶乔木,果实小,可食,一般作为嫁接各种梨树的砧木。甘棠平凡而不卓,史称召公巡行南国,曾在甘棠树下休息议政,民思其德,爱其树,不忍伐,作甘棠诗,后人遂以甘棠作为颂扬官员政德之词,"甘棠"成为循吏美政的符号。

林学传播的先行者

梁希是一位林业教育家和科学家，长期从事林业教育，传播林业科学技术知识。为了实现青年时立下的"科学救国"梦想，他以教学与科研为手段，积极传播现代科学知识，促进人们对于提高林业资源、林业与自然环境、林业与经济生活关系的认识，让林业科学真正服务国家，服务人民。

他的科学传播历程，与他长期进行科学研究、科学实验、技术改进等密不可分，体现了科学探索的使命，体现了科学精神与科学方法，使得科学传播更加具有权威性和现实价值。

他是林学知识传播的积极倡导者、参与者。他长期从事林业，治学严谨，授业惟勤，著译甚多，成果丰硕，在森林利用学、木材学和林产制造化学方面建树尤多。他撰写了《林产制造化学》《木材防腐学》《木材菌害》《松脂试验》《樟脑（樟油）制造器具之商榷》《中国十四省油桐种子之分析》《重庆木材干馏试验》《木素定量》《竹材之物理性质及力学性质初步试验》《川西（峨眉、峨边）木材之物理性》《活化石木材的性质》等大量科学专著或学术论文，翻译《德国采脂之新方法》《盐酸刺激法所得松脂之法》《木材制糖工业》等，另外还有大量有关林业的讲话、发言等，这些构成了我国最早的一批林业科学传播资源。

毫无疑问，这些论著充分体现了梁希的科学思想、科学精神，构成了林业科普的重要内容。毫无疑问，他是最早从事林业科普和林业生产技术研究应用的科学家之一。

1929年，梁希发表了题为《民生问题与森林》的文章。他这样说："进化学家说，猴子是人类的祖先。我说森林是人类的发祥之地。人类所以能够发达到现在的地步，都是森林的功劳。所以饮水思源，我们要把森林看得神圣似的才对。""衣食住行都是靠着森林。国无森林，民不聊生！……我们若要教我们中国做东方的主人翁,我们若要把我们中国的春天挽回过来,我们万万不可使中国'五行缺木'!万万不可轻视森林!"

梁希介绍林化工业这一新技术时,特别注意从生活入手,让百姓听得懂,引人入胜,活跃生动。他说:"一木材干馏可得醋;二木材可造酒;三木屑可制造酒精;四木纤维和硫酸蒸煮转化为糖;五木纤维可造人造丝;六用木材可做飞机。"这六个部分,都是百姓生活中熟悉的东西,既介绍了知识,又增加了趣味性,大大增加了可读性。

梁希最初的科学传播活动,与创办自然科学座谈会、中国科学工作者协会、九三学社等都有密切关系。这些活动及组织的核心理念,离不开科学教育与普及,最初的一批成员,大多是从事自然科学教育与研究的专家,对于科学教育、普及科学知识极为了解,也非常热心。

《新华日报》的副刊《科学》

在重庆的这些日子,梁希、潘菽、金善宝等人协助《新华日报》编辑《科学》副刊,传播科技新知,介绍科学信息,回答读者来信,解答科学问题,成为中国科普史上的一段佳话。

梁希几十年来所撰写的调查文章、大会讲话等,包含大量的科学数据、具体事例,如同一篇篇科普报告,能让人学到很多知识。

1939年,他曾在广播电台上作"造林在我们自己的国土上"科学演讲,对比德国、英国、印度、缅甸、芬兰、日本、朝鲜等国林业管理与造林的情况,分析中国林业及造林状况,提出在"自己的国土上"当家作主、大力植树造林的紧迫性和必要性。他态度鲜明地提出:"运动造林,仅仅贴几张标语是不够的,做几篇文章也是不够的,声嘶力竭的演讲还是不够的。我们要实事求是,指定专款,行政设专署,试验设专场,合理化地、科学地、有系统地、有步骤地用国家的力量来经营森林,同时推动和奖励民营林业。"

1948年，他与朱惠方合作发表了《台湾林业视察后之管见》，洋洋洒洒一万五千多字的报告中，罗列了大量数据和事实，从八个方面翔实细致地阐述了台湾林业的情况，从地理地貌至植物种类，从林业经营到森林保护，从木材加工到采伐运输，全面综合地分析了台湾地区林业发展路径。如同一本台湾林业发展规划书，系统而全面，专业而科学，展示了他深厚的林学知识与深邃的林学思想，对于台湾林业发展具有很大的启示作用。

梁希曾多次对黄河流域及其支流进行科学考察，积累了黄沙水量、泥沙含量、各流域内植被情况、木材蓄积量、植树成活率等大量的数据，一目了然，极具说服力。

在《这一次春季造林》一文中，他既科学地分析了缺乏森林导致土壤流失、导致河道堵塞、导致洪水灾害的现象，阐述森林重要的生态屏障作用，又大量引用了英国、美国、苏联等国家木材贸易的数据，说明林业发展对于促进林业工业的重要作用，得出"木材之消费量，与建设事业成正比例"的科学结论，强烈呼吁，"从一九五〇年起，木材用量必跟着工业的发展而提高，为补充木材的消耗量起见，也必须即时造林，不容迟疑"！

新中国工农业生产迅猛发展，对于木材的需求剧增，再次印证了他的科学预见。

担任全国科普主席

梁希与同时代的许多知识分子一样，在国外接受过现代科学教育，对普通民众缺乏科学知识、生产技术落后的状况，有着非常直观的感受和深刻的了解。这一个群体，经历过时代洗礼，自觉汇聚在"民主""科学"大旗之下，以他们的智慧和情怀，以科学探索的自觉精神，追逐着"科学救国"的梦想。过去，在旧制度旧体制下，内忧外患，乱象横生，"科学""民主"成了奢望，曲折而漫长的过程，伴随着流血、牺牲，让不少有志之士充满了失落、伤心、绝望的情绪。

"人民当家作主"的新政权建立，开启了新时代，给科学追梦人以新的希望。

1949年7月,距北京解放不到半年,中央人民政府还未宣告成立,刚刚步入北京的新中国领导人,对于科学界的重要作用及影响力,就有着极其清醒的认识。7月13日,第一次中华全国自然科学工作者代表会议在北京隆重召开,到会的有从香港等地辗转而来的大批科技界、教育界的知名人士,人数达205名,群贤毕至,高朋满座,场面隆重而热烈。周恩来、徐特立、李济深、郭沫若、叶剑英、沈雁冰、谭平山、史良、蔡廷锴、陈其尤等中共及社会各方面重要人物出席大会,革命家、教育家吴玉章致开幕词。

这是一场高规格的政治倾向明显的大会,向久经战乱的广大知识分子传递了一个强烈的信号:新中国需要科技,需要大批的科学家。

会上,吴玉章当选为主任委员,梁希、李四光、侯德榜等当选为副主任委员。

大会有一个重要议程,选举参加第一届人民政协会议的科学界代表。梁希、李四光、侯德榜、贺诚、茅以升、曾昭抡、刘鼎、严济慈、姚克方、恽子强、涂长望、乐天宇、丁瓒、蔡邦华、李宗恩15人当选为正式代表,靳树梁、沈其益当选为候补代表。

参加中华全国科代会的代表合影

参加全国科普专职干部会议的代表合影

这是新中国成立之初科学界的一次盛会,是科学家参与国家事务管理的一个开端,无论在科技史上还是共和国史上,都是值得大书特书的。

大会闭幕式上,梁希致闭幕词。他对未来充满信心,热情地向科学家们发出号召:"科学工作者要向工人农民看齐,团结起来,意志集中,力量集中,坚定地跟共产党走!"

据统计,参加第一届全国政治协商会议的科学界精英有662名,其中,至少有350多人,是摆脱了国民党重重迫害和威胁,千方百计绕道香港等地,千里辗转,抵达北京的。他们历经艰险,毅然选择北上,正是人心所向,大势所趋!

新中国新事业,需要科学技术,需要科学家发挥聪明才智、焕发青春活力。

1950年8月18日,中华全国自然科学工作者代表会议在北京召开,成立中华全国科学技术普及协会(简称"全国科普")。

从旧社会走向新社会,从不同科学领域走向一起,科学研究与科学普及并行发展,知识分子群体中难免会有些不同的看法。周恩来总理代表党中央,作了《建设与团结》的重要讲话,帮助大家提高思想认识,消除大家的疑惑,强调科学具有建设新中国的重要使命。周总理指出:"人心不同,各如其面。人们的智慧、才能、性格各有不同,相互之间有时是有矛盾的。团结就是在共同点上把矛盾的各方统一起来。善于团结的人,就是善于在共同点上统一矛盾的人。"①

"我们在自己的队伍中,就是要强调统一与团结。统一矛盾并不妨碍个性的发展。"②

以诚相交,以业聚才,科学在新时代展示出新的活力。

科普促进科技发展,也是新中国经济社会建设的重要组成部分,得到了新中国领导的高度重视和肯定。新中国的科普,需要科学家参与,需要人民参与。

在这次会议上,梁希当选为全国科普主席,竺可桢、丁西林、茅以升、陈凤桐为副主席。

全国科普,是新中国第一个全国性的从事科学普及工作的群众组织。它与新中国成立前中国科学社、中国科学工作者协会等科技组织不同。它不再是纯粹的科学家或知识分子的自我组织,而是有各个层次的科学工作者与生产一线工人农民参与的组织。其重要职责就是动员和组织科学家,走出"象牙之塔",主动服务社会、服务民众。成千上万名科学家、教育家,摆脱"埋头于做学问"的旧传统,深入田间地头、工厂车间,面向工人、农民和学生,把自己所学的科学知识,奉献给社会,传播给普通劳动者。

中国近现代知识分子,怀抱"科学救国"梦想,期待振兴科学技术,改变中国的落后面貌,开启民智。

科普组织的成立,受到科学工作者普遍欢迎,也得到政府的高度认可。

中国科协在总结70年的科普历史时,有这样一段阐述:"全国科普成立后,与隶属文化局的科普局共同推动全国科普工作。1951年10月1日,文化部科普局和文物局合并,成立了社会文化事业管理局,除了全国的科学馆工作归新局领导外,其他推动和组织科学普及的任务统一由全国科普来

---

①② 建设和团结[C]//周恩来选集:下.北京:人民出版社,1984:29-30.

担任。"①

梁希曾自豪地向到访的英国人民文化代表团介绍说:"一九五〇年八月,我们成立了中华全国科学技术普及协会,普及科学技术,就是把科学技术带到工农大众中去,使他们在经济建设中能发挥更大的力量。两年来,协会在不断地壮大,分会分布全国二十九个省、市,支会分布在二十二个省辖的县、市。国内著名的科学家、技术专家、教师、医务工作者、工程师、农林水利学家一万三千多人参加到协会的行列中来,担负起普及科学知识的光荣任务。"

"两年中,各地分支会一共举办了一万一千二百多次讲演,组织了近四百多次科学展览。通过这样的科学普及工作,不单是科学工作者联系了群众,受到群众热烈的欢迎,而且可以向群众学习许多工业的或农业的宝贵经验。所以一方面做群众的先生,一方面又做群众的小学生。这又是一个大转变。"

"不仅生产建设而已,就像今年四、五、六三个月的爱国卫生运动,各地成千上万的科学工作者,有组织地参加宣传工作,像这样'平凡'的宣传演讲,在旧中国学院式的科学工作者是不肯做的,而在新中国,大学教授也参加了。这又是一个大转变","我们中国的一切都变了,中国科学工作者的一切也变了。"②

这是一个获得身心解放、充满理想的科学工作者的心声。对于新中国科普事业,充满着激情,满怀着希望。

身体力行的科普人

梁希担任了全国科普主席后,"一直忠于职守,不做挂名领导",百忙之中,仍亲自主持处理协会的会务,领导规划科普宣传工作;身体力行,亲自作科普报告,撰写科普文章,还提出了许多有关科普的真知灼见。

---

① 中国科普研究所科普历史研究课题组.新中国科普70年[C].北京:人民出版社,2019:22.
② 在招待英国人民文化代表团座谈会上的讲话[C]//梁希文集.1983:289-291.

当时，科学普及工作明确要从培养干部做起，把知识分传到工农兵、广大群众中去。把科普与反对封建迷信、与教育扫盲结合起来，正如文化部部长沈雁冰所说，"科学知识的普及工作，首先必须是一场群众性运动"。

科学家热心科普，许多专家学者把科普作为一项科学事业来做，以极大的热情投入科普工作中去。一大批著名的科学家都到一线从事群众科普工作，如以华罗庚的优选法、统筹法为主要内容的数学科普，钱三强的核能科普，钱学森的力学科普，严济慈的物理科普，王绶琯的天文科普，吴觉农的农业科普，以及傅连暲、黄家驷、吴朝仁等人的医学科普，风靡一时。"他们都是热情的科普志愿者，凭借着理想和热情工作，劳动是无偿的。"

时代呼唤科学，需要科普，科学家和大批科学工作者成了科普的主力军，在全国形成了群众性的学习科学的热潮。

梁希编著的科普读物

梁希是其中之一。《新中国科普70年》这样评价："科学家梁希讲林业，70多岁的人，不休息，'一棵树等于一个小水库'，一口气讲完，而且讲得很生动。"

梁希在《中国林业》《知识就是力量》等杂志上，连续发表了《科普协会的性质和方针》《科学普及工作的新阶段》《在百花齐放百家争鸣的方针下做好科学普及工作》《农民需要科学翻身》《妇女有权要求科学家普及科学》《广泛发展工会和科普协会的合作关系》《掀起科普工作高潮》《把科学技术知识交给人民——为〈世界科学〉而作》等一系列文章，对科普的重要性、作用发挥以及科普创作等进行全面阐述，对不同的人群开展科普，提出明确的要求。

有一次，《大众电影》杂志介绍纪录影片《白山黑水话森林》，邀请梁希写宣传文章。他非常高兴，很快就写了《中国第一部森林影片和群众见面了》一文，专门介绍林业科学知识和发展历程，充分肯定用电影等多种方式面向公众进行林业知识的科普的作用。

1954年，为了配合国家第一个五年计划的实施，为了普及林业科学知识，尽管公务繁忙，他依然亲自执笔，编写了一本图文并茂的科普图书《森林在国家经济建设中的作用》，详尽介绍了什么是树木，什么是森林，并列举了大量事例、数据，科学地论述森林在防旱、防洪、防风、防沙中的重要作用。他热情呼吁："森林、森林主产物和森林副产物对经济作用如此，在国家经济建设的高潮即将到来的时候，全国数亿公顷的山地和林地，都等待着林业工作者去研究、发掘、经营、改造和更新，为祖国消灭天灾，为人民增加财富。"

在一次讲座中，他专门讲到用木纤维可以制人造丝和人造羊毛。当时，这一技术对于中国人来说，是很少接触的。他作了这样通俗的介绍："把木片和亚硫酸或氢氧化钠放在锅中一蒸，除去淀粉、木质素和不纯粹物，留下的就是真正的木纤维，然后用酸化铜的阿摩尼亚溶液溶解，调成薄浆，再用压力向毛细管中压出，一条一条导入醋酸或其他酸类，便凝结成丝。人造丝的开端是1844年法国人发明的。人造丝的功用，一是染色相宜，鲜丽异常，二是光彩胜过天然丝。"这样的描述非常清晰，介绍了整个人造丝生产工艺过程及发明历史，还列举了几种化学药品，让听众充满了新鲜感和好奇。

他还用表格介绍了欧美各国人造丝产量等信息，甚至他还亲自进行设计，改良人造丝喷头装置。"三十年代中央大学森化室已经能够用滤纸代人造丝浆煌粕制造人造丝，一次喷出的丝可长到数十米不断。"

梁希一向重视民众林业教育，主张通过教育，让乡民子弟产生爱林之心，从而更有利于造林、护林运动的开展。他号召林业科技人员，广泛开展多种多样的科普活动，在普及林业科技知识中发挥重要作用。

"或开贫民学校，或设半日学校，或巡回演讲，或开会讨论，使农民懂得浅近知识，受相当教育，其子弟因此而起爱林之思，其父老亦因此减去畏官的积习，如是，则森林非独易于造，且易于保护矣。"

不少地方的乡民，是因为缺乏森林知识，才滥垦山林。因此，他经常告诫同行，"要做更多更深入的发展林业的宣传教育工作"。

梁希将群众路线视为林业发展的"一条光明的大道"。他说，必须广泛进行宣传教育，将政策落实到群众的实际行动。做到每个林业工作者都是一个很好的宣传者、组织者和技术指导者。

"应该把科学交给大众"

作为深受科学精神浸润的科学家，作为新中国科普事业的领导者，梁希对科学传播、科学普及有着深刻的理解。在科普对象、科普方式、科普内容、科普创作，以及科学家做科普等方面，都有精辟论述和独到见解。

为配合全国总工会与全国科普联合召开的全国职工第一次科学技术普及积极分子大会，他撰写了《科学普及工作的新阶段》一文，要求各级科普组织"密切结合党与行政的中心任务，与群众的实际需要，采取多种多样、灵活生动的形式，广泛深入地开展科学技术普及工作"。①

他提出："向劳动群众普及科学，是为了壮大我们的科学队伍，是为了结合千千万万人一道向科学进军。……工农劳动群众对科学家的科普工作，不但有提出的必要，而且有提出的权利。因为科学是大众的，科学家应该把它交还大众。"②

他认为，自然科学是生产斗争知识的结晶，生产离不开科学，所以全国各厂矿、企业的工人群众，不论男女，都迫切需要科学知识。至于在实际生活中，则范围更大，在"你周围的事物"更多，从而与科学的接触更广。

梁希有一段广为人知的科普名言："开门七件事：油、盐、柴、米、酱、醋、茶，这里头都有科学；天上日、月、星、辰、风、云、雷、电都是科学；地上山、水、草、木、鸟、兽、虫、鱼都是科学；春、夏、秋、冬，寒来暑往又是科学；只要人生还留一口气，这一口气就有科学。"③

他以科学家的独特眼光，对科学普及的工作范围、内容进行了形象而

---

① 科学普及工作的新阶段[C]// 梁希文集.1983：450.
② 农民需要科学翻身[C]// 梁希文集.1983：453-454.
③ 妇女有权要求科学家科普[C]// 梁希文集.1983：455.

生动的描述。

他深知中国农村的落后现状，所以特别重视面向农民尤其是妇女的科普。

他在《学科学》杂志上发表《农民需要科学翻身》一文，提出"科学宣传应深入工厂和农庄"。农民需要科学才能翻身，有知识才有力量，有力量才有生产力。

1956年，他在《中国妇女》杂志上发表了《妇女有权利要求科学家普及科学》。文中写道："她们学了科学，不但能够大大地提高工农业生产，还能够保护人民生命，增进儿童健康，消除旧社会遗留下来的一切封建迷信思想。"他还说："这样做，是直接地提高妇女科学知识，也就是间接地替国家培养后一代的科学种子。"①

1956年1月，中央在关于知识分子问题的会议上提出"向现代科学技术进军"的口号，同年4月，中央提出"百花齐放，百家争鸣"的方针。梁希的身份是全国科普主席，便马上推进执行。

7月19日，梁希在《人民日报》上发表《在百花齐放百家争鸣的方针下做好科学普及工作》一文。他认为："最重要的问题，我以为只有两个。第一个问题是：用什么东西为人民服务，即科学普及工作的内容怎样？回答是，'百花齐放'；第二个问题是：怎样做好科学普及工作？回答是'百家争鸣'。"②

他认为，科普的方式需要艺术化、形象化，目的是让人容易懂。"在科学普及工作上，我以为这两句话可以拿来作为金科玉律。因为，一方面科学技术普及协会的工作本身是科学，在一定范围内要有科学的严肃性；但是另一方面，我们的工作要普及，要说得人们容易懂，要引人入胜，叫大家听了或看了对科学发生兴趣。所以，文字要写得轻松、灵活，配上美丽生动的图画。有时不妨把植物、动物、矿物'人格化'起来：土壤可以称妈妈；树木可以编军队，也可以进学校；鸟、兽、虫、鱼可以说话；如有必要，天上

---

① 妇女有权利要求科学家普及科学[C]//梁希文集.1983：457.
② 在百花齐放百家争鸣的方针下做好科学普及[C]//梁希文集.1983：444-447.

还可以走出'神仙'来。可以说,科学普及工作,是带一些文艺性的。"①

"科学普及文章和科学研究报告不同。它是写给非专业的人看的,必须深入浅出,写的通俗。而要保证文章通俗,不能凭作者一个人的看法,必须通过学组中多数人的评定,才比较可靠。"

他十分强调科学家面向公众科普,他说:"科学家把科学知识献给劳动群众,正是求之不得的光荣任务。科学家除做研究外,应广泛地展开科学宣传,科学家的演讲不应以百计,而应以千百万计。"

他把科学普及作为国家科学事业发展的重要方面,他相信做好科普工作,能激发人们对科学的兴趣,培养科学的未来,促进科学的发展;以科普提高民众科学素质,能促进生产发展,让人民过上幸福的生活。

他对科普作用有着积极的评价:"近年来,从各地科学技术普及的工作中,协会已摸索出科普宣传的方针,这就是:科学宣传,必须结合生产、结合群众实际生活来进行。而具体的工作方法上,必须贯彻小型多样,通俗易懂、生动活泼、吸引自愿的原则。这些经验对今后科学技术普及工作的开展,有极大的推动作用。"②

他十分期待,知识分子和工农劳动群众同心协力,培养出"科学种子",将来可以开出美丽的"科学之花",得到丰硕的"科学之果"。

当选为中国科协副主席

根据国内外形势发展需要,一批科学家提出让全国科联和全国科普两大团体合并的建议,"组成一个统一的科学技术团体,以适应当时技术革命和文化革命的需要",两大团体合并"有利于贯彻普及与提高相结合、工农群众与知识分子相结合、生产教学科研工作相结合的方针,有利于进一步克服科学技术界脱离生产、脱离实际、脱离群众的倾向"。

1958年9月18—25日,全国科联、全国科普在北京召开全国代表大

---

① 在百花齐放百家争鸣的方针下做好科学普及[C]//梁希文集.1983:444-447.
② 广泛发展工会和科普协会的合作关系[C]//梁希文集.1983:461.

会，两大科技团体合并，成立了中华人民共和国科学技术协会，简称"中国科协"。德高望重的梁希当选为中国科协副主席。

根据章程表述，中国科协是党领导下的人民团体，是国家科技工作的重要组成部分，它有着明确的性质、目标、任务，旨在团结和动员全体科技工作者，开展学术交流、科学普及，促进科学技术事业发展，为国家经济社会发展服务。

这时成立的中国科协，与中国科学工作者协会的简称一样，二者之间有密切联系，也有一些区别。它们分别是我国不同历史阶段建立的重要科技团体，在我国科技史和科学传播史上，都有着重要的地位。

中国科学工作者协会成立于抗日战争时期，是科学工作者自发成立的组织，它借鉴了英法等国科学工作者协会的经验，目的是为维护科学家从事科学研究的合法权益和社会福利，团结科学工作者进行民主斗争。正如《组织中国科学工作者协会缘起》《中国科学工作者协会总章》所述，是维护当时科学工作者一般工作生活及科研的权利，不受当时环境的影响。

中国科学工作者协会创始人之一谢立惠说，当时农业生产非常落后，工业极不发达，也就不重视科学技术。高等学校和科研机构都成了装饰品，实验条件极差。自然科学工作者无用武之地，甚至连自己的工作和生活都无法得到保障。高等学校的"教授教授，越教越瘦"，自救惟恐不及，哪里还能"救国"。"当时的中国科协，就是为当时的统一战线政策服务，团结争取科学技术工作者反对独裁政权，创造科学技术发展的有利土壤"。①

梁希是中国科学工作者协会的创始人，先后担任了副理事长、理事长等重要职务。在阴风怒号的南京，成立了中国科协南京分会，当选为理事长，带领会员在反对独裁、要求和平的民主运动中起到重要的作用。

他对中国科学工作者协会这一组织很有感情，曾为南京分会会员名录题词，热切地告诫广大会员："在黑暗的年月里，科协好比一支烛，一盏灯，或一根擦着了的火柴。它，曾经替人指示过方向，引导过路径，发生了启蒙

---

① 谢立惠.中国科学工作者协会的成立和发展[J].中国科技史料，1982（2）.

作用。……我们可以说，这一点星星火光，不单是在黑夜里发生过照明的功用，而且在天明以后，还照耀着暗室中每一个角落，帮助泥工、木工、金属工、玻璃工，开辟了许多玲珑美丽的窗洞。"[1]

成立全国科普、中国科协，面向公众普及科学知识的这一神圣职责始终没有改变，并在新社会得到了进一步的加强。

不同时代的两个中国科协，对象不同，内容不同，使命不同，所起的作用有所不同。新时代的中国科协，是涵盖了所有从事科学研究、科学教育、技术推广、工程应用的专家的全国性科技群团，规格更高、规模更大、范围更广、工作内容更丰富、目标更明确、任务更艰巨。

链接阅读

中国科协是中国科学技术工作者的群众组织，是中国共产党领导下的人民团体，是党和政府联系科学技术工作者的桥梁和纽带，是国家推动科学技术事业发展的重要力量。由全国学会、协会、研究会，和地方科学技术协会及基层组织组成；地方科学技术协会由同级学会和下一级科学技术协会及基层组织组成，涵盖理工农医等自然科学学科，组织网络遍及全国。

到目前为止，中国科协网站显示，中国科协拥有全国学会210个、地方科协3141个、乡镇科协（科普协会）3.1万多个、农村专业技术协会9.4万多个、企业科协1.3万多个、街道科协8400多个、高校科协550个，已经成为我国最大规模的科技类团体。

梁希作为我国著名的林业科学家、教育家和社会活动家，在不同时期的科协、科普组织中，成为创始者和卓越领导人，在中国科技史、科协史、科普史上，都留下了精彩而辉煌的篇章。

---

[1] 中国科学工作者协会南京分会会员录题词[C]//梁希文集.1983: 215.

第十二章 师友人生

嘉木名诗

移筹山五杉归植里弟

宋朝　晁补之

一丘一壑感归心，
过尽青山几茂林。
自载五杉如碧凤，
欲看春雨舞庭阴。

林人树语

　　杉树是江南山区常见的树种，树干端直，树形整齐，纹理顺直，耐腐防虫，是材质优良用材林种，被称为"万能之木"。它能速生快长，成林规整，是江南优质的人工造林品种林。它外形奇特，叶有针刺，常常让人不敢靠近，有着敬畏感。梁希如同杉树，外表高冷，难以接近，但是内心热情有加，温馨暖人，深得人们的喜爱与思念。

虽磊砢有节,俨若千丈松

梁希是从旧时代一步一步走过来的,有一个艰难的前进过程。他说过,自己是从旧时代过来,脑袋里有不少旧东西。他出身旧时代封建大家庭,这在他的思想中留下了深刻的印记。

他在纪念许璇的《黄垆旧话》里,对比许璇这位好友,给自己画了一张"像":"我和许雋性质不同,他性缓,我性急,他气度宽宏,我局量偏狭,他除了书本,一无嗜好,我声色狗马都喜欢,他的书桌上,摊得'落花水面皆文章',我的书桌上拂得'风扫乱云毫发尽'。然而谈话却极是投机,我喜,他会笑;他怒,我会替他骂。"①

梁希六十六岁生日纪念合影

不愧是几十年的好朋友,从个性对照中,就可以看到梁希的性格、爱好与交友之道。

好友潘菽说:"他为人正直,对事严峻,对人则和蔼可亲。他处事认真,一丝不苟,在写作时每个字都写得端端正正的。他对学生则尽力而教,循循善诱。凡是他的同事和学生无不尊敬他。他在人群中确令人有一种青松翠柏之感。"②

梁希最爱看刘义庆的《世说新语》,其中有一句话"森森如千丈松,虽

---

① 黄垆旧话[C]//梁希文集.1983:54.
② 潘菽.忆梁希同志[C]//梁希纪念集.1983:11.

磊砢有节,施之大厦,有栋梁之用",用在他身上,十分准确。他就如同这高大伟岸的青松,虽然节疤累累,依旧是社会所需的栋梁之材。

"做人如果没有气节,什么坏事都干得出来,如果是知识分子,那就更危险。"这是梁希常说的一句话,也是他为人正气、磊落有节的真实写照。

1943年2月,重庆中央大学校长顾孟余辞职,导致学生自发到顾宅外挽留,1500多名学生自发走上街头,游行请愿,标语、壁报等贴满四周,一时成为抗战以来陪都重庆发生的规模最大的学生风潮。最后,蒋介石索性自己兼任中央大学校长。为了显示对学校管理的重视,新上任的蒋校长,每周六下午都来学校巡视,检查学生伙食、宿舍卫生等。

一天下午,蒋校长又来视察了,学校各个部门都高度紧张,忙碌地准备着。梁希也听说了,没有一点儿兴趣,直接将化学馆的门锁了,揣上钥匙一走了之。蒋介石经过这里,看到大门紧锁,问这里是什么人负责的。旁边人回答:"是梁希负责的。"蒋介石听了,默不作声,自顾自走开了。

也许,蒋介石是记起了那个与陈英士一起奔波的人,也许想起了那个驳了朱家骅面子不当院长的人,也许还想到了这个学识渊博的林学专家,也许什么也没想。在当时,给如日中天的蒋委员长、蒋校长吃"闭门羹",有点性格,有些胆量。

1945年3月12日,是植树节,刚设立了农林部不久的民国政府,为了体现对林业的重视,邀请梁希以林业专家身份作广播演讲,宣传植树造林的好处,号召人们要爱护森林。梁希按照要求演讲完后,话锋一转,毫不留情地指出,现在林业经费只占农业经费的3%,这很不相称!如果农林部这个招牌,把"林"字写出的面积只占"农"字面积的3%,那还像个什么"农林部"呢?他的这一番话播出后,把电台的人吓出了一身冷汗。

出于对林业的深厚感情,他对于社会种种弊端,敢于揭露,敢于批评,表现了一个真正知识分子的优秀品格。

1956年,梁希作为全国人大代表赴浙江视察,同行的有经济学家马寅初、法律专家严景耀等人。他们从杭州出发,经嵊县停留,转至温州,再折返宁波,一路视察农村、学校、老区根据地等,听专题汇报,到田间地头与农民交谈。

此时梁希已经是73岁高龄，耳朵近乎失聪，但是每逢会议，他仍然笔不离手，认真记录。主办方一般给他配备一位秘书，坐在他旁边，帮助做记录。为了不漏掉汇报的内容，梁希不断地探过头去，查看秘书的记录，再一句一句"搬"到自己的本子上。一场汇报会，需要不时地把头转来转去，很是辛苦。旁人很心痛，提醒他可以不记或少记点，他却不同意，说下基层来了，就要多听多记，否则会"入宝山而无所得"的。

去绍兴、宁波等地考察途中，因路途遥远，大家很劳累，昏昏沉沉的，他却一路上给大家讲故事，提振精神。他说："宋朝有个宰相，考验两个年幼的儿子，问：你们天天吃饭，知道米从什么地方来？小儿子说，从麻袋里来。大儿子说，从石臼里来。"大家听了哈哈大笑。

他紧接着说："作为一个人民代表，我要在麻袋和石臼以外，了解些稻、麦和其他农产品的生产情形、生产关系、流通过程、流通状况，这是职责所在啊。"①

梁希为人谦虚，勤于学习。1957年，他七十大寿，林业部给他办了一场祝寿晚会。他在发言中，对比了新旧社会的巨大变化，"我虽然70岁，但在政治上还是很年幼，还要不断学习"。他说要制定个人的五年计划，对人生进行全面规划。

林业部原党组书记罗玉川、原副部长李范五回忆说道："梁希先生在长期工作中，十分尊重和依赖中国共产党的领导，……每逢中央作出重大决定，他总是认真地结合自己的实际工作加以贯彻执行；凡有建议和意见，他都能坦率诚恳地及时提出，真正表现出肝胆相照的精神。……他与周围的党员干部合作共事，亲如手足。凡遇大事都事先与党组商量，取得一致意见后，通过部务会议作出决定，然后付诸实践。"②

---

① 姚振发.梁希与我的一面之缘[J].浙江林业，2012（1）.
② 罗玉川，李范五.怀念我们尊敬的梁希先生[C]//梁希文集.1983：10.

自律严谨的长者

梁希个头不高,形貌清癯,常戴着一副黑框眼镜,留着短胡须,头发早已花白,深沉稳重,不苟言笑,仿佛经常在沉思。

他深受传统家庭影响,生活极度自律,严谨细致,近乎苛刻,多年近乎军旅生活的留学经历,让他始终保持了整洁卫生的良好习惯,无不良嗜好,衣着整洁,穿戴规范,每每令人肃然起敬。

有学生回忆,浙大农学院地处郊区,杭州夏天炎热潮湿,不少男生穿着随便,甚至袒胸露背。如果看到衣着严谨的梁希老师走过来,大家都不好意思跟他打招呼,只好远远地避开。

梁希个人生活极有规律,平时爱好整齐清洁,把办公室打扫得干干净净。放在办公桌上的书籍和材料,井井有条,每一本书都有它固定的位置。一张未经油漆的白木书桌,已经使用多年,桌面上找不到一丁点儿墨点或污迹。

学生张楚宝说,梁希对自己要求很严,公出必定守时,文件从不积压,开会言简意赅,从不拖泥带水。对于下属的工作,决不允许拖拖拉拉和粗枝大叶,谁要是耽误了工作,他会毫不客气地进行批评。他待人接物,平易近人,虚怀若谷,下级向他汇报或请教,他总要欠身让座,礼遇有加,就是给他的学生写信,也常以兄弟相称。

他的学生兼同事李继书说,梁希对自己要求很严格,每天提前半小时上班,不到时间不下班。在上班时间,除了给学生讲课以外,不是在办公室看书,就是到实验室做实验,总是不停地学习,不停地工作。他办事很认真,办任何一件事情,都是仔仔细细,一点儿也不马虎。写一封普通的信,写一个简单的报告,都要字斟句酌,不许出一点儿差错。他自己这样做,也会要求别人这样做。

学生兼同事吴中伦说,有一次,他跟梁老出差,在火车上的一个包厢里,梁希偶尔会吸一支烟,但一定细吸轻吐,室内基本没有烟味,更不会随处抛掷烟灰、烟头,这种处处想着别人,怎不令人起敬。吴中伦还说,梁老几次在大会发言,如发言规定每人不得超过15分钟,他的发言一般14分钟就会结束。

梁希教书又育人,是一位受人尊敬的良师,将科学知识与为人品质,传授给每一位林学后生。

他身体力行,自己编写讲义,并不断修改讲稿,补充新内容。

没有实验室,就克服困难创造条件去办,他先后在浙大、中央大学创建了林化实验室,即使在抗战这样的险恶环境里,照样坚持科学研究,并有不少研究成果。

梁希在实验室

当时,实验室只有两间简陋的瓦房,他的办公室其实只是在实验室一角摆一张桌子而已,面积虽小,却布置得井井有条,他将教学、实验、生活融为一体。

他全身心地投入林业教育,对就读林业大学的学生,如同子女般的呵护,遇到经济困难的学生,总能解囊相助,关怀有加;他爱才惜才,学生出国深造,他都给予大力支持。

学生吴中伦赴美留学,临行前梁希专门送行,赠诗勉励他:"大火西流七月光,碧天无语送吴郎。定知三载归来后,苍海茫茫好种桑。"新中国成立初,吴中伦学成回国,乘货船抵达青岛,已是共和国林垦部部长的梁希,专门安排人到青岛接站,还安排吴留在林垦部工作,成为第一批海外回国的林业科技专家。

学生严赓雪说:"1932年春,梁师教授我们林产制造学,记忆犹深。林产制造学有单独建筑的实验室,是一排长条形的平房,以学生实验室面积最大,与之相通的是梁师与其助教王相骥先生的研究室。研究室中除安置仪器设备外,还有不少皮架,放满了德、日文书籍,真是琳琅满目。再进一层是梁师的寝室,也是书架林立,不过多一张单人床而已。但书架上的书则完全是线装的中国古典文学本,供晚上浏览之用。用梁师自己的话来说:'白昼攻硬性的科学,晚上则涉猎软性的文学,借以调剂脑力。'这可能是'刚日读经,柔日读史'的遗意吧?"

"最使人感到突兀的是:在墙壁上、书架支柱上挂了不少无锡泥制的京剧脸谱,都是净角(大花脸),牛皋、张飞、程咬金、胡大海应有尽有。梁师告诉我们,这是'镇凡心的法宝'!自命为'凡僧',大约内心极为平静,但待人真诚。"①

上实验课时,他严格按规定步骤仔细操作,并很爱惜仪器药品。虽有助教配合,他也依然亲自操作示范,对一些难以操作的实验方法,就手把手地教给学生。做实验时,他也常站在一边,参与指导。

学生黄枢回忆说:"我采用他设计的一套设备,进行木材防腐试验。从论文设计到成果鉴定。他始终是无微不至地进行指导。每次机器出现故障,他立即卷起双袖,帮助检修。"②

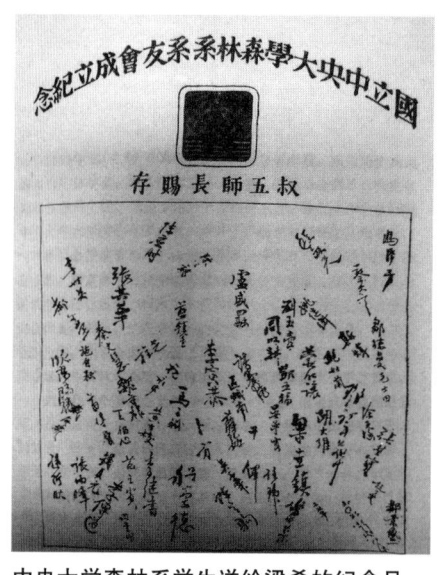

中央大学森林系学生送给梁希的纪念品

正因为他的人格魅力,深受青年学生爱戴,不少人因为梁希,重新选择学校专业。黄枢原本是中山大学的一名学生,"因慕梁希之名",转校到重庆的中央大学森林系。程芝已经考上同济大学化学系,听说梁希是"著名的森林化学家",立志到中央大学学习森林化学。薛纪如原是中央大学理学院的学生,因受梁老的影响,毅然转而林学。李继书从农业化学系转到森林系,重点是学习梁希先生讲授的森林利用学。

① 严赓雪.白发门生话老师[C]//梁希纪念集.1983:75.
② 黄枢.松林坡上一棵劲松[C]//梁希纪念集.1983:46.

学生杨衔晋说,"梁师学识渊博,基础深广,讲课系统扼要,板书工整清晰,辅导及时,要求严格,连实验课也亲自参加,对实验报告的批阅亦丝毫不苟,考试更为严格。梁师对教学严肃认真的态度,对我一生从事教育工作,影响很大"。①

"冷"表面与"热"心肠

梁希生活极为简朴平淡,甚至有点冷清。平时很少与人言及家事,外人也不太清楚。

他曾说,"在外国,有许多著名科学家,非但不问国事,连家事,甚至于连普通人事都模糊不清,他们的智慧发展到极点,傻

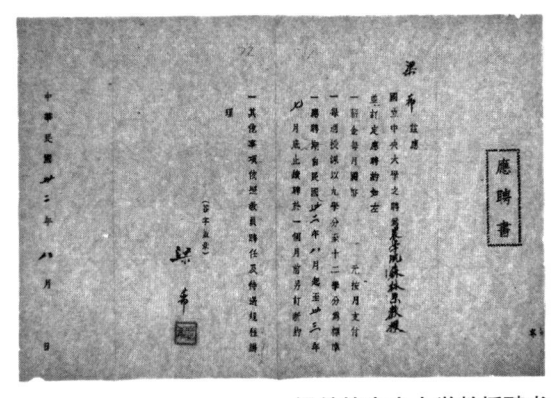

梁希的中央大学教授聘书

也傻到极点。德国有一个嘲笑学者的诨名,叫做'德意志教授',翻译成中国俗话,就是书呆子。可是,这个诨名不是送给寻常人的,要有高深学问的人才当得起。"

有学生回忆,"记得一次看他,见桌子上放一诗笺,写了一首七绝,由于印象深,还记得全诗是:闻道垚儿结凤鸾,娶妻容易蓄妻难!阿爷聊寄百元去,小小人情苜蓿盘。下署凡僧二字。垚儿,是他的次子(实为长子梁震)。从这首诗中,益信其对家庭之冷落;而凡僧二字又说明了梁师志洁行芳,而又不忌五荤三素的凡间之僧。"②

梁希的"冷"是表面的,他其实有一副"热"心肠,对学生更是关怀呵护有加。

---

① 杨衔晋.举国兴林忆梁师[C]//梁希纪念集.1983:78.
② 严赓雪.白发门生话老师[C]//梁希纪念集.1983:75.

重庆时期，他没有将子女带在身边，孑然一身，旁人觉得他有些凄凉，但他却说，有这么多学生与他在一起，就很快乐，很愉快。抗战时期七八年间，他从没有寄过钱回家，有些人对此很不理解。而知情的人都会说，他是一个国而忘家、公而忘私的人。

中华人民共和国成立后，梁希身居高位，但对自己要求十分严格。当时林业部机关干部很少，工作又十分繁忙，作为共和国的一部之长，他事无巨细，件件操劳，重大事情都是亲自过问，件件抓落实，对于一些小事，也极为认真细致，从不随意。他一个部长，却没有配备专门秘书，许多重要的文稿，都是他自己亲自动手起草，即使是其他同志起草的，他都要认真斟酌修改。尤其是工作报告和重要会议发言，涉及一些数据，都必须一一查实有据。

对工作如此，对生活同样是这样认真。他的部长办公室十分狭小，不足10平方米，几乎都被资料书籍堆满了，多来一个客人都没地方坐。他长期保持朴素的生活，自我要求十分严格，从不搞特权，更没有以权谋私的事。1952年，他已经年届七十，次子远在杭州，要求调到北京照顾父亲。梁希听了，一口回绝，并严肃地对孩子说："我生活上有人照顾，地方上也需要干部，你还是留在地方工作，为地方做更多的事情。"他在双林镇上的老宅，多年没人居住，当地政府多次来信询问如何处理，他复信提出交由地方政府代管，也可以出租，租金归政府处理，支援家乡建设。几十年后，一直由当地政府管理的梁家老宅，在修建马路时被拆，只留下了那一棵银杏树，还保存着那份记忆。

中央大学森林系有一个习惯，每年要开系会，欢迎新同学，或欢送毕业同学。梁希是同学们最喜欢邀请的教师之一，他也乐意参加活动。活动时要买些茶点，需要花钱，而同学们大都来自沦陷区，靠微薄的"学贷金"维持生活，经济比较拮据。所以他们每次活动都要请教师们捐钱，梁希每次总是捐得最多，也最积极。

他在教学中处处体现名师风范，十分讲究教学方法，讲求实效。他讲课前一定潜心备课，从不照本宣科，而是提纲挈领地讲要点，强调自修领会。

他常说:"讲课好比带你们进百货公司或参观展览会,让你们初步了解到那里有什么商品或展品,以后你们可按需要购买或索取。我只是把你们带入了门,前途发展就靠你们自己了。"

为了提高课堂的教学效果,方便同学们记录,他总是早早就到教室,将要讲解的图表、重要公式、概念等先写在黑板上,便于同学誊写。

林化实验室里仅有的一点器材,是千里迢迢从南京运来的,花费了大量的心血。数量有限的器材,一旦损坏,根本无法补充,显得特别珍贵,老师同学们使用时都特别小心,生怕出差错。

有一次,学生在做实验时,不小心把一个烧瓶弄破了,在当时,这算是一个事故了,大家都十分紧张,生怕会受到梁希的批评。带队实验的助教老师悄悄换了一只,交代大家不要多说。梁希走进实验室时,立马就看出多了一个新烧瓶,马上追问究竟发生了什么事。大家既恐慌,又惭愧,只能以实相告,等待严厉的斥责。梁希听了,沉思了一下,语气平和地对大家说,这些实验器材很宝贵,大家一定要珍惜,绝不能浪费或损坏了,否则,对不住前线流血牺牲、抗击侵略、保卫后方的将士。做实验时,更要遵守操作规程,注意安全,防止发生事故。

这件事,让在场的学生深受感动,深深感受到他对学生的呵护之情。

正直不阿谀,箴言如甘泉

抗战时期,学校退守西南,生活极其艰苦,连大学教授的基本生活也不能保证,只能各显神通,纷纷"自谋生路":有的教授开地种菜、饲养鸡鸭,有的甚至制造肥皂,到街上去售卖,也有的饥寒交迫,疾病缠身。梁希也一样,平时只穿旧长衫,只是有正式活动时,才会换一件好一点的外套。

一次,梁希的好友金善宝,在讲课时因胃病大出血而当场昏倒,被同学们抬回办公室。梁希一边关切地照顾好友,一边对在场同学讲当下的社会现状,表达对时局的不满。当时,重庆大学一位教授调任中央大学后,因为家人不知情,同时收了两个学校分配的大米,结果被人非议,认为有冒领

梁希在基层调研与同事合影

贪污之嫌，他不堪受辱，愤而自杀，一时引起师生强烈反响。梁希听后，气愤之极，随手一挥，竟然击碎了一只水缸。在追悼会上，他愤然写了一副挽联："寒士死生五斗米，贪官反正一团糟"，直接将矛头对准贪官污吏，表示对现实的强烈不满。[①]

梁希是很有个性的人，对于反动的、黑暗的、腐朽的现象，他敢于斗争，敢于表明自己的严正态度；对于学生，对于同事，对于关乎人民利益的事，他表现出完全不同的思想品质。

1928年，中华农学会与德商合作，在上海创办农学研究所附设农事试验场，德方除了提供图书、仪器设备，还每月拨给白银1000两作为试验研究经费。梁希当时担任研究员，主要负责研究工作。后来，德商要求派驻人员进入农学会，参与会务管理。梁希听说后，态度十分坚决："我们的理事是会员推选的，会计是我会雇用的。白银既然依条约拨给了，使用管理权就属于我会，绝对不允许对方插手。学会可以不办研究所、试验场，绝对不能动摇这个立场。"最后，双方意见相左，只好解除合作了事。梁希正直坦

[①] 金善宝.我和梁希教授同住一室的日子[C]//梁希纪念集.1983: 18.

率和不受利诱、敢于坚持原则的态度，受到了学会会员的肯定，一时成为美谈。

中华人民共和国成立后，作为共和国的一位部长，他认真履行职责，始终与党中央保持一致，坚决执行党的路线方针政策；而在事关科学问题、科学态度方面，他又能坚持实事求是的态度，深入调查研究，获取第一手数据，并站在维护人民利益的政治高度，大胆发表观点，坚持真理。如对于处理农业与林业问题的关系，造林与发展关系，以及黄河治理方面的认识，他从科学家的角度发言，维护了科学的尊严。

从50年代起，他基于林业科学知识，基于多次深入的调查研究，明确表示不赞成在黄河潼关以上建设大型水坝、水库等，在此后的八年间，多次实地调研，在不同场合、不同会议上，以及所发表的文章上，反复阐述，据理力争，始终坚持这一观点，充分体现了一个科技工作者可贵的科学态度、科学精神。

当国家确定正式开工建设三门峡水坝后，他以大局为重，抑制行政管理与科学事实矛盾的内心痛苦，想尽办法提出补救方案，全力配合国家建设需要，体现了他始终维护国家和人民利益的坦诚态度与责任担当。

1956年底，全国掀起的思想改造运动，梁希积极参加，深刻反思自己，努力做时代新人。在一次林业干部大会上，他作了深刻的自我解剖："老的和新的总是处于矛盾的地位，要把老的一大套弃掉，另换一大套新的，就是新旧思想工作的斗争。老年人的脑袋，陈腐的东西实在太多。像我，是生在前清的，闭目回想，稀奇古怪的旧东西多得不可胜数，就是所谓'朽'。朽而肯扔掉，还不要紧，如果死抱着朽的而不肯放，那就是'顽固'，那就是保守，那就是陷入资产阶级思想的泥坑。"

50年代后期，"左"的思想开始影响中国社会各个方面，出于对国家和人民事业的高度政治责任，他依然对一些方针政策，诚恳地提出建议和意见，直言不讳地发表观点。

1957年2月，全国开展"百家争鸣"讨论，中央明确提出"百花齐放、百家争鸣"是一个基本性也是长期性的方针，梁希对"双百"方针有深刻理解，写了专题论述文章《放宽"家"的尺度，扩大"鸣"的园地》，提出"为了学术昌明，为了文化发达，'家'的尺度应该放宽，'鸣'的园地应该扩大。只要不是反革命，大家都可以伸出手来写，张开口来说。博学鸿儒要鸣，一技之长和一得之见也要鸣，长期刻苦钻研过的老前辈要鸣，初出茅庐的小伙子也要鸣。这样，才能够生气勃勃地从'百鸣'中产生出成千成万的青年优秀科学家来，向科学进军！向社会主义进军！"

1957年4月，中共中央发出《关于整风运动的指示》，并连续13次召开民主党派负责人和无党派人士座谈会，征求对党和政府工作及党员干部的批评建议。5月，出于对党的热爱，以民主党派与共产党肝胆相照的心情，梁希写了一篇文章，他在文中坦率地提出了两点建议："(一)应让国内艰苦卓绝锻炼了八年之久的科学家，经常得到温馨，彻底医治内心的创伤；(二)应通过多种方法，表扬八年来学而不厌、诲人不倦的大、中、小学人民教师。"

李范五回忆，"反右斗争的扩大化，使当时在梁希身边工作多年、身居要职的几位同志受到严重冲击。梁希对此心急如焚，坐立不安，夜不能寐"。[1]

正如好友许德珩所称赞："正直不阿谀，箴言如甘泉。"在那种人人自危的氛围中，一位党外民主人士，敢于大胆"鸣放"，说出肺腑之言，多么恳切，多么可贵！这表明他是一位与中国共产党肝胆相照的民主党派的模范人士，是中国共产党亲密无间的真诚朋友！

蕴藏在内心的深情

梁希不是一位能言善辩的人，表面平静而严谨，实际内心蕴藏着火一样的热情。对于别人的好意，他一点一滴都记在心上；对需要帮助的人，一定是全力以赴的。

---

[1] 李范五.我对林业建设的回忆[M].北京：中国林业出版社，1988：84.

40年代梁希先生在南京与众人的合影

他谈到人生处世之道时说:"要以人民利益为重,切戒利欲熏心。"

学生兼同事马大浦说:"先生道德文章,为世所重,待人以礼以诚,尤为同人称赞。先生在中央大学执教二十年,与森林系同人相处极为和睦……当时,中央大学教授、中德法美英日各国留学生都有延聘,和衷共济,共谋中华林业科学教育之振兴,学术空气甚浓,先生赞助之功,起了主导作用。""森林系深受先生之教导,进步的学生,走在前面,活跃了当时中央大学的政治空气,引起了共鸣。"①

梁希的谦虚待人,还体现在另一件事上。1952年,当时正值院系调整,各高校农学院森林系师资缺乏,教学环境差,面临毕业的学生很焦急。6月29日,河北农学院森林系的詹昭宁、费廷瑞等同学给林业部部长梁希写信,提出了自己的建议,诉说了大家的担心。7月3日,梁希就亲自回信,肯定了同学们的做法,并详尽地回答了同学们提出的问题。几位大学生都十分惊喜,"我们是小字辈,写信已经是打扰了,竟会这么快收到梁老的回信。信中的口气这么亲切,这么平易近人……梁老的信迅速在师生中传开了,我们是打心眼儿里感到了高兴"。

---

① 马大浦.缅怀梁师叔五先生的光辉业绩[C]//梁希纪念集.1983:42.

此事过去了几十年，詹昭宁说，重读梁老的信，"仿佛是发生在昨天的事，心情仍然不平静！"

与梁希搭档多年的副部长李范五，是一位革命资历很深的干部，从林垦部成立之时就一起工作，两人配合默契，相互尊重，合作得很愉快，结下了深厚情谊。1958年秋，党组织安排李范五就任新的工作岗位，要调离林业部赴黑龙江任职。梁希听说后，向邓子恢副总理等中央领导要求，并一再挽留，十分舍不得，最后，竟老泪纵横，泣不成声。

不少人说，梁希笔名"凡僧"，称"僧"，本是四大皆空，无所畏惧；称"凡"，则仍留人间，与民同患难，共命运。在世道混乱、难以作为时，他潜心学问，不羡富贵；在新时代，他以知识报国，把智慧与知识奉献社会。

第十三章 森林诗人

嘉木名诗

樟树

宋朝　舒岳祥

樛枝平地虬龙走，
高干半空风雨寒。
春来片片流红叶，
谁与题诗放下滩。

林人树语

　　樟树又称香樟树、乌樟，为亚热带树种，广泛分布在我国江南地区。它常绿高大，枝叶茂盛，树冠舒展，浓荫遍地，气势雄伟，民间常以之为景观树、风水树、水口树，寓意避邪、长寿、吉祥如意，每每成为村落最美的乡愁记忆。又因富含芳香樟脑，可抗腐驱虫，是名贵家具、高档建筑、雕刻等理想用材。春夏之际，新旧交替，绿荫中常见红叶随风而下，最易触发诗人的灵感。

林学家中的诗人

"诗言志",文学最能体现人的气质。梁希的文人特质,是他"森林情怀"的真实流露。有人曾说:"梁希不成为林学家,也会成为诗人。或者说,梁希既是林学家,又是诗人。"

梁希受过国学熏陶,有着良好的文学功底,善于写旧体诗词。现存的少部分诗词,经收集整理,也超过130首,其中不乏佳作。

潘菽说:"梁老是喜欢作诗的,也作的很好。他也颇珍惜自己的诗。他把历年来所写的诗都用工整小楷记录在两三册旧时学习外语所用的那种练习簿上,不轻易示人。他去世后,周慧明同志把他的几件用品送给我作纪念,也把他的几册诗稿交我保存。这才使我能读到梁老过去所写许多诗。"①

他的诗歌题材广泛,从怀念故人到所见风景,从平凡杂物到些许小事,或写景或抒情或议论,都能写入诗词。他取意形象,巧妙用典,文风自然清新,读来朗朗上口。

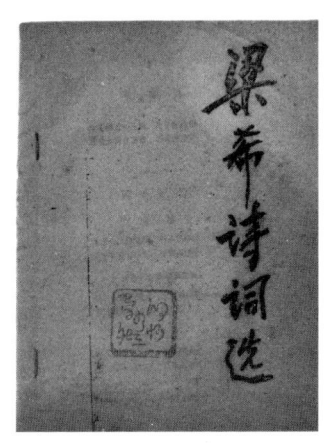

《梁希诗词选》

他重情尚友,待人诚恳,感情细腻真挚,一生写了大量的诗歌和散文,怀念故友,记事抒情。

农学家许璇是他多年的同道好友,感情深厚,多有诗词唱和。好友溘然去世,他悲痛不已,专程赶到北京吊唁,一连写了《哭许叔玑学长》《祭许叔玑学长三首》《次韵枯桐兄哭叔玑学长》等十多首诗,以纪念好友:"皇天

---

① 潘菽.忆梁希同志[C]//梁然希纪念集.1983:15.

独厚君,使君先我死。不然君哭我,心痛亦如此。"表达彼此间的深厚友情。几年后,他为许璇出了一期专门的纪念刊,又写了《题许叔玑先生纪念刊后》《临江仙》等三首词。"六十年间生老死,凄凉国士门风""坟前泪尽无干土,泪尽仍何补""一丘一壑英灵在,不为兴亡改",感叹世道坎坷,深情怀念好友。①

他对生活观察仔细,充满感情,看到优美自然景致,看到破坏森林的现象等,总会有感而发,赋诗著文以记之,借以表达对自然、对人生、对友情、对事业深邃的思考。

《秦岭林场晓起》写道:

> 荒村数户邻,花露挹清晨,犬吠初来客,禽呼未起人。
> 林深山色秀,滩浅水痕新,细草微风里,高秋似仲春。

以清新自然的笔调,描绘了一幅高秋清晨,秦岭林场犬吠鸟鸣、水清林秀的画卷。

他能写诗,也很喜欢诗歌的形式,因为诗凝练而简洁,能用最精练的语言,表达沉淀的感情和深邃的思想。

一次,中央大学的学生邀请他题写《系友通讯》,这算是应景之作,他也是十分用心,写得意趣横生:

> 系统连绵一线长,友声莺语树中央。
> 通常离合诚无定,讯问不难双鲤将。

他巧妙地将这首诗写成了藏头诗,表明《系友通讯》的作用与特点,用"双鲤"的典故,暗指书信往来,以此表达了同学相聚又相离的情愫,准确而细腻。

---

① 张楚宝.梁希先生年谱[C]//梁希纪念集.1983:158-159.

特殊的森林情怀

梁希现存诗歌中,不少内容都与森林、林政、林人有关,通过描写森林之景,抒发爱林之情,被大家称为"森林诗人"。

1941年夏天,中央大学森林系的5名学生即将毕业,他应邀参加欢送会。席间,他望着这几位即将走向社会、投身于林业科研的青年学生,即席赋诗一首:

一树青松一少年,葱葱五木碧连天。
和烟织就森林字,写在巴山山那边。

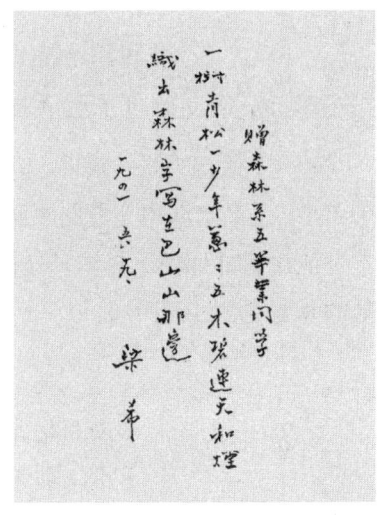

梁希手书赠别 5 名毕业生的诗

诗歌以林喻人,以木拟人,将5位同学比成5棵青松,正好构成"森林"二字,构思巧妙,形象生动,蕴含了他对学生的殷切期望。写完之后,他细心地抄写了5份,分别赠给每位远行的同学。这一举动,令5位学生感动不已。几十年后,他们都一直保存着这份珍贵的礼物,激励着他们的林业人生。

梁希热爱森林,将自己对森林的喜欢、思考,融入了诗里行间。这些诗,有的直接描写森林、山川的自然之景,有的触景生情,情满林间。《下青城山》《阿里山三代木》《防风林》《凌云山》《阿里山观云海》《木瓜山》《宝鸡渭河大桥晚眺》《牧童》等诗,均是佳作。如写蜀道上的龙泉驿:"滚滚龙泉不测深,群山万木气森森。轻车百折羊肠路,一半风光似黑林。"眼前所见的"气势森森"景象,联想到他在德国见过的著名"黑森林",贴切又形象。看到阿里山神木,他写道:生涯说是三千岁,老干无梢枝已疏。待得蟠桃重结实,不知此木又何如?高大古老的神木,已经"老干无梢枝已疏",多么可惜,多么令人痛心,但是他依然有着瑰丽的想象,期望能够如天宫的蟠桃一样，三千年后依然能枯木逢春，再展神姿。

《钻天坡》一诗，是描写因山高风大形成的森林生态的奇特景观：

纷纷割据久成风，人物由来一理通。
不见钻天坡上下，冷杉杉木各称雄。

但是，他将写景、叙事、说理融为一体，表面上描写钻山坡森林植被的分布特点，又暗讽川地各路军阀割据，自拥一片天地的混乱局面。

他对森林郁郁、林木环绕的自然环境特别欣喜，借诗表达人与自然相处的和谐之美。

《乐山郊外》：

点点芦花浅浅湾，田家桑竹两三间。
乐山人说江南好，我说江南似乐山。

随意撷取景色，如同白描构图，真情流露，清新自然。

《凌云山》：

江烟碧似天边水，山石红于日暮霞。
居士分明香里过，不知何处木犀花。

江边景色优美，色彩绚烂，空气中隐隐飘来淡淡的木犀香，将山村美景写得清新怡然，令人神往，俨然一幅自然意趣的溪畔山居图。

《宿四重溪》：

向晚雨潇潇，青山和梦遥。
醒来天破晓，起悟月元宵。
只暖花如醉，春寒草不凋。
四重溪景好，归客欲魂销。

《木瓜山》：

松花柏木午风凉，紫李黄瓜冰雪香。

>若说买山宜住此，鲤鱼湖水碧琳琅。

他取景自然，随手成诗，描写了一派山清水秀、宜居销魂的田园风光，美景如画，特产丰盛。

台湾的苏花公路是东海岸的一条南北通道，东面是大洋，西侧是悬崖，最窄的路面仅3.5米，从清朝同治十三年（1874年）开始建造，历经兴废，备受艰辛，被称为最险峻最美丽的公路。梁希考察台湾林业时，经过这里，深受震撼，写了《苏花公路三绝》：

>临时危崖三百里，环山曲径两千弯。
>曾经蜀道蚕丛险，比到花苏总等闲。
>百丈悬崖千折坡，云林烟水绿逶迤。
>瀛山反复来供眼，景在羊肠曲处多。
>无端石窟断还连，仙境居然小洞天。
>乍见在前俄在后，霎时过眼尽云烟。

他的观察细致入微，描绘了奇险的自然美景，将悬崖、弯道、陡坡、石窟、云烟，依次展示在你的眼前，用夸张的手法对比世人皆知的蜀道，体会"总等闲"的直觉，令人印象深刻。"反复来供眼"的景致，烟云变幻的奇妙感觉，细致地描绘了东海岸的自然美景，也暗示了开凿道路的艰难危险。

《下山》：

>笋舆藤杖下山来，半破苍烟踏碧苔。
>陌上花开归缓缓，白丝初过又兰台。

诗中巧妙运用了钱镠"陌上花开缓缓归"的典故，写出春天里诗人所见所感，轻松闲静，赏心悦目，诗意盎然。

梁希磊落正直，爱憎分明，诗里有对森林自然美景的赞美，也有针砭时弊，对破坏森林的现象和行径的严厉批评，借此表达愤慨的心绪。《烧荒》《伐木》等诗都是其中的经典之作。

《烧荒》：

> 百载乔林一炬红，三年田作又成空。
> 老农他去觅新地，烧到山荒人更穷。

表达了农人无知，对森林生态重要性的认识不足；随意烧山种地，也道出了农民为生活所迫的痛苦与不幸。

《伐木》：

> 巨材还有几，旦旦发樵夫。
> 兔窟频移处，牛车劳载途。
> 梓桐盈把仅，樗栎中绳无。
> 莫枉伤乔木，嘤嘤鸟在呼。

全诗表达了作者对因缺乏森林知识而破坏森林的现象无比痛心，借鸟兽的不幸与悲鸣，写出自然生态之间万物休戚与共的关系，乱砍滥伐、索取无度造成的后果，最终也一定会落在人类头上。

梁希将自己美好的理想，满腔的热情，对林业事业的热爱，全部倾注在诗歌美文之中，以此来唤醒人们，感染人们，激发人们对森林的感情。他在旅游观光、外出考察时，或寄情山水，或怡情悦性，寄托情怀，诗兴盎然，常常一路行来一路诗，佳作不断。

1940年8月，他利用暑期难得的一段休息时光，与好友邹树文院长等，前往成都周边一带旅游。他们参观都江堰、登青城山、乐山等胜迹，攀登峨嵋顶峰，一路赋诗唱和，讴歌大好河山。

邹树文（1884—1980），字应蕙，江苏吴县人。昆虫学家，中国近代昆虫学的奠基人与开拓者之一。美国科学荣誉会会员，获西格玛赛金钥匙奖，曾任教国立中央大学、西北大学，专著有《中国昆虫学史》《昆虫》《浙江省稻作栽培概况》。

这一次，他共创作了26首诗作，其中不少质量上佳。如《九老洞珙桐》写道：

> 赢得珙桐宠若惊，王孙芳草太多情。
> 不然树海茫茫里，哪有游人说到卿。

珙桐是我国特有的第三纪孑遗植物，被誉为"植物中的熊猫"，仅存在我国西南山区的深山峻岭中。珙桐处在深山，很久以来不为人知，被植物学家发现后，有人移植在美欧各国，广泛种植在园林里，从此名扬国内外。林学家出身的梁希，见到这一名木，格外亲切，以"卿"字着笔，喜爱之情，溢于言表。

1948年2月，梁希应台湾林产局之邀，二度赴台考察各林场及山林管理所，与当地林业专家相处了五周，从北到南，行程纵贯全岛，吟咏唱和，情致高昂。一路上，他诗情洋溢，每到一处，总能命笔赋诗，共创作了39首诗。之后，台湾林产局将这些诗作及好友、学生等人的和诗，刊登在《林产通讯》二卷七期上，编印成《台湾纪游》集子。对这次台湾游历所写的诗作，他十分重视，又仔细对这些诗作进行了修改推敲，分赠给好友和学生。

考察途中，他将所见的风景、林木、云海、河流、公路、行道树、防风林，甚至山中废材、寺庙、招待所等，都当成了笔下表情达意的绝好题材，诗风平实恬淡，感情真挚动人。其中赠别诗就有11首，虽属酒席唱和，多是表达对当地林政官员招待、迎送的感谢，也真挚表达了同为"林人"的特殊情怀。如《赠王国瑞所长》写道：

> 苍苍树海绿成荫，一寸河山一寸金。
> 岂有王戎偏爱李，入林无限护林心。

该诗从描写森林树木景色入手，既表明了对国土光复的喜悦，又赞美了"护林心"的可贵，巧妙用了"王戎识李"的典故，寓意深远。

他在途中看到高山族民众深受压榨，生活艰辛，感同身受，写下了"廉吏吁嗟墨吏骄，纷纷搜刮到青苗。伤心最是高山族，四壁萧然人未饶"的诗句，真切地表达了对台湾少数民族群体贫困处境的关切和同情。

一路行来一路诗

1950年9月间,梁希赴西北黄河流域考察。一路风尘仆仆,舟车劳顿,他将所见山水风光、古木寺院、碑林桥梁、历史遗迹,以及途中所见行人、所遇之事,均融入诗中,或写景,或记事,或抒情,或杂咏,一共创作了30多首诗,编辑成《西北纪行》,在平实朴素的诗风中,彰显着部长诗人独特的情怀。

梁希诗集《西北纪行》

那次小陇山考察途中,山路崎岖,骑驴上山,他虽年已67岁,颠簸终日,不胜其苦,却乐在其中,依然吟诗寄怀:"高山流水路悠悠,红栎青松割漆沟。添个白头驴背客,许教入画更风流。"(《骑驴上割漆沟》)妙趣横生,轻松自得。当时条件艰苦,堂堂共和国部长也只能坐货车下乡,他仍怡然自得,毫无怨言:"今宵又作货车人,人货纵横错杂陈。客本无奇居亦可,元来故事出三秦。"(《再乘货车》)甚至雨后误车,也可以化为诗意:"雨淋枯木湿寒鸦,枫未经霜菊见花。又是一天虚度了,黄昏人报不通车。"(《宝鸡阻雨候车》)写景、叙事、抒情巧妙结合,真实地反映了新中国成立之初,百业待兴、条件艰苦的现实状况,也写出诗人出行受阻、时光"虚度"的焦灼心情。

有一次,他在西北调研时入住杨虎城将军的公馆止园。1936年12月12日,杨虎城将军出于民族大义,与张学良一起发动"西安事变",扣押了蒋介石,要求停止内战,一致抗日,最后促成抗日民族统一战线的建立。梁希对杨将军向来敬佩,居住在将军生活过的止园,睹物思人,便有感而发,一连写了《西安止园杂咏》十二首,表达复杂而沉痛的心绪。"我来摩抚将军树,飒飒秋风叶叶声。""西安往事已成尘,十五年中世代新。都说解铃人伟大,可怜不见系铃人。""夜深啼血杜鹃红,魂断渝州路不通。慷慨捐生黄祖席,祢衡毕竟是英雄。"记述杨渝州被害,借祢衡典故,缅怀英雄业绩,感叹世事变迁，表达对反动派残害民族英雄的强烈愤慨之情。

一次，梁希一行由陕西进入山西考察，在潼关冒险夜渡黄河。他看到8位船夫操桨前行，喊号而进，浪急船颠，惊险而壮观，立即作诗《潼关渡黄河》以记之：

> 仰天大笑出潼关，滚滚洪流落照间，
> 不许老夫心不壮，中原如此好河山。
> 黄河东去落天涯，淘尽英雄汰尽沙，
> 八楫中流横夕照，关东大汉唱伊哑。

豪迈之情，赫然在目。过山西、冀西时，看到并州剪刀、汾酒，甚至戽水、磨面、沙地上杨树等普通景物，他都妙笔入诗，借景抒情。在《风陵渡口半分利店》《发风陵渡口上同蒲路》等诗中，他以诗人独特的眼光，描述了"鸡鸣茅店月昏黄，眠未全酣又促装"的紧张行程，也有"风陵渡口酒旗飘，黄土颓垣出市招。小店迎人半分利，盘餐杯茗到中宵"的惬意，当然，也不忘展示"仰天大笑出潼关，滚滚洪流落照间，不许老夫心不壮，中原如此好河山"的豪迈。

中华人民共和国刚成立时，条件匮乏，外出考察辛苦而危险，考察途中，梁希话虽不多，却一直在仔细观察，默默地思考，出口成诗，每每给人以惊喜。《胡店》一诗写道：

> 甘陕程途到此分，千峰送翠百花芬。
> 君今得陇将何望，客已过秦可有文？
> 低涧龙泉高涧雨，入山驴背出山云。
> 宵来居士还乡梦，犹恨木犀香未闻。

横跨两个省，路途几百里，辛苦奔波，他却以苦作乐，以诗怡情，化用典故，"得陇"而"望秦"，所见是"千峰送翠百花芬"的场景，没有流露丝毫旅途劳顿的烦恼，充满乐观向上、从容开朗的意趣。

正是他的这种乐观情绪，感染着同行者，一扫旅途的困苦，给大家莫大的精神激励。

他喜欢作诗,也乐于与同道好友以诗酬唱,共乐雅韵,分享创作的快乐。

他曾将《西北纪行》寄给好友兼诗人侯过(字子约),一起欣赏品鉴。侯过随后作了四首七言诗答赠,梁希看后,也作了《次韵报子约》,你来我往,尽显文人雅士的情趣。"少不如人况老时,此中敢说合时宜,徒弟郑五添惆怅,风雪输人驴背诗。"策马以壮怀,骑驴以写诗,好友情谊,诗意唱和,彼此心心相应。"落叶疏林鸟未安,北风吹上腊梅寒,此花不适玄都观,只合山深踏雪看。"面对老友对诗唱和中流露出的失意、惆怅、不安等,梁希笔锋一转,精神顿时振作,"红旗猎猎雪中明,天地山河一统成,我比放翁归更好,一廛盛世老为氓。"身处"红旗猎猎""山河一统"的新时代,自况"放翁",放达舒畅,精神昂扬,他用诗表现了乐观积极的心态,也感染好友,一同促进。

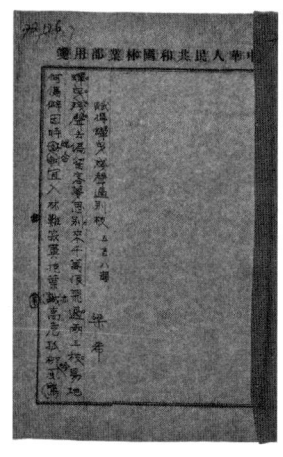

梁希唱和诗手稿

有一次,全国人大副委员长陈叔通因"友人以年老调职来书作牢骚语,引用'蝉曳残声过别枝'旧句,余戏作五言八句,试贴诗以慰之",并将所写的《赋得蝉曳残声过别枝》一诗,寄给梁希欣赏。梁希读罢,颇有感触,用原韵作了同题诗以唱和。诗中严格遵照"蝉曳残声过别枝"的用韵要求,抒发人生迟暮、世事变化的失落感受,表达了"易地何伤僻,因时总合宜""那知无限好,更有夕阳随"的豁达向前的磊落心态。

梁希最有影响、最能激励人的一首诗,应该是解放前夕所写的《迎曙光》:

以身殉道一身轻,与子同仇倍有情。
起看星河含曙意,愿将鲜血荐黎明。

全诗充满了昂扬的正气,表明在时代大转折的紧要关头,诗人不畏黑暗，敢于斗争，心向光明，勇于牺牲的革命精神。这首诗一经公开，便感动无数进步师生，获得了人们的高度赞赏。

绿荫护夏，红叶迎秋

除了诗歌以外，梁希把森林的热爱之情，化成一篇篇充满理想主义的美文，既有对旧社会林业不振、满目疮痍的痛心，也有对新中国林业发展美好远景的热情讴歌。这些诗一样的散文，充满着激情与理想，对共和国，对林业的未来发展，对绿化祖国，都充满希望，充满期待，这种强烈而饱满的理想主义色彩，往往有强烈的感染力量，令人为之一振。

他曾经这样呼唤青年们起来绿化祖国："青年，象征着一年的早春，一日的早晨，象征着万山的苗，万木的梢，又由于天真和纯洁，象征着百川的源，百壑的泉。"

他写青年，就是写森林，写新苗，写未来。"三月，是万紫千红欲放未放，轻风微雨半暖不寒。在一年之中最有生意的时候，青年，是精最强，力最壮，生气最充足的人，造林是掌握植物生理，启发植物生机的事""青年人，我们一定能做到，黄河流碧水，赤地变青山"。

完全是一篇战斗檄文，充满着激越的热情。

无山不绿，有水皆清，四时花香，万壑鸟鸣，替河山装成锦绣，把国土绘成丹青，新中国的林人，同时是新中国的艺人。

热情澎湃，理想激昂，充满诗情画意。

他热情的讴歌道：

高到八千八百多公尺的喜马拉雅山圣母之水峰（珠穆朗玛峰），低到一撮之土，都是人民的山，都要人民的林业工作者来保护，来造林。除了雪线以上的高山，要把它全体绿化，而不容许有黄色。这是我们的远景。

他对植树造林、绿化祖国,一往情深,充满期待。

1958年9月27日,是梁希去世前一个月,他再次对《让绿荫护夏　红叶迎秋》一文进行了认真修改,发表在当日的《人民日报》上。

> 绿化这个名词太美丽了。山青了,水也会绿;水绿了,百水汇流的黄海也有可能渐渐地变成碧海。这样,青山绿水在祖国国土上织成一幅翡翠色的图案。
>
> 绿化,要做到栽培农艺化,抚育园艺化。绿化,要做到木材用不完,果实吃不尽,桑茶采不了;绿化,要做到工厂如花园,城市如公园,乡村如林园;绿化,要做到绿荫护夏,红叶迎秋。北京的山都成香山;安徽的山都成黄山;江西的山都成庐山;各地区都按照自己最爱好的名胜来改造自然。这样,中国九百六十万平方公里的国土全部成一大公园,大家都在自己建造的大公园里工作、学习、锻炼、休息,快乐地生活。[1]

他是森林的歌唱者,饱含着绿色生命的强烈情感,化为不断喷薄而出的优美诗句;他是科学的诠释者,专注着林业科学的发展进程,用生命与智慧高举科学的大旗;他是时代的赞美者,投身于共和国的伟大事业,用矢志不渝的追求奉献生命的赞歌。

读他的诗歌,你可以感受到,在他瘦小的躯体里,在他70多年的生命中,始终燃烧着像火一样的热情,感染着每一位勤勉向上的后辈学子;读他的文章,你可以感受到,他始终闪耀着生生不息的理想光芒,永远激励着每一位奋力前行的人们。

---

[1] 让绿荫护夏　红叶迎秋[C]//梁希文集.1983:502-504.

第十四章 一代师表

嘉木名诗

菩萨蛮·雨晴夜合玲珑日
唐朝 温庭筠

雨晴夜合玲珑日，万枝香袅红丝拂。
闲梦忆金堂，满庭萱草长。
绣帘垂箓簌，眉黛远山绿。
春水渡溪桥，凭栏魂欲销。

林人树语

  合欢是落叶乔木，树冠华美，树叶舒展，花冠雄蕊多条，色调淡红诱人，适合于庭院栽培。只要在温暖湿润、阳光充足的环境，无论瘠薄土壤与干旱气候，总能自由生长。它是一剂良药，有解郁安神之效。合欢树名吉祥，寓意家庭和睦，幸福美满。古人常用合欢赠人，意为"消怨和好"。倘若谦逊待人，勤勉致敬，定能收获善意与温馨的回报。

林间的一座丰碑

"林业在今天一切等于从头做起,基础是薄弱的,工作是艰巨的。"

正如梁希所说,新中国成立时,林业面临着极大的挑战。作为一部之长,他领导全国林业、垦业的工作,政务繁忙,虽已年近花甲,依然呕心沥血,夙夜在公。

他是一个极重实际的人,为了推进工作的开展,他不辞劳苦,通过调查研究,掌握第一手材料,了解一线工作情况。

副部长李范五深情地回忆,梁希部长最大的特点是"求实"的作风。他非常注重深入实际调查研究,经常亲自动手,细查、细问、细算,和周围同志反复研究,连一个数字也不能草率马虎。

梁希亲赴西北、东北、浙江等地林区实地考察,当时出差保障条件很差,搭货车、睡地铺、骑毛驴,也是常有的事。

就是那次赴小陇山考察,从北京转道西安,梁希及随行人员乘坐的是加挂在一列货车后的战时用的救护车厢。一路颠簸到西安,梁希马上就投入了紧张的工作。白天,他听取西北军政委员会农林部作汇报;晚上,在灯下埋头于一大堆材料中,直到东方微明,才稍事休息。

一次,梁希从陕西过黄河赴山西考察,乘火车抵达潼关时已是傍晚。夜渡黄河,历来忌讳,也十分危险。同行的周慧明有一段详细的回忆,重现了

北京林业大学校园里的梁希纪念像

当时的情景。

"潼关渡口的渡船是一种大木船,黄河两岸淤泥很厚,形成浅滩,木船距岸几十米,不能泊靠。梁老由船工背着,涉过黄河急流,才得上船。随行人员卷起裤腿,两三人相挽而行。由于淤泥甚滑,十分难行。渡船由多人操桨,喊号而进。船到中流,水急船颠,夜黑不见两岸,颇为惊险。上得岸来,在风陵渡口一家客店小憩,并用晚膳。小客店名'半分利',泥墙草顶,甚为简陋。饭菜虽不丰盛,因腹中饥饿,吃来甚香。饭后,在客店的泥地上铺了苇席休息。一觉醒来,见小客店周围布满岗哨,原来解放初期,风陵渡口治安情况尚不佳。夜半之后才上了同蒲铁路的小火车,沿汾河北上。"①

梁希爱林如子,对于乱砍滥伐、破坏森林的行径,深恶痛绝。

1950年,全国曾出现乱砍滥伐风,短短11个月内,全国发生了3390多起毁林案件,破坏树木48600多万株,损失成林280万立方米。副部长李范五回忆说:"梁希先生痛心疾首,寝食不安。他不顾年高体弱,亲自奔赴出事地点进行调查,分析其原因、危害,研究对策。"

1951年,中国人民政协会议第一次会议在北京召开,这是中华人民共和国建立后第一次重要的会议,各方人士纷纷登台亮相,对国家未来建设提出建议。梁希作为林业学家,作了一个题为《组织群众护林造林,坚决反对浪费木材》的发言,科学、专业、精准,有极强的针对性。

他曾动情地说过:"在蒋介石及历代封建皇帝统治时期,对林业根本不在意!任凭山火到处燃烧,滥伐林木,滥垦山地,根本无人过问。就这样使我国的森林逐年被大量破坏了,造成了今天四十多亿亩的荒山。至于造林,那就更谈不上了。所以在蒋介石统治时代,像我们这些学林的人都是没有出路的,没人理睬的。青年人大都不愿学林,谁学林,谁就倒霉。因为学了之后,不是失业,就是改行。"②

"现在学林的不是像过去那样失业、改行,而是大大地感到缺乏了,不是像过去那样苦闷、无聊,而是兴奋、紧张地工作着。"③

---

① 殷作超,周慧明.回忆建国初期梁希部长西北林业考察[C]//梁希纪念集.1983:131.
②③ 组织群众护林造林坚决反对浪费木材[C]//梁希文集.1983:279.

梁希对新中国的林业发展充满喜悦与期待，有着新时代"林人"的自豪感。

为合理开发建设林区，森林资源调查成为首要任务。梁希对此十分重视，每年在部务会上布置全年工作时，都将森林调查作重点安排。林垦部改为林业部后，专门设置了森林调查局，组建了多个森林经理（后改"森林调查"）大队、航测队、航调队等，专门从事林型、土壤、病虫害调查和测算。

森林就是他的生命，林业就是他的一切！

1958年的春天，又是植树造林的大好时光，如同往年一样，梁希与部里的同志们一起，参加首都植树活动。在地坛公园里，他挥锹铲土，虽然觉得体力不支，但是依然坚持把树种完。哪曾料想，这竟是梁希最后一次植树了。

1958年10月，梁希因患重病住进了医院，他的学生程跻云赴北京参加林业教育改革会议，专程前往医院看望。梁希看到远道而来的学生，如同看到亲人一样，非常激动，似乎忘记了他还在住院，努力挣扎着坐起来，靠在病床上与程跻云交谈，并详细询问这次会议的事。当他听说林业教育及科研机构都要下放，或迁到边远地区后，表情十分凝重，轻声地说："林产化工研究实验需要的玻璃仪器很多，图书、药品等等不少，都需要随时增补添购，还是以留在原地为宜……"还微声说他这次病看来很难好了。[①]

重病的他，说话的声音都很轻微了，也很吃力，消瘦不堪的躯体更显单薄，但是他记挂的，依然是林化科研的事。程跻云说："我含泪告别到济南后不久，就见报载林业部部长梁希患肺癌病逝的消息，想不到这次见面已永别。"

梁希去世后，人们整理他办公室里的遗物，只有几样东西：一张病假条、一支派克钢笔、一个用了一半的笔记本、一个半旧的牛皮公文包、一架老花镜、一叠厚厚的诗稿。

"为人民服务，万死不辞！"忠诚、简朴、勤政、为民，伴随着他一生。

---

① 程跻云.缅怀吾师梁希先生[C]//梁希纪念集.1983:37.

繁忙的社会活动家

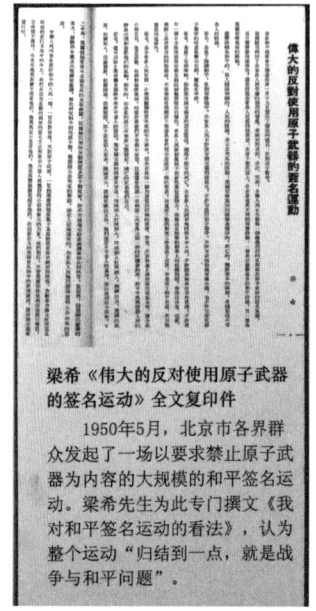

梁希《伟大的反对使用原子武器的签名运动》全文复印件

1950年5月,北京市各界群众发起了一场以要求禁止原子武器为内容的大规模的和平签名运动。梁希先生为此专门撰文《我对和平签名运动的看法》,认为整个运动"归结到一点,就是战争与和平问题"。

和平签名运动

梁希的一生,历经清朝末期、北洋政府、中华民国、共和国等历史时期,两度留学国外,从事林业教育30多年,同学、学生、友人不计其数;新中国成立后先后担任全国人大代表、人民政协常委以及政府部门、民主党派、科技团体等领导职务,有着丰富的人生阅历。尤其是在新中国成立后,担任林垦部部长、九三学社副主席、全国科普主席等重要职务,社会活动频繁,广泛接触社会各个层次,代表国家出访,参加外事活动,成为一位名副其实的社会活动家。

20世纪下半叶,"二战"之后,虽然世界各国都经历了生命和物质的巨大损失,但依然没有迎来和平的岁月。以苏联、美国为首的东西方两大阵营,进入了冷战时期。一时间,从东亚到中东,从非洲到美洲,区域性冲突不断,社会依然动荡不安。由于毁灭性的核武器迅速发展,世界各国爱好和平的人们,都不愿再遭受战争浩劫与核威胁,强烈反对核军备竞赛,保卫和平运动风起云涌。1949年4月,在巴黎、布拉格分别召开的第一届世界保卫和平大会,有72个国家代表参加,选出了常设委员会,着力推动了世界和平运动的发展。毕加索等著名艺术家创作"和平鸽"等作品,影响进一步扩大。

刚刚成立的新中国,渴望和平,反对战争,积极参加了世界保卫和平运动。10月2日,中央人民政府成立的第二天,宣告成立了中国人民保卫世界和平委员会,郭沫若担任主席,梁希等一批知名社会人士担任了委员、常务委员。

随着朝鲜战争的全面爆发,美国飞机轰炸我国东北境内的城镇村庄,形势紧迫，志愿军入朝作战，百废待举的新中国，被迫卷入了一场与世界最强大军事力量国家对抗的艰难局面。

团结世界各国人民，保卫和平，反对战争，成为一项有着极为重要意义的国际事务。

1950年《斯德哥尔摩宣言》发表后，中国迅速组织开展全国签名运动，签名人数达2.2亿人，占世界签名人数的一半。11月，在华沙召开第二届世界保卫和平大会，81个国家代表参加，成立世界和平理事会，主席是约里奥·居里（法），副主席是南尼（意）、法捷耶夫（苏）、贝尔纳（英）、郭沫若（中）等。

1951年，梁希作为中国人民保卫世界和平委员会常务委员，前往莫斯科出席世界人民保卫和平大会。

1952年1月3日，梁希赴保加利亚首都索非亚参加世界人民保卫和平大会。会上，梁希代表中国发表了《林业工作者坚决保卫和平》，向全世界发出呼声："中国人民需要和平，林业建设是百年大计，更需要持久的和平。现在新中国林业建设的车头已经开动了。……三十年以后，我们将消灭荒山地百分之五十，把内地沙荒及村庄附近的荒山全部消灭，把大小河流的水源林基本完成。这一远景是美丽而令人兴奋的，而完成这些事业的先决条件是必须坚决地保卫和平。"①

1953年1月，梁希再赴捷克斯洛伐克、罗马尼亚等国访问，广泛接触世界各国科学家，了解苏联、东欧社会主义国家的林业建设情况。

同年4月，梁希以全国科普主席身份，担任代表团团长，与茅以升、张昌绍、曹日昌、谷超豪等人一起，参加在布拉格召开的世界科协第二届全体代表大会。

频繁的世界科技交流和社会活动，正如梁希所说，是"读万卷书，不如行万里路"，是"满载而归，不虚此行"。他曾激动地向国外科学界表示："中国科学家们在中国共产党领导中国人民进行的解放斗争并且获得了伟

---

① 林业工作者坚决保卫和平[C]//梁希文集.1983: 299.

大胜利以后，在思想上和工作方向上已经有了新的转变，那就是理论与实际结合、为人民服务的观点的确立。……由于这个转变，已经使中国科学工作呈现了空前的光明景象。……这就说明了人民的力量是无敌的，人民的科学是永远不会衰落的。"①

梁希作为一个从旧体制过来的科学工作者，亲身感受到在人民当家作主的国家里，科学得到重视，科学工作者受到重视，他的内心对未来、对科学充满了希望。

为科学的重生而欢呼

"新中国需要科学，需要科学家。"

1949年9月21日，中国人民政治协商会议第一届全体会议在北京举行，梁希作为科代会筹备委员会的代表，参加了这一标志着人民当家作主的盛会。梁希在大会上发了言，他兴奋地说："从今天起，科学在中国再也不是一种装饰品，不再是为少数人服务，而要为人民大众服务了。"他号召广大科学工作者，"要坚决站在人民大众立场，使科学为人民大众服务"。

1952年，他在欢迎来访的英国人民文化代表团时说："我相信，你们踏进新中国的国土，见到新中国的气象，和从前腐败的旧中国一比较，会替我们欢喜：中国科学工作者有了用武之地了。"②

"从前中国自然科学工作强调个人兴趣，唯一的成绩是发表枝节的零星的研究论文，求得国内外同行的欣赏和自我欣赏，题目越冷门越好，但不管它是否适应国家需要。现在变了……我们一方面发展着理论科学，比如解析数论、矩阵几何等仍是数学家们钻研的题目。另一方面，在应用科学方面，科学家的研究题目都能适应国家建设要求。国家需要它，人民需要它，科学工作者就在这里下功夫，并且获得了成绩。"

"从前中国科学工作者瞧不起工人和农民，嫌他们贫穷、落后，不和他

---

① 在布拉格机场的答词[C]//梁希文集.1983:284.
② 在招待英国人民文化代表团座谈会的讲话[C]//梁希文集.1983:288.

梁希与苏联专家合影

们做朋友,现在变了……我们成立了中华全国科学技术普及协会,普及科学技术,就是把科学技术带到工农大众中去,使他们在经济建设中能发挥更大的力量。"①

1952年,他畅谈了新社会科学工作者如何为人民服务的看法。他说:"解放以后,中国起了一个翻天覆地的大变化,新时代对科学家的评价与旧时代根本不同,新时代另用一种尺度,另立一个标准来评论科学家。什么标准呢?第一,以科学家对人民有没有贡献为标准;第二,以科学家在新中国建设事业上是否发生作用为标准;第三,以科学家能否解决实际问题为标准。假使这三个标准中一个不合格的话,不管你有多大本领,不管你读破几万卷书,不管你向外国发表过多少研究论文,中国人民不需要你,因为你与

---

① 在招待英国人民文化代表团座谈会的讲话[C]//梁希文集.1983:289.

人民的脱离关系，不能为人民服务。"①

1953年，《中华人民共和国宪法（草案）》公布，梁希掩饰不住内心的喜悦，连夜写了《中国人民的一件大喜事》，欢呼新宪法的诞生。他写道："这是人民民主政权的产物，这是中国人民好多年争取不到的东西。莫说远的，单说'五四'运动以后，爱国知识分子都着急，大家以为没有民主，没有科学，中国就无法摆脱殖民地的厄运，于是大声疾呼，提出了热烈的愿望，需要'德先生'——民主，需要'赛先生'——科学。愿望尽管热烈，在反动派面前却碰了壁，有的人更因此牺牲了生命。从这里就可以看出，人民没有政权，什么东西都拿不到手。……它昭示我们，现在中国人民所争取到的民主，是真正的民主，而不是从资本主义国家来的挂羊头卖狗肉的'德先生'。"

他欣喜地指出："科学也有了保证。宪法草案指出，国家保障公民进行科学研究的自由；国家又对科学创造性工作给以鼓励和帮助。我想，这里所说的科学，必不是出身资本主义国家、脑袋里装满资产阶级思想的'赛先生'，而是先进的结合实际的科学了。作为一个科学工作者，应该和其他人民一样，用胜利的心情来迎接这个宪法草案。"

五四运动以后，知识分子叫喊着要"德先生"和"赛先生"好多年，还是叫不到。今天由人民革命争取到并由宪法固定下来的民主，比当年所想象的"德先生"要高明，而这里头的科学，也比当年所希望的"赛先生"更高明。这真是科学界的一件大喜事。②

作为从旧社会过来的知识分子、科学家，经历过五四运动洗礼的民主人士，看到新中国用宪法的形式，使他们一代知识分子苦苦追随的"德先生""赛先生"终于有了一个完美的结局，心情是何等激动，何等兴奋！

1956年，梁希在《向台湾科学文教界的朋友发表广播讲话》中，畅谈新中国的民主生活。他说："民主党派对国家一切政策和具体措施，大而至于

---

① 在招待英国人民文化代表团座谈会的讲话[C]//梁希文集.1983：289.
② 中国人民的一件大喜事[C]//梁希文集.1983：330-331.

共同纲领,宪法和许多重大政策、法令,小而至于某一项工作中的缺点和错误,都和共产党共同讨论,随时建议,随时提出意见的。"

"我愉快地告诉你们:在新中国,消极者可以变成积极,老年人可以变成青年。……我除了领导林业部的工作和参加许多社会活动以外,还和几个老朋友合力组织着全国科学技术普及协会。"①

1956年4月,为适应新中国科技发展新形势,推动科学技术的发展,实现社会主义工业化的目标,中央组织了全国300多位科技专家及苏联专家参与讨论制定《1956—1967年科学技术发展远景规划》。这是新中国的第一个科学技术发展规划,是国家发展科学技术事业的一次成功的管理实践。

梁希作为我国林业科学家及行政管理领导,担任了科学规划委员会的委员,参与这一项影响中国科技发展未来的重大规划制定。

新中国,新时代,一生怀抱"科学梦想"的梁希,焕发了新的活力。

生命的最后时刻

1957年8月,第一次全国规模的全国农业展览会在北京展览馆举行,设有林业展厅即林业馆,集中展示1949年以来我国林业建设的成就。

林业展览获得各界普遍好评,梁希也有了新感想。当天夜晚,他伏案挥笔,很快写成了《林业展览馆参观以后》一文,副标题是"谁也不能说森林与工业、农业之间有矛盾",专门论述如何处理好林业与工业、农业发展的关系。

他在文章中开门见山地写道:"自全国农业展览会开幕以来,每天有上千上万人来参观,也就有上千上万人踏进林业馆。……在这样一个富丽堂皇的、内容充实的、远景美丽的林业馆,人们只见到森林对工业、农业和人民生活的密切关系,而不会发现矛盾。"

"这表现在采伐上。……总之,需要与供应发生矛盾,采伐与森林经营

---

① 向台湾科学文教界朋友们的广播讲话[C]//梁希文集.1983:463-464.

发生矛盾，目前利益与长远利益发生矛盾。要解决这个矛盾，不能专靠大量采伐，因为中国森林覆被率太小，滥伐对水土保持有害。而且中国木材蓄积量根本不多，山区木材运输能力也有限，不能多伐。要解决矛盾，又不能靠外国木材输入。……根本办法是造林。"

"古人说：'民以食为天'。我们赞成山区生产粮食，但不赞成粮食排挤森林。山区无森林，农民就没有前途。只顾目前，只顾广种薄收，却忘记了'山上开荒，山下遭殃'一句老话。"①

科学的认识，理性的思考，他把新中国林业发展与国家经济发展大局联系在一起，进行了全面科学的阐述，提出最新的促进林业发展的思路。

他思虑不断，笔耕不辍，为人们对林业认识不足、林业发展不够快的现象忧心，为各地缺乏森林而导致风沙、水灾、旱灾频发而忧心。两年间，他撰写了《从五年到二十年》《把科学技术知识交给人民》《人民的林业》《林业工作者的重大任务》等文章，从多个角度，阐述林业在国民经济建设中的重要作用，强调要大力发展林业，植树造林，造福人民。

他认为，要大力发展林业，人民革命胜利后的另一个战斗任务，就是刻不容缓地进行防旱、防风、防沙、防水，同大自然作斗争。要响应党的绿化祖国的伟大号召，营造相当数量的用材林、农田防护林、水土保持林、特用经济林、薪炭林等。他说："假若我们把已经进行的工作和十二年的绿化任务相比较，那么，我们所做的工作只是微不足道的一点点。如果再进一步，遥想到全国无限荒芜的深山，远山，甚至石山，则头一个十二年绿化工作的措施，还仅仅是巨大绿化工作的一个开端。"②

时间进入1958年，这是一个值得关注的年份。

国际上，欧洲经济共同体共同市场成立，世界经济格局出现新变化；最后一台蒸汽机车头开进了荷兰博物馆，标志着蒸汽机车时代的结束，内燃机车时代到来；英美科学家完成核聚变试验；美国继苏联之后成功地发射了人造卫星"探险者1号"……世界科技日新月异，迅猛发展。

---

① 林业展览馆参观以后[C]//梁希文集.1983：468-472.
② 人民的林业[C]//梁希文集.1983：474.

在中国，制定了《喷气与火箭技术十年（1958—1967年）发展规划纲要》，开始了中国的人造卫星时代；在酒泉兴建运载火箭发射场，标志着我国第一个自主发射基地的诞生；中国第一家电视台北京电视台（即中央电视台的前身）开始试播；中国第一台计算机103型通用数字电子计算机研制成功；中国第一艘万吨远洋轮"跃进号"下水……

随着对未来科技发展的极大期待，中国为了摆脱西方的经济围堵，在一些地方出现了偏离科学理性的不和谐声音，科学研究在各种频繁的"运动"中累受影响。最典型的是赶英超美的"大跃进"运动开始了，"大炼钢铁"席卷全国。这一年，全国有9000万人参加炼钢，建设了60多万座土高炉，全国基本建设投资增加一倍，新增加职工2000万人。这一年年底统计，生产钢铁1073万吨，其中有300万吨土钢，却根本没有用。

林业受到前所未有的摧残，为了"大炼钢铁"，大量的森林被破坏，树木被砍伐；刚刚兴起的植树造林运动，由于农业生产的破坏，也陷入了困境。

好在这些并没有太大地影响到梁希，他的林业梦想，依然充满着阳光。

梁希始终保持着对林业科学发展的美好期待，《全国农业发展纲要（修正草案）》颁布实施，梁希明确了林业发展的规定和任务要求。1957年10月，他在《光明日报》上发表《林业工作者的重大任务》一文，对《纲要》中林业工作任务进行解读。1958年初，他一连发表了多篇文章，阐述对林业未来发展的高度关注。1月，写了《贯彻农业发展纲要，大力开展造林工作》；2月，写了《进一步扩大林业在水土保持上的作用》；3月，写了《每社造林百亩千亩万亩，每户植树十株百株千株》。

他是一个理想之帆高悬的科学家，对未来发展有着一种发自内心的信心与期待："只要我们不懈地努力，则实现《农业发展纲要（修正草案）》中的水土保持工作要求是完全可能的。……按照《农业发展纲要（修正草案）》的精神，进行具体规划，有准备、有步骤地逐步加以实施。"①

---

① 林业工作者的重大任务[C].梁希文集.1983：479-480.

2月，全国人大一届五次会议在北京召开，梁希在大会上发言，大声疾呼："必须大力开展造林运动，积极发展国营造林，发展速生树种，加强采伐迹地更新，积极提高木材利用率，反对浪费木材，从集中的大面积皆伐，逐步过渡到分散的小规模采伐。"

这一时期，他几乎每月都有文章发表在《中国林业》《光明日报》等报刊上，以一己之力，大声疾呼，要重视林业，植树造林，绿化祖国。

人民给予的崇高礼遇

1958年3月16日，梁希抱病参加了各民主党派和无党派民主人士社会主义改造大会。会议整整开了一天，他终于累倒了，发着高烧，身体极度虚弱。

3月17日，连续高强度的工作、思虑、写作，这位已经75岁高龄、身体单薄的林业部部长，终于病倒了。他发着高烧，住进北京医院治疗。医师经过会诊，认为是肺炎，建议退烧后静养观察。他听说后，认为不是大事，马上要求出院，直接去了单位，不顾体弱带病，伏案认真修改《让绿荫护夏　红叶迎秋》一文。9月27日，《人民日报》刊登这篇文章，竟成了他公开发表的最后一篇文章。

9月18日，全国科联、全国科普同期召开全国代表大会。会议的重大议题是，宣告两大科技团体合并，成立中华人民共和国科学技术协会，梁希当选为副主席。

梁希抱病参加了这次重要大会。后来因病情加重，他再次住院治疗。所以会后的合影，梁希已经没有在画面中了。

10月25日，躺在病床上的梁希努力挣扎起来，亲笔写了一封信，再次交给部办公厅主任："北京医院检查身体后，医生要我把休养延长到十二月底。请办公厅替我向国务院请续假。"①

---

① 张楚宝.梁希先生年谱［C］//梁希纪念集.1983：177．

他写第一第请假条时,还是笔划端正,字迹清楚的,当再次请假时,他写字都很困难,手拿笔也不稳了,写出的字体潦草,甚至些有难以辨认了。梁希是一个极认真的人,也知道自己病情严重,身体极其虚弱,但是还是严格遵守组织纪律,坚持办理请假手续,也表达渴望能早日重回工作岗位的迫切心情!

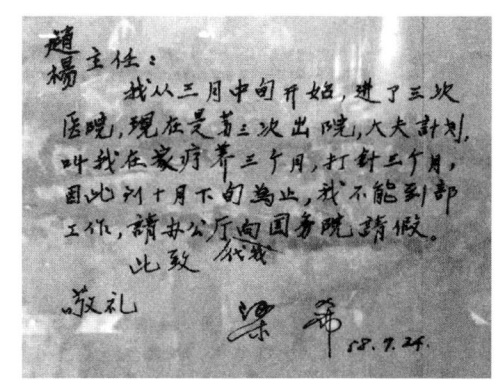

梁希的请假条

11月28日,九三学社召开第二届全国社员代表大会。选举产生了第五届中央委员会,梁希再次当选为副主席。

病重中的梁希,没能参加这次重要会议。

当他第四次住院时,经过医生确诊,已经转为肺癌,涉及胸膜,超出了手术及放射治疗的范围。此时,他的身体也异常消瘦,体重只有35千克。

1958年12月10日清晨5时,梁希因病抢救无效,与世长辞,享年75岁。

人民的林学家,人民的教育家,人民的政治活动家,告别了他为之奋斗的林业事业,停止了对"林钟"一生奋力地敲击。

人们不会忘记,共和国不会忘记。人们用最高的礼仪,来纪念这位"大地之梁"。

梁希逝世后,唁电、唁函、挽联、挽诗如雪片般飞向林业部,人们纷纷以各种方式纪念这位师友、长者和领导。

新华社第二天发布了讣告:

中华人民共和国林业部部长、全国人民代表大会代表、中国人民政治协商会议全国委员会常务委员、中华人民共和国科学技术协会副主席、九三学社副主席梁希先生因患肺癌,经医治无效,于12月10时在北京逝世,当日入殓,灵柩停放在中山公园中山堂。梁希部长治丧委员会已于当日成立，经委员会决定于12月14日上午10时在中山堂举行公祭。

梁希去世后，由周恩来、彭真、邓子恢、习仲勋、郭沫若、陈叔通、李维汉、李济深、沈钧儒、黄炎培、季方、马叙伦、陈其尤、许德珩、茅以升、潘菽、周培源、严济慈、涂长望、徐萌山、李四光、章汉夫、廖鲁言、王震、李烛尘、傅作义、李范五、刘成栋、罗玉川、惠中权、雍文涛、周骏鸣、张克侠、李相符、张庆孚、郑万钧等人组成治丧委员会。①

12月14日上午，在北京中山公园中山堂举行公祭仪式。悬挂着"梁希部长灵堂"横幅的追悼会现场，苍松围绕，白花簇拥，肃穆庄严，哀乐低泣。

从各地过来的党政领导、亲朋好友、学生同事等，沉浸在悲痛之中，默默地向梁希作最后的告别。

1958年12月15日，《人民日报》对追悼会作了报道：

> 首都各界人士九百多人今天上午在中山堂隆重举行公祭，追悼中华人民共和国林业部部长、全国人民代表大会代表、中国人民政治协商会议全国委员会常务委员、中华人民共和国科学技术协会副主席、中国科学院学部委员、九三学社副主席梁希先生。
>
> 梁希先生的灵堂内，陈放着党和国家领导人毛泽东、朱德、刘少奇、周恩来等人送的花圈。公祭仪式由贺龙、李济深、郭沫若、黄炎培、陈叔通、习仲勋、杨明轩、李四光、许德珩、平杰三、惠中权等担任主祭。
>
> 十时正，正祭仪式开始。乐队奏哀乐后，中共中央政治局委员、国务院副总理贺龙向梁希先生遗像敬献了花圈，全场肃立默哀。
>
> 许德珩接着致悼词。他在追述梁希先生生平事迹时说，梁希先生是一位勤恳的学者和教育工作者，是一位热情的爱国主义者。许德珩说，梁希先生生前曾热情洋溢地宣布他要亲眼看见社会主义的建成。

---

① 张楚宝.梁希先生年谱［C］//梁希纪念集.1983：178.

现在，先生看到了社会主义的大跃进，这在先生说来，可以说是"死而无憾"了，但是从国家和人民的需要来说，梁希先生的去世毕竟是一个沉痛的损失。

参加公祭的，还有国家机关各部门、各民主党派、各人民团体的负责人，以及首都各界人士和梁希先生的亲属等。

今天以前，各界人士一千多人曾前往中山堂梁希先生灵前吊唁。前往中山堂吊唁、敬献花圈并参加公祭的还有各国驻华使节和外交官员等。

公祭结束后，梁希移葬北京八宝山革命公墓。

矗立在青松翠柏间的汉白玉墓碑，粗壮的立柱，简洁的设计，肃穆庄严，正中镶嵌着梁希的遗像，国务院副总理、首任中国科学院院长郭沫若题写了"梁希先生之墓"。

梁希以慈祥的目光，深情地注视着正变绿、变美的大好河山。更多的人们来到这里，表达着对这位林学家的深深敬意。

梁希永远活在人民心中！

他的英名，将永远留在祖国大地的绿水青山之间，回荡在莽莽林海间滚滚不息的松涛里！

结束语

斯人已去，大地苍茫！

1983年12月28日，是梁希一百周年诞辰。

是年12月15日，全国政协、九三学社、中国科协、林业部、中国农学会、中国林学会联合举行大会，隆重纪念梁希百年诞辰。大会由全国人大委员会副委员长、九三学社主席许德珩主持，中共中央政治局委员、国务委员方毅讲话，回顾了梁希热爱祖国、热爱人民的一生，高度赞扬梁希是"中国共产党的真诚朋友，我国林业界的一代师表，我国科技界的一面旗帜"。

年届94岁的老友兼同事许德珩，专门写了一首纪念诗："林业创先河，教育启后贤。科普人怀旧，诗词我忆前。九三同事日，融融长者颜。正直不阿谀，箴言如甘泉。德行后世法，品学山之巅。山之巅兮水之涯，我思君兮泪潸然。"高度概括了梁希的人品与学识，肯定了他为社会作出的巨大贡献，对梁希的逝世，表达了深深的怀念之情。

几十年来，为了纪念梁希、缅怀梁希，故乡的人民、他的学生故友、他工作过的大学，都以各种方式纪念他、缅怀他。

1985年，梁希先生的学生、泰籍华人周光荣捐献10万元，设立了中国林学会梁希奖。后来，为了扩大梁希奖的范围和规模，中国林学会在原基础上扩大规模，设立梁希科学技术奖（简称"梁希奖"），包括梁希林业科学技术奖、梁希青年论文奖、梁希优秀学子奖、梁希科普奖四个奖项。有许多林人学子，从这两年一度的奖励中，收获了自豪，获得了荣誉，从镌刻着梁希名字的沉甸甸的奖杯、奖牌中，感悟着从中传递而来的那份情怀、那份期待！

1983年，梁希故乡的人民为了纪念这位著名的林学家、教育家，在湖

梁希森林公园

州市郊建设了一座梁希森林公园,全国各地近50个组织、单位和个人,纷纷捐款捐物,一起助建。2009年,湖州市政府重新规划,再次规划建设新的梁希森林公园,面积11.8平方千米,生态林地1096.7公顷,充分展现了梁希"河山妆锦绣,国土绘丹青"的思想精神。梁希纪念馆作为公园的三大主体建筑之一,于2013年10月建成,建筑面积约4600平方米,集收藏、展示、研究、交流和服务等功能为一体,运用图文说明、实物陈列、影视互动等表现形式,展示梁希精神,弘扬生态文化,成为瞻仰前辈、秉承优良传统、激励后人的重要教育场所。

1996年10月16日,在北京林业大学校园内,一座高约1.5米(含基座)的梁希半身像落成。四周青松翠柏,绿草茵茵,环境幽雅,有鸟儿在歇息鸣唱,有清风花香飘过,象征着梁希所期待"无山不绿,有水皆清,四时花香、万壑鸟鸣,替河山装成锦绣,把国土绘成丹青"的美好意境。梁希态度平和,目光亲切,流露出欣慰的笑容,注视着一群群充满活力的青年"林人",

从这里走过,走向广阔的森林世界。

2006年5月13日,国家邮政局发行了《中国现代科学家(四)》纪念邮票,其中,第1枚就是"林学家梁希",主图为梁希先生像和他的亲笔签名,背景是由几何图形组成的大片森林图案。人们选择在他的故乡双林镇,举行了隆重的首发仪式。漂泊了

林学家梁希纪念邮票

一生的梁希,用小小的一枚邮票,又走进了故乡,走进了人们的记忆。这枚珍贵的信使,将这里的小桥、流水、埠头、小船,还有那棵高高的银杏,传播到更远的地方。

梁希是极富有远见的,他用科学家的眼光,从自然万物相互依存的规律中,看到满目疮痍、水土流失的大地,是缺乏森林绿装庇护的原因;看到旧社会的动荡、政府的无能,才会导致林政衰惫,山河变色;看到新社会人民蕴含着伟大力量,可以绿化祖国、美化自然。

梁希也是极其幸运的,他一生怀抱理想,追求真理,充满希望,一步步走向光明;他一生钟情森林,喜爱绿色,以毕生精心描绘祖国秀美蓝图;他一生所追求的"无山不绿,有水皆清,四时花香,万壑鸟鸣"的美好希望,正在"美丽中国"建设中得到最好诠释,获得最终实现。

梁希,大地之梁,你的英名如恒久而博大的绿色森林那样,永远留在人们的心间!

附 件

梁希先生年谱

(参考张楚宝稿,有修改)

1883年(清光绪九年),农历十一月二十九日(公历12月28日),梁希出生于湖州吴兴双林镇(现为浙江省湖州市南浔区双林镇)。

1898年(光绪二十四年),15岁。考中秀才,人称"两浙才子"。

1905年(光绪三十一年),22岁。入浙江武备学堂,学习西洋军事。因体格不合,未能入选为军官。

1906年(光绪三十二年),23岁。考入官费留学日本。在日本东京弘文学院预科学习一年。

1907年(光绪三十三年),24岁。抱负"武备救国"理想,入日本士官学校学习,选拔为班长。同年,加入中国同盟会。

1912年(民国元年),29岁。辛亥革命爆发,回国参加浙江湖属军政分府,负责新军训练。南北议和,军政分府撤销,再去日本留学。

1913年,30岁。入东京帝国大学农学部,专攻森林利用、林产制造学科,开始步入林业人生。

1916年,33岁。完成学业,返回国内。初在奉天(今辽宁)安东(今丹东)鸭绿江采木公司任技正。后在国立北京农业专门学校任教,兼林科主任,讲授森林利用、林产制造、木材性质等课程。

1920年,37岁。率领林科应届毕业学生赴日本参观实习。

1923年,40岁。自费前往德国萨克逊林学院塔郎脱研究所留学,主攻林业化工。

1927年,44岁。从德国回国,受聘国立北京农业大学,任教授兼森林系主任。

8月,主持编辑《中华农学会丛刊》(即《中华农学会报》)。

1928年，45岁。任上海农学研究所研究员，著有《施肥问题》一文。

1929年，46岁。任浙江大学农学院森林系主任，筹创森林化学试验室。

6月，兼任建设厅技正，历时半年，调查杭州、湖州、宁波、绍兴、台州五府属（专区）山林概况。

1931年，48岁。出任中央大学农学院院长仅一个月，即悄然离宁返杭。

7月，发表《对于浙江旧泉唐道属创设林场之管见》的调查报告。

8月，发表《两浙看山记》。

1932年，49岁。2月，编译《日本近来试行木炭汽车之成绩》。

5—9月，指导王相骥助教开展马尾松采脂试验。

1933年，50岁。因同情许璇立场，与金善宝、蔡邦华等六十几位教师相率辞职。后赴中央大学森林系任教。

1934年，51岁。筹设中央大学森林化学室，进行松脂分析、桐油浸提、樟脑（樟油）蒸馏、木材干馏等试验。发表《松脂试验》《几种桐油种子之油量分析》等论文。

1935年，52岁。当选为中华农学会理事长。

6月，编印了《许叔玑纪念刊》。

9月，发表《樟脑（樟油）制造器具之商榷》研究报告。

1936年，53岁。7月，发表《木素定量》研究报告。12月，著《近世木精定量之新方法》，翻译了《德国采脂（松脂）之新方法》《盐酸刺激法所得松脂之性质》等论文。

1937年，54岁。1月，当选为中华农学会理事长。主持编辑出版《中华农学会报》第1—150期索引。6月，发表翻译德文《木材制糖工业》。西迁重庆后，募款恢复出版《中华农学会报》，创刊《中华农学会通讯》，在成渝两地举行4次年会。

1938年，55岁。接触到《新华日报》，结下了不解之缘。与潘菽、金善宝等举办自然科学座谈会，谈论时局发展，学习哲学理论。

1939年，56岁。3月12日，应重庆举办造林运动宣传周之邀作了《造林在我们自己的国土上》广播讲话。发表《中国十四省油桐种子之分析》（与周慧明合作）。

1940年，57岁。发表《重庆木材干馏试验》报告（与陶永明、郑兆崧合作）。8月，与邹树文院长等考察都江堰等地，沿途赋诗26首。

1941年，58岁。指导森林化学室开展科研，发表报告《川西（峨眉、峨边）木材之物理性》（与周光荣合作）。

1月，"皖南事变"后，用"一丁"的笔名，发表《用唯物论辩证法观察森林》一文，发表在《群众》周刊上。

1942年，59岁。用"凡僧"笔名，在《新华日报》创刊四周年时，发表诗文庆贺。

1943年，60岁。12月，周恩来、董必武、邓颖超在《新华日报》编辑部为其祝寿，潘汉年、章汉夫、石西民、于刚等参加，潘菽、金善宝等作陪。

1944年，61岁。中华农学会为纪念梁希主讲林学30年及主持会务的功绩，设立"梁叔五先生六十寿辰纪念奖学基金"，举办有奖征文。

2月，发表《竹材之物理性质及力学性质初步试验报告》（与周光荣、陈桂升、梁世镇、彭叔常合作）。

1945年，62岁。与潘菽、涂长望、金善宝、沈其益等二十几位科学家发起组建中国科学工作者协会，任常务监事。担任《科学新闻》报编委。

1946年，63岁。元旦，为森林系《林钟》刊物写了"复刊词"，号召"要打得准，打得猛，打得紧，一直打到黄河流碧水，赤地变青山"。

1月，民主科学座谈会、自然科学座谈会为主体的学术界人士举行座谈，成立九三学社，当选为监事。

9月，应邀赴台湾视察，提出"将山林划归省林务处统一管理"的建议。

9月3日，九三学社发表《为国际民主胜利周年纪念宣言》，在宣言上签名。

1947年，64岁。5月20日，宁、沪、苏、杭16所学校学生联合游行请愿，遭到残酷镇压，造成"五二〇惨案"。探望伤员，奔走营救，要求释放被捕学生。

7月20日,成立中国科学工作者协会南京分会,当选为理事长。

1948年,65岁。2月,再度去台湾考察林业,历时6周。发表《台湾林业视察后之管见》。沿途即兴赋诗40首,集成《台湾之行》。

5月4日,南京中央大学等发表了《纪念五四保障人权,保障教育,抢救民族危机宣言》,梁希、潘菽、涂长望、金善宝等参加自然科学座谈会。在营火晚会上,他面对威胁,以"天色快要破晓,光明就将到来"鼓舞同学。

9月,《科学时代》月刊发表《中国林学的导师——梁希先生》,称赞他是"追求日新的白发青年""他永远是年青的"。

11月,梁希在会刊《科学工作者》上发表《科学与政治》。

1949年,66岁。1月31日,决定组织校务维持委员会,选举胡小石、梁希、郑集为常务委员。

4月1日,发生"四·一惨案",梁希、胡小石、郑集等闻讯后,前往医院和学生宿舍探望慰问受伤学生。

4月8日,撤离南京,到达香港,5月上旬抵达北京。

6月,新的人民政协筹备会议于北京召开,作为民主教授界的代表,参加了筹备会议。

7月13—18日,中华全国第一次自然科学工作者代表大会筹备会在北京召开,当选为副主任委员。选举梁希等15名代表参加中国人民政治协商会议。

8月10日,国立中央大学改名为国立南京大学,被任命为校务委员会主席。

9月21—30日,中国人民政治协商会议第一届全国委员会在北京举行,当选为政协全国委员会常务委员。被政务院总理周恩来提名担任林垦部部长。

10月1日,中华人民共和国中央人民政府宣告成立。参加开国大典。

1950年,67岁。2月28日,林垦部召开首次全国林业工作会议,作了《林业工作方针与任务》报告。

3月，发表《这一次的春季造林》一文。

6月，发表《中国林业》杂志创刊"发刊词"，向全国林业工作者提出了"彻底消灭荒山，绿化新中国"的任务。

8月18日，全国科学工作者代表会议在北京召开，致开幕词。成立中华全国自然科学专门学会联合会（简称"全国科联"）、"中华全国科学技术普及协会"（简称"全国科普"）。当选为全国科普的主席。

9月，前往小陇山考察，写了《西北林区考察报告》。一路赋诗35首，汇成《西北纪行》。

9月22日，参加西北农林技术会议，作了题为《我们要用森林做武器来和西北的沙斗争》的讲话。

1951年，68岁。2月26日，中国林学会正式成立，当选为理事长。

4月11—14日，以全国科普主席身份，担任代表团团长，赴捷克斯洛伐克，参加世界科协第二届代表大会。

8月，赴广州送别6所大学组成的"森林工作团"。

年底，当选为中国人民保卫世界和平委员会常务委员，前往莫斯科出席世界人民保卫和平大会。

11月初，赴捷克斯洛伐克、罗马尼亚访问。

11月5日，中央人民政府决定将林垦部改为林业部，担任林业部部长。

1952年，69岁。1月3日，赴保加利亚访问，发表《林业工作者坚决保卫和平》。

7月，赴东北视察林业，作了《东北今后林业工作的方针和任务》的讲话。

10月，发表《三年来的中国林业》一文。

11月，考察泾河流域。

1953年，70岁。3—4月，考察了延水、洛河和无定河流域，发表《泾河、无定河流域林区考察报告》。

7月9日，周总理主持召开政务院185次政务会议，讨论《关于发动群众开展造林、育林、护林运动的指示》。梁希作专题汇报，修改后正式颁布。

12月28日，林业部党组为梁希举办祝寿晚会，他激情满怀地表示，要订一个个人的五年计划，亲眼看到社会主义在我国建成。

1954年，71岁。1月，在全国林业工作会议上，作了《1954年林业工作概况及1955年的中心工作》报告。

9月，当选为第一届全国人民代表大会代表，参加了全国人大第一次会议。25日，作大会发言。

10—11月，在教育部、农业部、林业部联合召开第二次全国高等农林教育会议上，作专题发言。

12月21日，当选为政协第二届全国委员会常务委员。27日，主持第五次全国林业会议。编写图文并茂的科普读物《森林在国民经济建设中的作用》，发表《中国第一部森林影片和群众见面了》一文。向台湾农林界朋友发表广播讲话。写了《林业调查设计工作者当前的责任》《有计划地发展林业》等文章。

1955年，72岁。4月4日，作题为《做好春季造林工作》的广播讲话。

8月，在国有林森林工业厅局长会议上，作题为《完成林业建设的五年计划，保证供应工业建设用材并减少农田灾害》的报告。

10月，在第六次全国林业会议上，作《1955年林业工作基本情况及1956年工作任务》报告。

10月10—20日，在第一次全国水土保持工作会议上，作《有关水土保持的营林工作》的报告。

冬，作为全国人大代表，赴浙江视察了新登、建德、开化三个县，发表《开化县不应该开山》一文。

1956年，73岁。2月，九三学社召开了第一届全国社员代表大会，当选为副主席。

2月，发表《绿化黄土高原，根治黄河水害》。

3月，发表《黄河流碧水，赤地变青山》一文。

6月，发表《向高中应届毕业生介绍林业和林学》。

6月19日，出席全国人大一届三次会议，作了《争取做到全国山青水秀风调雨顺》的发言。

10月，在林业部召开的第七次全国林业会议上，作了《1956年林业工作基本情况及1957年工作任务》的报告。

1957年，74岁。7月，陪同周恩来总理参观林业展览会，发表《林业展览参观以后》一文。发表《把科学技术知识交给人民》《人民的林业》《林业工作者的重大任务》等文章。

1958年，75岁。1月，发表《贯彻农业发展纲要，大力开展造林工作》一文。2月，发表《进一步扩大林业在水土保持上的作用》。3月，发表《每社造林百亩千亩万亩，每户植树十株百株千株》。

2月6日，在全国人大一届五次会议上发言。

9月，全国科联和全国科普召开全国代表大会，合并成立中华人民共和国科学技术协会，简称"中国科协"，当选为副主席。

27日，《人民日报》发表了《让绿荫护夏　红叶迎秋》一文，成为生前发表的最后一篇文章。

11月，九三学社召开第二届全国社员代表大会，当选为副主席。

12月10日，清晨5时，因病医治无效，与世长辞。

12月14日上午，在中山公园中山堂举行公祭。安葬在八宝山革命公墓。

梁希先生主要论著

1. 梁希. 民生问题与森林[J]. 林学（创刊号），1929.

2. 梁希. 西湖可以无森林乎[J]. 中华农学会报，1929（67）.

3. 梁希. 两浙看山记[J]. 中华农学会报，1931（89）.

4. 梁希. 对于浙江旧泉唐属创设林场之管见[J]. 中华农学会报，1931（90）.

5. 梁希. 日本近来试行木炭汽车之成绩[J]. 中华农学会报，1932（98—99）.

6. 梁希.《森林专号》弁言[J]. 中华农学会报，1934（129—130）.

7. 梁希、王相骥. 松脂试验[J]. 中华农学会报，1934（129—130）.

8. 梁希. 樟脑（樟油）制造器具之商榷[J]. 中华农学会报，1935（140—141）.

9. 梁希，张楚宝. 几种油桐种子之油量分析[J]. 农学丛刊，1935（3）.

10. 梁希. 近世甲醇定量之新方法[J]. 林学，1936（6）.

11. 梁希，王相骥. 木素定量[J]. 中华农学会报，1936（153）.

12. 梁希. 造林在我们自己的国土上[N]. 广播周报，1939（163）.

13. 梁希，周慧明. 中国十四省油桐种子之分析[J]. 中华农学会报，1939（167）.

14. 梁希，陶永时，郑兆松. 重庆木材干馏试验[J]. 中华农学会报，1940（168）.

15. 梁希. 用唯物论辩证法观察森林[C]//梁希文集，1983（87）.

16. 梁希，周慧明. 中国十四省油桐种子分析第二报[J]. 中华农学会报，1941（171）.

17. 梁希，周光荣. 川西（峨眉、峨边）木材之物理性[J]. 中华农学会报，1941（171）.

18.梁希,周慧明.油桐抽提试验[J].中华农学会报,1941(172).

19.梁希,周光荣.竹材之物理性质及力学性质初步试验报告[J].林学,1944,3(1).

20.梁希.《林钟》复刊词[J].林钟,1946.

21.梁希.科学与政治[J].科学工作者(创刊号),1948.

22.梁希,朱慧方.台湾林业视察后之管见[J].林产通讯,1948.2(7).

23.梁希.《中国林业》发刊词[J].中国林业,1950,1(1).

24.梁希.这一次的春节造林[J].中国林业,1950,1(1).

25.梁希.我们要用森林做武器来和西北的沙斗争[J].中国林业,1950,1(5).

26.梁希.西北林区考察报告[J].中国林业,1950,1(6).

27.梁希.在中南区农林生产总结会议上的报告[J].中国林业,1951,2(2).

28.梁希.新中国的林业[J].中国林业,1951,2(3).

29.梁希.两年来的中国林业建设[J].中国林业,1951,3(4).

30.梁希.组织群众护林造林,坚决反对浪费木材[J].中国林业,1951,3(5).

31.梁希.三年来的中国林业[J].中国林业,1952(10).

32.梁希.泾河、无定河流域考察报告[J].中国林业,1953(8).

33.梁希.在林业干部教育座谈会上的总结报告[J].中国林业,1953(11).

34.梁希.有计划地发展林业[J].中国林业,1954(10).

35.梁希.做好春季造林工作[J].中国林业,1955(4).

36.梁希.有关水土保持的营林工作[J].中国林业,1956(1).

37.梁希.开化县不应该开山[J].中国林业,1956(2).

38.梁希.绿化黄土高原,根治黄河水害[J].旅行家,1956(2).

39.梁希.黄河流碧水,赤地变青山[J].中国青年,1956(4).

40.梁希.争取做到全国山青水秀风调雨顺[J].中国林业,1956(8).

41. 梁希. 妇女有权利要求科学家普及科学[J]. 中国妇女, 1956 (10).

42. 梁希. 人民的林业[J]. 知识就是力量, 1957 (10).

43. 梁希. 林业工作者的重大任务[N]. 光明日报, 1957-10-30.

44. 梁希. 贯彻农业发展纲要, 大力开展造林工作[J]. 中国林业, 1958 (1).

45. 梁希. 进一步扩大林业在水土保持上的作用[J]. 中国林业, 1958 (2).

46. 梁希. 每社造林百亩千亩万亩, 每户植树十株百株千株[J]. 中国林业, 1958 (3).

47. 梁希. 让绿荫护夏　红叶迎秋[J]. 中国林业, 1958 (12).

48. 梁希. 林产制造化学[M]. 北京: 中国林业出版社, 1983.

梁希科学技术奖

"梁希科学技术奖"是2004年经科技部批准,由中国林学会申请设立的面向全国、代表我国林业行业最高科技水平的奖项。

梁希先生是我国杰出的爱国主义者,著名的林学家、林业教育家和社会活动家,在我国科技界和林业界享有崇高的威望。早在1985年由梁希先生的学生泰籍华人周光荣先生捐献10万元,设立了中国林学会梁希奖。中国林学会梁希奖共评选过四次,在林业科技界产生了良好的影响。在国家取消政府部门科技进步奖的评选之后,民间科技奖励的地位和作用更加突出。

2002年,在中国林学会第十次全国会员代表大会上,江泽慧理事长提出了建立梁希科技教育基金的倡议,这一倡议得到了广大林业企事业单位和林业科技工作者的积极响应和大力支持。2003年12月28日,中国林学会与九三学社、湖州市人民政府等单位联合在人民大会堂召开了纪念梁希先生诞辰120周年暨梁希科技教育基金成立大会。梁希科技教育基金正式成立。为了扩大梁希奖的范围和规模,2004年中国林学会在原中国林学会梁希奖的基础上扩大规模设立梁希科学技术奖。

梁希科学技术奖包括梁希林业科学技术奖、梁希青年论文奖、梁希优秀学子奖、梁希科普奖四个奖项。主要奖励优秀的林业科技成果、优秀的学术论文和科普作品,表彰在林业科研教学中作出突出贡献的科技工作者、表现突出的林业院校在校优秀学生和先进的林业科普工作者和集体。其目的是激励广大林草科技工作者的积极性和创造性,促进林业和草原科技人才的成长,推动林业和草原科教事业的发展。

随着新阶段我国科技自立自强的要求和我国林草事业的发展需求,2019年,为贯彻落实《中共国家林业和草原局党组关于激励科技创新人才的实施意见》精神,学会依据程序对《梁希林业科学技术奖的奖励办法与实施细则》进行了修订，在梁希林业科学技术奖中增设了自然科学奖、技术发明奖和国际科技合作奖三项内容。增设后，梁希林业科学技术奖包含科技进步奖、自然科学奖、技术发明奖和国际科技合作奖。

梁希科学技术奖在国家林业和草原局、国家科学技术奖励工作办公室以及社会各界的大力支持下，多年来一直秉承公平、公正、公开的评选原则，科学严谨的评审态度，平稳有序的组织每一次奖项评选工作。自设奖以来，学会严格按照《社会力量设立科学技术奖管理办法》《梁希科学技术奖奖励条例》等有关政策的规定，有序开展梁希科学技术奖各奖项的评选活动。奖励效果显著，有力地促进了科技创新和成果转化，得到了业务主管部门和社会各界的广泛好评。

截止2021年9月，梁希林业科学技术奖共评选了十二届，获奖成果1000余项，为国家科技进步奖提供了储备。据不完全统计，共有20余项梁希科学技术奖获奖项目获得国家科学技术奖。2009年、2015年和2017年在国家科学技术奖励工作办公室组织的社会力量设奖评价中获得优秀，其中2017年在全国200多个社会力量设奖中排名第9。

中国林学会（中国林学会供稿）

梁希森林公园和梁希纪念馆

梁希森林公园是20世纪80年代,得到国家林业部、中央绿化办公室、九三学社中央的重视与支持,由全国24个省、市、自治区等近50个单位和个人的资助建成。后因湖州市杭宁高速公路湖州段穿过梁希森林公园主体区域,昔日的纪念和休闲之地不复存在。为此,九三学社、湖州市委多方呼吁,并连续多年向市政府提出提案,希望能重建森林公园。

2009年,方案得到了湖州市委、市政府重视,决定重新规划、再建湖州梁希森林公园。项目于2011年启动,经过3年的建设,3个月的试运行,于2014年12月28日正式开园。梁希森林公园总面积11.8平方千米,生态林地1096.7公顷,占总面积93%。公园充分展现梁希先生"河山妆锦绣,国土绘丹青"的思想精神和成就。

梁希纪念馆是梁希森林公园三大主体建筑之一,是一个纪念梁希先生的纪念馆,建筑面积约4600平方米。纪念馆以梁希生平事迹的宣传教育、梁希文物资料的征集保护为主要任务,集收藏、展示、研究、交流和服务等功能为一体,运用图文说明、实物陈列、影视互动等表现形式反映梁希精神,弘扬生态文化,不仅展现其为之奋斗的我国林业发展成果,更是纪念瞻仰前辈、传承优良传统的教育基地。

梁希纪念邮票和纪念像

2006年5月13日,国家邮政局发行了《中国现代科学家(四)》纪念邮票,第1枚就是"林学家梁希",主图为梁希先生像和其亲笔签名,背景配以由几何图形组成的林木图案。发行当日,在梁希故里双林镇举行了梁希纪念邮票首发式。

1996年10月16日,梁希纪念像在北京林业大学(即当年的国立北京农业专门学校)校园落成。纪念像高约1.5米(含基座),基座上安放着梁希先生的半身像,清癯的面孔上架着一副眼镜,和蔼的目光注视着前方,又像在深思。隶书"梁希"二字,苍劲有力。四周树木环绕,四季青翠,环境幽雅。

媒体报道:"梁希先生是著名林学家、林业教育家和社会活动家,近代林学和林业杰出的开拓者之一。他培养了大批林业科技人才,在中国首创了林产制造化学,传播了新的林业科学理论,提出了全面发展林业、绿化全中国的林业建设方向,把中国林业建设推向了一个新的阶段。"梁希纪念像,是对学生进行专业思想教育的重要场所,一代又一代的北京林业大学的"林人"不会忘记梁希先生所描绘的美好理想:"无山不绿,有水皆清,四时花香,万壑鸟鸣,替河山妆成锦绣,把国土绘成丹青,新中国的林人,同时也是新中国的艺人。"

每天,看着北京林业大学的飞速发展,看着一批批"林人"走出校园,走进社会,梁希先生脸上的笑容是欣慰的。

一棵银杏的联想

  为了写作梁希先生的传记，我专程赴湖州双林镇，去寻找生长在他家老宅的银杏树。经过多方打听和寻找，终于在镇里一排三层楼砖房的背后，穿过边上一住户的客厅，看到它的芳容。楼房围成约20平方米的天井里，有一棵树龄300多年、胸径约1米、高20多米的银杏，残留的几支树干，依然遒劲挺拔，顽强地直刺蓝天，不算茂密的扇形叶儿，随风摇曳。这就是新中国第一任林垦部部长梁希先生旧宅所在。遥想一下，小时的梁希，就在这庭院银杏树下读书、识字、听故事，或许在苍老的树皮下，他也如同普通少年一样，寻找着蚂蚁、喂食着捕获的蚊子。更有可能，是他在高大树下沉思，思忖着它是从哪里来的，又是如何长大结果的。

  银杏是神树，是生命力顽强而神秘的象征。作为世间罕见的第四纪冰川孑遗植物，它仅存于东亚地区，被称为"活化石""活标本"。它的生命历程里，曾与恐龙为伴，为它挡过炽热的阳光，也目睹过生物大绝灭的惨象；它闯过了茫茫无际的冰封岁月，经受了无尽风霜的残酷摧残，获得奇迹般的新生。在我国，大江南北许多古村落中、祠社旁，常见它屹立千年而不倒，庇护众生安危，被人敬奉为神树，披红戴绿，挂满祝词祷语，接受香火供奉。它是雌雄异株的植物，隐含了生命进化的自然密码，也是相亲相爱的爱情象征；它又称公孙树，公公辈栽种，孙子才能吃到果实，或说是它开花结果成熟，爷孙同株，挂满枝头，寓意家族兴旺，世代同堂。白果是秋天里的美味，无论干湿，或爆或炒，都是一种美味；当然也是一剂良药，可以驱虫理气。古老的银杏常常生长在深山大川之间，矗立于古刹名胜之中，历尽千年风霜，披阅世间百态，为古老的中华文明增添了无尽的光彩，不少人将它称为"国树"。

  梁家庭院的这棵银杏，有300多年树龄了，在梁希的爷爷那辈就生长在这里。双林镇是江南水乡，板桥江静静地从梁家老宅前面流过，偶有船只驶过；一棵高大挺拔的银杏树，挺立在灰瓦白墙的中间，秋末时分，叶片变成金黄色，远远望去，"满树尽带黄金甲"，很是惹眼。外出的人们，傍晚时分，平原水乡之上，炊烟四起时，看到这棵大树，就意味快要到家，树有着指示牌的作用，温暖着田间劳作或旅行在外的人们。

时光荏苒，岁月变迁。梁希告别古老的银杏树，从这里走向全新的世界，留学日本，参加同盟会，追逐着从"武备救国"到"科学救国"的梦想；在北京、杭州、南京的大学里教书，成为著名林学家，桃李满天下，培养了大批林业人才，成为中国近现代林业开拓者之一。他向往光明，追求真理，成了著名的社会活动家，参加民主运动，反对独裁统治，创立了九三学社；他成了共和国林业部的首任部长，为新中国的新林业殚精竭虑，日夜操劳，孜孜以求实现"无山不绿，有水皆清，四时花香，万壑鸟鸣，替河山妆成锦绣，把国土绘成丹青"的理想。

梁家庭院的这株巨树，是他不能忘却的记忆，在他林学家的梦里，在30多年大学课堂上，在林化实验的专注里，在"植树造林绿化祖国"的心声里，在几十篇林学文章的字迹里，在那1000多首满含林间气息的诗歌中，在他的科普演讲的激情里，处处映照着银杏树的影子，蕴含着秋天里黄叶与白果的芬芳！在异国他乡留学苦读的日子，在烽火连天的松林坡的黑夜，它定然会悄然潜入他的梦境，老旧的庭院，板桥河的水，还有一片片远去的白帆。当他行走在两浙大地的荒山里，定然想起过这片绿色；当他直视滚滚而来的西北风沙时，定然想起过它的伟岸躯干；当他看到东北到云南的大片森林时，定然想起它顽强生存的自然密码！

这棵从祖辈开始就坚信有"神奇的力量"的银杏树，承载了诗书之家的所有希望。梁希，梁家的希望，名字拥有着美好寓意。高大的银杏，是他林业人生的引导者，是他绿色梦想的启迪者，更是他正直品格的写照，伟岸挺拔，顽强向上！

风云流逝，世事变迁。小镇发生的故事，如同石板桥来往的行人，来了又去，去了又来。这株古树经历无数寒暑风雨的侵蚀，日见沧桑枯黄，冷冷地看着，静静地等着。梁家的人搬走了，庭院没有了，河边的清水开始变得浑浊了。大树旁边盖起了一片砖房，将属于银杏的自由天空，剪成了碎片，自然伸展的枝杈，被残忍地砍掉，理由是挡住了人们的视野和阳光，然而，今日的新主人，有谁会顾念在此生活了300多年的旧主人感受，它的生存空间和阳光雨露呢？它渐渐失去了自由，也失去了树荫下肥沃的土地。

梁希的孙子梁锭这样描述："我爬上临近古树的一个三层楼上，隔窗望去，心中犹如刀割，原本翠绿的银杏树现在被紧紧围困着。在树干不足1米的东侧，又是三层的楼房，离树只有1米多不足10平方米的小院落内，地面脏乱不平，建造着私人的小厕所，垃圾满地。邻街一面早已盖上四五家高达三层的门面房。西面是一家旅馆，南面也是一栋四层建筑，离树约2米多远。原国家林业部为保护这棵银杏所建造的围墙早已不起作用。再者这棵古老的银杏四围主要侧枝也被砍得乱七八糟，幸好还有一线生机。1米多直径的古树在挣扎中，300多年的古银杏在呻吟着：救救我吧，还我以生存空间！看到这般情景，我痛心地掉下了眼泪。"

这位梁希后人忙着向各个相关部门去反映，去呼吁，问题终于得到了解决，发了专门公函，对古银杏进行保护。列入"浙江十大名木"，挂上古本保护铭牌，清理周边的环境。一时间，来访者络绎不绝，纷纷赞美它惊人的毅力、清奇的风骨。

诚然，经济发展、环境变化、人事变迁，甚至各方的利益博弈，都影响着这棵银杏的命运。所幸的是，这棵承载了梁希梦想的古树，受到了关注，重获了生机。

走在双林老街上，回望着那棵银杏树，我猛然有许多的联想。双林镇原称"商林"，有"商铺林立"之意。改名"双林"，去了些商业气息，倒增添了许多人文诗意。双林所在的湖州，地处太湖之滨、天目山麓，东有浩瀚大海，境内有京杭大运河贯穿，自古是人文胜地，气度非同凡响。不是所有的湖，都可以称太湖（即大湖）；不是所有的山，都可以称天目；不是所有的运河，都可以称大运河。这是一方非凡的土地，是开启文明曙光的地方，是开辟"丝绸之路"源头之所；是"放眼看世界"率先走向近现代文明的开放前沿。历代以来，这里文化繁荣，经济发达，名家名人辈出，最为可贵的是，科学家群体群星闪耀。有地质学家章鸿钊，有物理学家钱三强、赵九章、王仁，医学家叶橘泉等名家，也有中国近现代林业开拓者梁希、陈嵘等人。梁希的绿色梦、林业梦，诞生在满目青翠的天目山上，诞生于柔叶舒展的桑叶间，也诞生在古老苍劲银杏的长枝绿叶里。

斯人已去，嘉木独存。"黄河流碧水，赤地变青山，新中国的林人，也是新中国的艺人"。梁希的梦想，如同这银杏，深深地根植人心。梁希坚信，人是从森林里走出来，不可以忘记森林带来的好处，一定要热爱森林，保护好森林，利用好森林。习近平总书记在浙江工作时，在湖州安吉一个小山村里，语重心长地说："绿水青山就是金山银山。"这一科学理念，如同春风吹遍大江南北，吹进了人们的心坎里，也化为了植树造林、绿化祖国、保持生态、美化环境的具体行动。

梁家的这棵银杏，正在焕发新的活力，迎接着每天新的太阳，开始续写着新的故事！

作者：季良纲
刊于《浙江林业》2021年第一期

参考文献

1. 陈独秀.本志罪案之答辩书[J].新青年.上海,1919(1).

2. 梁希.造林在我们自己的国土上[J].广播周报,1939.

3. 陈嵘.造林学概要[M].南京:金陵印刷公司,1951.

4. 谢立惠.中国科学工作者协会的成立和发展[J].中国科技史料.1982(2).

5. 中国人民政治协商会广东省委员会.广东文史资料:第三十五辑.广州:广东人民出版社,1982.

6. 张钧成.梁希先生对我国林业建设的贡献——纪念梁希先生一百周年诞辰[J].北京林学院学报,1983(4).

7. 《梁希纪念集》编辑组.梁希纪念集[C].北京:中国林业出版社,1983.

8. 《梁希文集》编辑组.梁希文集[C].北京:中国林业出版社,1983.

9. 实滕惠秀,谭戊谦,林启修译.中国人留学日本史[M].北京:三联书店,1983.

10. 陈嵘.中国森林史料[C].北京:中国林业出版社,1983.

11. 许德珩.毛主席和九三学社[N].人民日报,1983-12-14.

12. 中共中央文献编辑委员会.周恩来选集:下[C].北京:人民出版社,1984.

13. 竺可桢.竺可桢日记(1943—1949)[M].北京:人民出版社,1984.

14. 金善宝.林产制造化学[M].北京:中国林业出版社,1985.

15. 李霆.当代中国的林业[M].北京:中国林业出版社,1985.

16. 李范五.我对林业建设的回忆[M].北京:中国林业出版社,1988.

17.朱寿朋编.张静庐校.光绪朝东华录(卷169)[M].北京:中华书局,1988.

18.南京林业大学校史编写组.南京林业大学校史[M].北京:中国林业出版社,1989.

19.熊大桐.中国近代林业史[M].北京:中国林业出版社,1989.

20.黄宗甄.科学时代社和《科学时代》[J].中国科技史料,1996(4).

21.张建国,胡静和.现代林业论[M].北京:中国林业出版社,1996.

22.李华兴.留学教育与近代中国[J].史林,1996(3).

23.赵光华.梁希与玉渊潭[J].北京政协,1997(4).

24.中国中共党史人物研究会.中共党史人物传(第65卷)[M].北京:中央文献出版社,1997.

25.中共中央文献研究室.周恩来年谱:1949—1976[C].北京:中央文献出版社,1998.

26.九三学社中央研究室.九三学社简史[M].北京:学苑出版社,1998.

27.王贺春,李青松.中国林业的杰出开拓者——梁希(传记文学)[J].浙江林业,1999(4).

28.梁锭.救救梁希故居的古银杏[N].中国绿色时报,2001-04-16.

29.章道义.中国科普:一个世纪的简要回顾[C]//中国科普名家名作.济南:山东教育出版社,2002.

30.中共中央文献研究室.毛泽东论林业(新编本)[M].北京:中央文献出版社,2003.

31.路甬祥.科学的道路[C].上海:上海教育出版社,2005.

32.黄炎培.黄炎培日记(1947—1949)[M].北京:华文出版社,2008.

33.沈文泉.湖州名人志[M].杭州:杭州出版社,2009.24.

34.共和国人物档案:中国科学院第一批学部委员[C].北京:中国大百科全书出版社,2010.

35.范铁权,王志彬.中国科学工作者协会简述[J].科学,2011(6).

36.贾晓明.梁希在抗战期间的重庆[N].人民政协报,2013-12-12.

37.许康.陈立[M].杭州:浙江科技出版社,2013.

38.李青松.开国林垦部长[M].北京:中国林业出版社,2014.9.

39.胡运宏.梁希人文林学思想及其当代价值[J].南京林业大学学报。2014(2).

40.万立明.民主革命时期中国共产党领导的科技事业研究[M].北京:九州出版社,2015.

41.双林镇志编纂委员会.双林镇志[M].北京:方志出版社,2015.

42.胡文亮.梁希与中国近现代林业发展研究[M].南京:江苏人民出版社,2016.

43.中国科普研究所科普历史研究课题组.新中国科普70年[C].北京:北京人民出版社,2019.

44.刘晓.中国参与世界科学工作者协会早期历程(1945—1950)[J].自然辩证法通讯,2019(3).

45.中国科普研究所.新中国科普70年[C].北京:科学普及出版社,2020.

后 记

2020年，是一个极为特殊的年份，新冠肺炎疫情肆虐全球，不少人困守家中，不得自由外出，也多出了许多思考人生、思考科学的时间。我有幸参与由浙江省科协、浙江省科普作协组织开展的"浙籍科学家丛书"研究团队，在广泛收集研究资料的前提下，创作完成一本科学家的传记，旨在讲好浙籍科学家的故事，展示浙籍科学家的风采。

出生于浙江湖州的梁希先生，是我国著名的林学家、教育家、社会活动家，是老一辈科技工作者的优秀代表，是我们学习的楷模和榜样。这一本梁希先生传记，选取了他人生的一些重要阶段和非凡经历，集中展示他孜孜以求从事林业科学研究与教育，矢志不渝地追求真理追求光明，不顾年迈不辞辛劳地谋划新中国林业事业的精彩人生。

一年来，我在多方收集整理梁希先生资料时，一再被他沉稳而进取的精神所感染所振奋，他的精神一直激励着我充满热情地创作，也激励着我坦然应对人生中一次艰难的磨砺。

在写作过程中，我查阅了大量与梁希先生有关的图书、资料、论文和他的友人、学生撰写的纪念文集；在网上或到浙江省图书馆查阅核对文中涉及的信息，查阅各时期报刊、图书，特别是湖州地方志等资料，以佐证事实，解答疑惑；专程赴双林镇，寻找梁家老宅的银杏树，聆听当地老人讲述故事。

一年来，我得到各方面的支持和帮助，在大家的齐心协力下共同促使这一件事的圆满完成。

在此，我要感谢浙江省科普协会副理事长兼秘书长赵宏洲先生，他曾与我多次交谈，提出了许多很好的建议意见，多次一起赴湖州梁希纪念馆调研，了解询问创作中的疑惑，专程拜访梁希先生的孙女梁伟华女士，获得对于创作传记的授权和支持。

我要感谢湖州梁希森林公园管委会、梁希纪念馆的大力支持，两任管委会主任徐新泉、朱伟先生和办公室俞婷婷女士等，提供许多梁希先生的珍贵资料和图片，也将馆内珍藏的资料借给我查阅。

我要感谢中国林学会科普处郭建斌先生，他热情地发来了梁希先生一批工作图片，并提出很好的建议。

我还要感谢浙江科学技术出版社负责策划、编辑、校对的潘黎明以及为设计提供帮助的季桂虹等，他们的辛勤付出，让本书得以顺利出版。尤其是每一个辑封页精心选取和设计了一首吟咏树木的诗歌，并简要解读林人树语，与本书传主林学大家的身份相契合，彰显林学先驱的森林般的情怀与高贵品质。

由于时间仓促，也由于历史年代的原因，一些重要的历史资料、图片缺失，难以进行细致全面的考证；一些故事的生动细节，没有办法深入发掘和展现。更是因本人能力水平所限，给一位有着传奇人生的名家立传，难度的确不小，不足之处，在所难免，敬请各位行家和读者不吝指正，定当诚恳接受！

季良纲于2020年12月28日